Die Essays von Susan Sontag können beanspruchen, Beiträge zur Bildung des modernen Bewußtseins zu sein. Sie sind niemals bloße Analysen literarischer, philologischer oder künstlerischer Werke, sie gehen über die Klärung von Begriffen, Tendenzen und Traditionen hinaus. Die Namen der Autoren, die sie in diesem neuen Buch behandelt, zeigen die Richtung, in der sie den Begriff der Moderne aus persönlicher Sicht und Erfahrung erweitert oder neu definiert. Susan Sontag hat herrschende Vorstellungen von Ästhetik, Moral und Politik stets skeptisch betrachtet, neu befragt und oft überraschend beantwortet. Das erweist sich an diesen neuen Essays, in denen sie mit auch für den Kenner oft überraschenden Aufschlüssen europäische Themen behandelt.

Susan Sontag, geboren 1933 in New York, ist Kritikerin, Erzählerin und Filmemacherin. Bekannt wurde sie vor allem durch ihre Essays. Im Carl Hanser Verlag erschienen 1978 die Essays ›Über Fotografie‹, ›Krankheit als Metapher‹, 1979 die Erzählungen ›Ich, etc.‹ und 1980 die Wiederauflage von ›Kunst und Antikunst‹. Der Hanser Verlag bereitet die Veröffentlichung von weiteren Essays, Erzählungen und Romanen von Susan Sontag vor.

Susan Sontag
Im Zeichen des Saturn

Aus dem Amerikanischen
von Werner Fuld, Karin Kersten,
Kurt Neff, Mark W. Rien,
Jörg Trobitius,
Angela Wittmann-Hausner

Carl Hanser Verlag

Titel der Originalausgaben
»Under the Sign of Saturn«
Farrar, Straus & Giroux, New York

»Styles of Radical Will« (für den Essay über Cioran)
Farrar, Straus & Giroux, New York

ISBN 3-446-13126-4

Umschlag: Klaus Detjen
Gesamtherstellung: Kösel, Kempten
Printed in Germany

Für Joseph Brodski

Hamm: Ich liebe die alten Fragen. *Schwungvoll.*
Ah, die alten Fragen, die alten Antworten,
da geht nichts drüber!

Endspiel

Über Paul Goodman

Während ich diese Zeilen schreibe, sitze ich in einem winzigen Zimmer in Paris, auf einem Korbstuhl, an einem Schreibmaschinentisch, vor einem Fenster, das auf einen Garten hinausgeht; in meinem Rücken steht ein Feldbett und ein Nachttisch; auf dem Fußboden und unter dem Tisch liegen Manuskripte, Notizblöcke und zwei oder drei Taschenbücher. Daß ich nun seit über einem Jahr in diesem kleinen, kahlen Quartier lebe und arbeite, was ich zuerst gar nicht vor hatte, gar nicht bewußt beabsichtigt habe, entspricht zweifellos irgendeinem Bedürfnis nach Einfachheit, nach einer zeitweiligen Klausur, nach einem neuen Anfang mit möglichst wenigem, auf das man zurückgreifen könnte. Hier in diesem Paris, in dem ich jetzt lebe, das ebensowenig mit dem heutigen Paris zu tun hat wie das heutige Paris mit dem großen Paris, der Hauptstadt des 19. Jahrhunderts, der Keimstätte von Kunst und Ideen bis in die späten Sechziger dieses Jahrhunderts, hier ist von allem, was so fern liegt, Amerika am nächsten. Auch zu Zeiten, wenn ich überhaupt nicht das Haus verlasse – und in den letzten Monaten hat es manche segensreiche Tage und Nächte gegeben, wo ich gar nicht den Wunsch verspürte, von der Schreibmaschine aufzustehen, außer um zu schlafen –, jeden Morgen bringt mir jemand den Pariser *Herald Tribune*, mit seiner monströsen Collage von »Nachrichten« über Amerika, abgekapselt, verzerrt, aus dieser Distanz befremdlicher denn je: die B-52er, die Umwelttod über Vietnam abregnen, das entsetzliche Martyrium des Thomas Eagleton, die Paranoia Bobby Fischers, der unaufhaltsame Aufstieg Woody Allens, Auszüge aus dem Tagebuch von Arthur Bremer – und, letzte Woche, der Tod von Paul Goodman.

Ich merke, daß ich nicht einfach bloß seinen Vornamen hinschreiben kann. Wir sagten natürlich immer Paul und Susan zueinander, wenn wir uns irgendwo begegneten, aber sowohl in meinen Gedanken wie im Gespräch mit anderen Leuten war er niemals Paul oder jemals Goodman, sondern immer Paul Goodman, der ganze Name, mit all der Mehrdeutigkeit des Gefühls und der Vertrautheit, die dieser Sprachgebrauch impliziert.

Die Trauer, die ich über Paul Goodmans Tod empfinde, wird eher verschärft dadurch, daß wir keine Freunde waren, obwohl wir etliche der gleichen Welten miteinander teilten. Unsere erste Begegnung liegt achtzehn Jahre zurück. Ich war einundzwanzig, graduierte Studentin in Harvard, träumte davon, in New York zu leben, und während eines Wochenendaufenthaltes in der Stadt nahm mich ein Bekannter, einer seiner Freunde, mit zu der Dachwohnung in der Dreiundzwanzigsten Straße, wo Paul Goodman und seine Frau seinen Geburtstag feierten. Er war betrunken, prahlte wüst vor jedermann mit seinen sexuellen Heldentaten, und mit mir sprach er gerade lange genug, um mir eine milde Grobheit zu sagen. Das zweite Mal liefen wir uns vier Jahre später auf einer Party am Riverside Drive über den Weg, wo er zahmer wirkte, aber ebenso kühl und vollkommen selbstbezogen.

1959 zog ich nach New York, und von da an begegneten wir uns bis Ende der sechziger Jahre recht häufig, obwohl immer in der Öffentlichkeit – auf Parties gemeinsamer Freunde, bei Podiumsdiskussionen und Vietnam-Teach-ins, bei Kundgebungen und Demonstrationen. Ich machte jedesmal, wenn wir uns begegneten, einen schüchternen Versuch, mit ihm ins Gespräch zu kommen, in der Hoffnung, ihm direkt oder indirekt sagen zu können, wieviel mir seine Bücher bedeuteten und wieviel ich von ihm gelernt hatte. Ich bekam jedesmal eine Abfuhr und zog mich zurück. Gemeinsame Freunde erzählten, daß er Frauen als Mitmenschen nicht gerade möge – obwohl er mit ein paar bestimmten Frauen natürlich eine Ausnahme mache. Ich wehrte mich gegen diese Hypothese solange ich konnte (das kam mir billig vor), gab dann aber doch nach. Denn schließlich hatte ich ja gerade das in seinen Werken gespürt: der Hauptmangel von *Growing Up Absurd* zum Beispiel, das den Anspruch erhebt, sich mit den Problemen der amerikanischen Jugend auseinanderzusetzen, liegt eben darin, daß es über die Jugend spricht, als ob diese nur aus heranwachsenden Knaben und jungen Männern bestehe. Mit meiner Offenheit, wenn wir uns begegneten, war es vorbei.

Letztes Jahr lud mich Ivan Illich, noch ein gemeinsamer Freund, nach Cuernavaca ein, gerade zu einer Zeit, als Paul Goodman dort ein Seminar hielt, und ich sagte Ivan, daß ich viel lieber käme, wenn Paul Goodman nicht mehr da sei. Ivan wußte aus vielen Gesprächen, wie sehr ich Paul Goodmans Werk bewundere. Aber die intensive Freude, die ich jedesmal bei dem Gedanken empfunden habe, daß er in den Vereinigten Staaten von Amerika lebendig, wohlauf und am Schreiben war, machte jede Situation, wo ich mich mit ihm in ein und demselben Raum befand und meine Unfähigkeit verspürte, auch nur den geringsten Kontakt zu ihm herzustellen, zu einer wahren Prüfung. In solch einem ganz buchstäblichen Sinne also waren Paul Goodman und ich nicht nur keine Freunde, sondern ich mochte ihn nicht – und zwar aus dem einen Grunde, wie ich oft zu seinen Lebzeiten jammernd erklärt habe, daß ich fühlte, wie wenig er mich mochte. Wie armselig und rein äußerlich diese Abneigung war, habe ich immer gewußt. Es ist nicht Paul Goodmans Tod, der mir hierüber plötzlich die Augen geöffnet hätte.

So lange Zeit war er für mich ein Vorbild gewesen, daß ich nicht im geringsten überrascht war, als er berühmt wurde, und doch immer ein wenig überrascht, wenn man von seinem Werk sprach, als verstehe es sich von selbst. Das erste Buch, das ich je von ihm las – ich war siebzehn –, war eine Sammlung von Erzählungen unter dem Titel *The Break-up of Our Camp*, erschienen bei *New Directions*. Innerhalb eines Jahres hatte ich alles gelesen, was von ihm herausgekommen war, und von da an blieb ich auf dem laufenden. Es gibt keinen lebenden amerikanischen Schriftsteller, bei dem ich die gleiche schlichte Neugier gespürt habe, so schnell wie möglich alles zu lesen, *egal was* er schrieb, egal über welches Thema. Daß ich mit dem, was er dachte, meistens übereinstimmte, war nicht der Hauptgrund; da gibt es andere Schriftsteller, mit denen ich übereinstimme, wo ich nicht so loyal bin. Es war seine Stimme, die mich verführte – diese direkte, gereizte, ichbesessene, großzügige amerikanische Stimme. Wenn Norman Mailer der brillanteste Schriftsteller seiner Generation ist, dann gewiß aufgrund der Autorität und Exzentrizität seiner Stimme; und doch ist jedenfalls mir diese Stimme immer zu barock, irgendwie gekünstelt vorgekommen. Ich bewundere Mailer als Schriftsteller, aber ich glaube nicht so sehr an seine Stimme. Paul Goodmans Stimme ist das Wahre. Eine solch überzeugende, echte, eigene Stimme hat es in unserer Sprache seit D. H. Lawrence nicht gegeben. Paul Goodmans Stimme berührte alles, worüber er schrieb, mit Intensität, mit Bedeutung und mit der ihm eigenen erschreckend eindringlichen Sicherheit und Unbeholfenheit. Was er schrieb, war eine nervige Mischung aus syntaktischer Steifheit und verbaler Treffsicherheit; er konnte Sätze von wunderbarer stilistischer Reinheit und sprachlicher Lebhaftigkeit schreiben, und er konnte so schlampig und ungeschickt schreiben, daß man meinte, er müsse das mit Absicht tun. Aber es störte nie. Es war seine Stimme, und das soll sagen, seine Intelligenz und die Poesie seiner fleischgewordenen Intelligenz, welche ihm meine loyale und leidenschaftliche Ergebenheit bewahrte. Obwohl er schreibend oft nicht gerade mit Anmut begnadet war, sein Werk und sein Denken haben etwas Begnadetes.

Es gibt bei Amerikanern ein erschreckendes, übles Ressentiment gegenüber einem Schriftsteller, der sich an vielem versucht. So hat man die Tatsache gegen ihn ins Feld geführt, daß Paul Goodman Dichtung schrieb und Theaterstücke und Romane so gut wie Gesellschaftskritik, daß er Bücher schrieb über solche – von akademischen und professionellen Drachen gehüteten – intellektuellen Spezialitäten wie Städteplanung, Bildung, Literaturkritik und Psychiatrie. Ein akademischer Schnorrer und verfemter Psychiater zu sein und zugleich sich Frechheiten über die Universitäten und die Natur des Menschen herauszunehmen – das brachte viele Leute auf die Palme. Diese Undankbarkeit ist und war mir immer erstaunlich. Ich weiß, daß Paul Goodman sich oftmals über sie beklagt hat. Den vielleicht schärfsten Ausdruck fand das in dem Tagebuch, das er von 1955 bis 1960 führte, veröffentlicht unter dem Titel *Five Years*, wo er darüber jammert, daß er nicht den Ruhm, nicht die Anerkennung und den Lohn für das finde, was er darstellt.

Das Tagebuch entstand gegen Ende seiner langen Unbekanntheit, denn mit der Veröffentlichung von *Growing Up Absurd* 1960 wurde er berühmt, und von da an wurden seine Bücher viel gekauft und, so muß man annehmen, sogar viel gelesen – wenn denn die Häufigkeit, mit der man Paul Goodmans Gedanken wiederholte (ohne seine Urheberschaft kenntlich zu machen), Beweis ist, daß er viel gelesen wurde. Von 1960 an begann er, mit seinen Büchern zu verdienen, da er ernster genommen wurde – und da er die Jugend als Zuhörer hatte. Das alles schien ihm gutzutun, obwohl er immer noch klagte, man rühme ihn nicht genug, lese ihn nicht genug, schätze ihn nicht genug.

Weit davon entfernt, aus Egomanie niemals genug bekommen zu können, hatte Paul Goodman ganz recht, wenn er glaubte, niemals die Beachtung gefunden zu haben, die er verdiente. Das kommt deutlich genug in den Nachrufen zum Ausdruck, die ich seit seinem Tode in dem halben Dutzend amerikanischer Zeitungen und Zeitschriften gelesen habe, die ich hier in Paris bekomme. In diesen Nachrufen ist er nichts weiter als jener interessante Schriftsteller im Alleingang, der auf zu vielen Hochzeiten tanzte, der *Growing Up Absurd* veröffentlicht hat, der die rebellische amerikanische Jugend der 60er Jahre beeinflußte, der indiskret mit seinem sexuellen Leben umging. Ned Rorems bewegender Nachruf, der einzige von denen, die ich gelesen habe, der einigermaßen Eindruck von der Bedeutung Paul Goodmans gibt, erschien in *The Village Voice*, einer Zeitung, die von einem Großteil der Gemeinde Paul Goodmans gelesen wird, und zwar erst auf Seite 17. Die Würdigungen, die jetzt aus Anlaß seines Todes kommen, behandeln ihn als marginale Erscheinung.

Ich hätte Paul Goodman kaum gewünscht, daß er solch ein Star in den Medien geworden wäre, wie es etwa McLuhan oder auch Marcuse zuteil wurde – was wenig zu tun hat mit tatsächlichem Einfluß und überhaupt nichts darüber sagt, wieviel ein Schriftsteller gelesen wird. Was ich beklage, ist, daß Paul Goodmans Werk sich oft sogar bei seinen Anhängern wie von selbst verstand. Den meisten Leuten ist, glaube ich, niemals klargeworden, was für eine außerordentliche Gestalt er war. Er konnte nahezu alles, und er versuchte nahezu alles, was man als Schriftsteller machen kann. Obwohl seine Prosa zunehmend didaktisch und unpoetisch wurde, als Dichter von beträchtlicher und durchaus nicht-modischer Sensibilität entwickelte er sich weiter; eines Tages wird man entdecken, wie gut seine Gedichte sind. Was er in seinen Essays über Menschen, Städte, Lebensgefühl sagt, ist nahezu immer treffend. Sein sogenanntes Dilettantentum ist identisch mit seinem Genius: dieses Dilettantentum befähigte ihn dazu, die Fragen der Erziehung, der Psychiatrie, des Gemeinwesens mit einem außerordentlichen, penibel genauen Scharfblick anzugehen und zugleich mit der Freiheit, Veränderungen für die Praxis ins Auge zu fassen.

Es ist schwer, all die Gebiete zu benennen, auf denen ich mich ihm verpflichtet fühle. Zwanzig Jahre lang war er für mich schlicht und einfach der wichtigste amerikanische Schriftsteller. Er war unser Sartre, unser Cocteau. Er hatte nicht die erstklassige theoretische Intelligenz eines Sartre; er kam nie mit dem Wahnsinn, jener verhangenen Quelle der wahren Phantasie, in Berührung, wie sie Cocteau bei der Ausübung so vieler Künste zur Verfügung stand. Aber er hatte Gaben, wie sie weder Sartre noch Cocteau je hatten: ein unerschütterliches Gefühl dafür, worum es im menschlichen Leben geht, eine moralische Leidenschaftlichkeit von Weite und höchstem Anspruch. Seine Stimme auf der gedruckten Seite hatte für mich eine Realität, wie sie die Stimmen weniger anderer Schriftsteller je gehabt haben – sie war vertraut, liebenswert, verstörend. Ich habe den Verdacht, daß er als Mensch in seinen Büchern nobler war als in seinem Leben, wie es oft in der »Literatur« geschieht. (Manchmal ist es umgekehrt, und die Person im wirklichen Leben ist nobler als die Person in den Büchern. Und manchmal gibt es so gut wie gar keine Beziehung zwischen der Person in den Büchern und der Person im wirklichen Leben.)

Paul Goodman zu lesen gab mir Kraft. Er gehörte zu jener kleinen Gruppe von Schriftstellern – seien es lebende oder tote –, die es mir wert erscheinen ließen, Schriftsteller zu sein, und aus deren Werk ich die Maßstäbe bezog, mein eigenes Werk einzuschätzen. In diesem mannigfachen und sehr persönlichen Pantheon hat es einige lebende europäische Schriftsteller gegeben, aber keinen lebenden amerikanischen Schriftsteller außer ihm. Alles, was er zu Papier brachte, gefiel mir. Ich mochte es, wenn er dickschädelig war, unbeholfen, wehmütig, sogar wenn er im Unrecht war. Sein Egotismus ging mir eher nahe statt mich abzustoßen (wie es mir bei der Lektüre von Mailer oft geht). Ich bewunderte seine Ausdauer, seine Bereitschaft zu dienen. Ich bewunderte seinen Mut, der sich auf so viele Weise zeigte – eine der bewundernswertesten dabei seine Aufrichtigkeit über seine Homosexualität in *Five Years,* für die er sich einige Kritik seitens seiner »normalen« Freunde in der intellektuellen Welt New Yorks zuzog; das war vor sechs Jahren, also bevor mit dem Aufkommen der Schwulen-Befreiung das öffentliche Bekennertum schick wurde. Ich mochte es, wenn er über sich selbst sprach und seine eigenen traurigen sexuellen Wünsche mit seinen Wünschen für das Gemeinwesen vermengte. Wie André Breton, mit dem man ihn in mancherlei Hinsicht vergleichen kann, war Paul Goodman ein connaisseur von Freiheit, Freude, Genuß. Ihn lesend, lernte ich eine ganze Menge über diese drei Dinge.

Als ich heute morgen anfing, diese Zeilen zu schreiben, griff ich unter den Tisch am Fenster, um Papier für die Schreibmaschine hervorzuholen, und da sah ich, daß eines der drei Taschenbücher, die unter den Manuskripten begraben liegen, *New Reformation* ist. Wenn ich auch versuche, ein Jahr lang ohne Bücher zu leben, ein paar schaffen es doch, sich irgendwie einzuschleichen. Und es paßt wohl ganz gut, daß sogar hier in diesem winzigen Zimmer, wo Bücher verboten sind, wo ich so sehr versuche, meine eigene Stimme zu hören und zu entdecken, was ich wirklich denke und wirklich fühle, immerhin ein Buch von Paul Goodman mit dabei ist, denn es hat keine Wohnung gegeben, die während der letzten zweiundzwanzig Jahre mein Zuhause war, in der nicht die meisten seiner Bücher vorhanden gewesen wären.

Mit seinen Büchern oder ohne, ich werde auch künftig von ihm gezeichnet bleiben. Ich werde auch künftig darüber trauern, daß er nicht länger lebendig ist, um in neuen Büchern zu sprechen, und daß wir alle jetzt weitermachen müssen in unseren täppischen Versuchen, einander zu helfen und zu sagen, was wahr ist, und in Freiheit zu setzen, was an Poesie in uns liegt, und des anderen Verrücktheit zu respektieren und sein Recht, im Unrecht zu sein, und unser Gefühl für ein zivilisiertes Gemeinwesen zu kultivieren, ohne daß Paul uns herumkommandiert, ohne daß Paul geduldig für alles verschlungene Erklärungen findet, ohne daß uns die Gnade von Pauls Beispiel gewährt ist.

(1972)

»Wider sich denken«: Reflexionen über Cioran

»Was hat das für einen Sinn, von einer unhaltbaren Position zur anderen zu wechseln, stets auf derselben Ebene Rechtfertigung zu suchen?«
Samuel Beckett

»Hin und wieder ist es möglich, absolut nichts zu haben; die Möglichkeit des Nichts.«
John Cage

Wir leben in einer Zeit, in der jedes intellektuelle oder künstlerische oder moralische Ereignis von einer raubgierigen Umarmung des Bewußtseins vereinnahmt wird: der Historisierung. Jegliche Behauptung oder Tat kann als notwendigerweise vorübergehende »Entwicklung« bewertet oder, auf niedrigerer Ebene, als bloße »Mode« herabgesetzt werden. Der menschliche Geist besitzt nun, nahezu als zweite Natur, eine Einstellung zu seinen Werken, die ihren Wert und ihren Wahrheitsanspruch in verhängnisvoller Weise untergräbt. Über ein Jahrhundert lang hat diese historisierende Einstellung unserer Fähigkeit, überhaupt irgend etwas zu *verstehen,* alle Energie entzogen. Vielleicht war sie früher nur eine marginale Zuckung des Bewußtseins, heute ist sie eine gigantische, unkontrollierbare Gebärde – die Gebärde, wodurch der Mensch sich unermüdlich selbst bevormundet.

Man versteht etwas, wenn man es in einem vielfach determinierten zeitlichen Kontinuum ansiedelt. Die Existenz ist nicht mehr als das schwankende Erlangen von Bedeutung in einem heftig strömenden Fluß von Vergangenheit, Gegenwart und Zukunft. Doch selbst die bedeutendsten Ereignisse bergen in sich die Form ihres Veraltens. So ist ein Einzelwerk schließlich ein Beitrag zur Gesamtheit eines Werks; bilden die Einzelheiten eines Lebens einen Teil der Lebensgeschichte; erscheint eine individuelle Lebensgeschichte unbegreiflich, wenn man sie getrennt von Sozial-, Wirtschafts- und Kulturgeschichte sieht; und das Leben einer Gesellschaft ist die »Summe ihrer Voraussetzungen«. Die Bedeutung ertrinkt in einem Strom des Werdens: dem sinnlosen und überdokumentierten Rhythmus von Erscheinen und Ablösung. Das Werden des Menschen ist die Geschichte der Erschöpfung seiner Möglichkeiten.

Der Dämon des historischen Bewußtseins läßt sich jedoch nicht dadurch ausspielen, daß man den zersetzenden historisierenden Blick auf *ihn* richtet. Unglücklicherweise scheint diese Abfolge erschöpfter Möglichkeiten (wie das Denken und die Geschichte selbst sie demaskiert und diskreditiert haben), in die der Mensch sich nun hineinstellt, mehr zu sein als einfach nur eine Geistes»haltung« – die sich dadurch abschaffen ließe, daß man dem Geist eine neue Richtung gibt. Das Beste dieser intellektuellen und schöpferischen Spekulation, die der Westen während der letzten hundertundfünfzig Jahre betrieben hat, ist wohl unbestreitbar das Kraftvollste, Dichteste, Subtilste, das schlichtweg Interessante und *Wahre* in der ganzen Lebenszeit des Menschengeschlechts. Und doch ist das gleichermaßen unbestreitbare Ergebnis dieser ganzen Genialität unser Empfinden, auf den Ruinen des Denkens und knapp vor den Ruinen der Geschichte und des Menschen selbst zu stehen. (Cogito ergo boom.) Mehr und mehr erweisen die scharfsinnigsten Denker und Künstler sich als vorzeitige Archäologen dieser Ruinen im Werden, als empörte oder stoische Diagnostiker der Niederlage, als rätselvolle Choreographen der komplexen geistigen Bewegungen, die für ein individuelles Überleben in einer Ära der permanenten Apokalypse von Nutzen sind. Die Zeit neuer kollektiver Visionen mag wohl vorüber sein: mittlerweile sind die hellsten und die düstersten, die albernsten und die weisesten niedergeschrieben worden. Doch das Bedürfnis nach individuellem geistigem Ratschluß scheint niemals akuter gewesen zu sein. *Sauve qui peut.*

Das Entstehen des historischen Bewußtseins ist selbstverständlich damit verknüpft, daß das altehrwürdige Unternehmen des philosophischen Systembaus irgendwann im frühen neunzehnten

Jahrhundert einen Zusammenbruch erlitt. Seit den Griechen war die Philosophie (ob sie nun mit der Religion verschmolzen war oder als eine alternative, säkulare Weisheit aufgefaßt wurde) meist eine kollektive oder überpersönliche Vision gewesen. Indem die Philosophie beanspruchte, von dem »was ist« mit seinen verschiedenen epistemologischen und ontologischen Schichten Rechenschaft abzulegen, insinuierte sie in zweiter Linie einen implizit zukunftsbezogenen Maßstab dafür, wie die Dinge »sein sollten« – unter der Ägide solcher Vorstellungen wie Ordnung, Harmonie, Klarheit, Intelligibilität und Konsistenz. Das Überleben dieser kollektiven unpersönlichen Visionen hängt jedoch von philosophischen Behauptungen ab, die so abgefaßt sind, daß sie vielfältige Interpretationen und Anwendungen zulassen, denn nur so ist gewährleistet, daß sie nicht durch unvorhergesehene Ereignisse auf die Probe gestellt werden. Indem sie auf die Vorzüge des Mythos verzichtete, der einen höchst gewitzigten *narrativen* Modus entwickelt hatte, um Veränderungen und begrifflicher Paradoxie gerecht zu werden, brachte die Philosophie einen neuen rhetorischen Modus hervor: die Abstraktion. Auf diesem abstrakten, zeitlosen Diskurs – mit seinem Anspruch, er sei imstande, die nicht-konkreten »Universalien« oder stabilen Formen zu beschreiben, die die wandelbare Welt untermauern – hat die Autorität der Philosophie stets beruht. Allgemeiner gesprochen, die bloße Möglichkeit objektiver, formalisierter Visionen des Seins und des menschlichen Wissens, wie die traditionelle Philosophie sie vorsieht, beruht auf einer besonderen Beziehung zwischen dauerhaften Strukturen und dem Wandel menschlicher Erfahrung, wobei die »Natur« das beherrschende Thema und der Wandel rezessiv ist. Diese Beziehung wurde jedoch – dauerhaft? – gestört in jener Zeit – ihr Höhepunkt war die Französische Revolution –, als die »Geschichte« die »Natur« einholte und dann die Führung übernahm.

An dem Punkt, wo die Geschichte die Natur aus ihrer Rolle als entscheidender Bezugsrahmen für die menschliche Erfahrung verdrängte, begann der Mensch, über seine Erfahrung historisch zu denken, und die traditionellen ahistorischen Kategorien der Philosophie wurden ausgehöhlt. Der einzige Denker, der dieser peinlichen Herausforderung die Stirn bot, war Hegel, der glaubte, das philosophische Unternehmen vor dieser radikalen Neuorientierung des menschlichen Bewußtseins retten zu können, indem er behauptete, die Philosophie sei in Wirklichkeit nicht mehr und nicht weniger als die *Geschichte* der Philosophie. Hegel konnte jedoch nicht umhin, sein eigenes System deshalb als wahr – das heißt, jenseits der Geschichte stehend – darzustellen, weil es die historische Perspektive in sich aufgenommen hatte. Damit war Hegels System, insoweit es wahr war, der Endpunkt der Philosophie. Nur das letzte philosophische System war Philosophie im wahren Sinn. So ist das »Ewige« letztlich doch noch einmal wieder hergestellt, und die Geschichte kommt zum Ende (oder wird zum Ende kommen). Aber die Geschichte hörte nicht auf. Die bloße Zeit erwies den Bankrott des Hegelianismus als System, wenn auch nicht als Methode. (Als Methode, als die es sich in allen Wissenschaften vom Menschen fortpflanzte, fand es Bestätigung und verlieh der Konsolidierung des historischen Bewußtseins den größten intellektuellen, eigenständigen Antrieb.)

Nach Hegels Bemühung war dies Verlangen nach dem Ewigen – einst eine glanzvolle und unabdingbare Geste des Bewußtseins – nun als Wurzel des philosophischen Denkens in all seinem Pathos und seiner Kindlichkeit bloßgestellt. Die Philosophie schrumpfte zu einem überholten Hirngespinst, das ein Teil des Provinzialismus des Geistes, der Kindheit des Menschen war. Wie unerschütterlich sich philosophische Behauptungen auch zum Argument zusammenfügen mochten, es schien keinen Weg zu geben, die radikale Frage, wie es um den »Wert« der Begriffe bestellt sei, aus denen die Behauptungen sich zusammensetzen, zu entkräften, keinen Weg, den weitreichenden Vertrauensschwund gegenüber der verbalen Münze, in der die philosophischen Argumente gehandelt worden waren, rückgängig zu machen. Der neue Ansturm eines zunehmend säkularisierten, in einschneidender Weise kompetenteren und effizienteren menschlichen Willens, der entschlossen war, die »Natur« zu kontrollieren, zu manipulieren und zu verändern, stiftete Verwirrung, und die Vorstöße auf das Gebiet konkreter ethischer und politischer Vorschriften gerieten gegenüber dem beschleunigten historischen Wandel der menschlichen Landschaft (wozu auch die bloße Anhäufung konkreten empirischen Wissens zu zählen ist, das in gedruckten Büchern und Dokumenten gespeichert wurde) arg ins Hintertreffen, so daß die Schlagworte der Philosophie in höchstem Maße überdeterminiert zu erscheinen begannen. Oder, was auf dasselbe hinausläuft, sie erscheinen unterernährt, bedeutungsleer.

Sobald sie in diesem bislang ungekannten Umfang den Verschleißerscheinungen des Wandels unterworfen waren, schienen die traditionell »abstrakten«, gemächlichen Verfahren der Philosophie sich nicht länger auf irgend etwas auszurichten; sie waren nicht mehr durch das Empfinden beglaubigt, das intelligente Menschen aus ihrer Erfahrung bezogen. Weder als Beschreibung des Seins (der Wirklichkeit, der Welt, des Kosmos) noch bei der alternativen Auffassung (für die das Sein, die Wirklichkeit, der Kosmos das ist, was »außerhalb« des Geistes liegt), welche die erste große Einengung des philosophischen Unternehmens markiert, als ausschließliche Beschreibung des Geistes, flößte die Philosophie viel Vertrauen in ihre Fähigkeit ein, ihren traditionellen Anspruch zu erfüllen: den Anspruch, die formalen Modelle bereitzustellen, deren es bedarf, damit überhaupt etwas *verstanden* werden kann. Zumindest spürte man die Notwendigkeit einer weiteren Einengung oder Verlagerung des Diskurses.

Eine Reaktion auf den Zusammenbruch der philosophischen Systembildung im neunzehnten Jahrhundert war das Aufkommen von Ideologien – aggressiv antiphilosophischen Denksystemen, die die Form verschiedener »positiver« oder deskriptiver Wissenschaften vom Menschen annahmen. Namen wie Comte, Marx, Freud und die Pionierfiguren der Anthropologie, der Soziologie und der Linguistik drängen sich unmittelbar auf.

Eine weitere Reaktion auf das Debakel war eine neue Art des Philosophierens: persönlich (sogar autobiographisch), aphoristisch, lyrisch, antisystematisch. Seine hervorragenden Vertreter: Kierkegaard, Nietzsche, Wittgenstein. Cioran ist die herausragende Figur unter denen, die heute in dieser Tradition schreiben.

Ausgangspunkt dieser modernen postphilosophischen Tradition des Philosophierens ist das Bewußtsein, daß die traditionellen Formen des philosophischen Diskurses zerbrochen sind. Die hauptsächlichen Möglichkeiten, die übrig bleiben, sind der verstümmelte, unvollständige Diskurs (Aphorismus, Anmerkung oder Notiz) oder ein Diskurs, der das Risiko der Metamorphose in andere Formen (Parabel, Gedicht, philosophische Erzählung, Textkritik) eingegangen ist.

Cioran hat offensichtlich die Essayform gewählt. Zwischen 1949 und 1964 sind fünf Sammlungen erschienen: *Précis de Décomposition* (1949) (dt. Lehre vom Zerfall), *Syllogismes de l'Amertume* (1952) (dt. Syllogismen der Bitterkeit), *La Tentation d'exister* (1956), *Histoire et Utopie* (1960) (dt. Geschichte und Utopie) und *La Chute dans le Temps* (1964) (dt. Der Absturz in die Zeit). Nach normalen Maßstäben sind dies allerdings seltsame Essays – meditativ, disjunktiv in der Gedankenführung, im wesentlichen aphoristisch im Stil. Man erkennt an diesem in Rumänien geborenen Schriftsteller, der an der Universität von Bukarest Philosophie studierte, seit 1937 in Paris lebt und französisch schreibt, die konvulsivische Manier, wie sie für das neophilosophische deutsche Denken charakteristisch ist, dessen Motto lautet: Aphorismus oder Ewigkeit. (Beispiele hierfür: Lichtenbergs und Novalis' philosophische Aphorismen; Nietzsche selbstverständlich; Passagen in Rilkes *Duineser Elegien;* Kafkas *Betrachtungen über Sünde, Leid, Hoffnung und den wahren Weg.*)

Ciorans Methode des abgebrochenen Arguments ist nicht die objektive Art aphoristischen Schreibens von La Rochefoucauld oder Gracián, dessen Verlauf mit seinem jähen Enden und Beginnen die disjunktiven Aspekte der »Welt« spiegelt, sondern legt eher Zeugnis ab von der ausweglosen Lage des spekulativen Geistes, der sich nur hinausbewegt, um durch die Komplexität seiner eigenen Haltung gehemmt zu werden und sich selbst Abbruch zu tun. Für Cioran ist der aphoristische Stil weniger ein Realitätsprinzip als ein Prinzip des Wissens: daß es das Schicksal jeglicher profunden Vorstellung ist, rasch durch eine andere Vorstellung überholt zu werden, die implizit von ihr selbst erzeugt worden ist.

Immer noch in der Hoffnung, über etwas zu gebieten, das ihrem früheren Prestige gleichkäme, verlegt sich die Philosophie nun darauf, unablässig die eigene Glaubwürdigkeit unter Beweis zu stellen. Wenn man der vorhandenen Auswahl von begrifflichen Werkzeugen des Philosophierens nicht länger zugestehen konnte, daß sie schon als solche Bedeutungsträger seien, so würde man sich ihrer doch erneut versichern können: durch die Leidenschaft des Denkens.

Philosophie wird als persönliche Aufgabe des Denkers aufgefaßt. Der Gedanke wird zum »Denken«, und das Denken erfährt – durch eine weitere Schraubendrehung – eine Neudefinition: es ist wertlos, wenn es nicht eine extreme Tat, ein Risiko ist. Das Denken wird konfessionell, exorzistisch: eine Bestandsaufnahme der persönlichen Qualen des Denkens.

Bemerkenswerterweise besteht der erste Zug darin, am kartesischen Sprung festzuhalten. Das Sein wird immer noch als Denken definiert. Der Unterschied besteht darin, daß es sich dabei nicht um irgendeine Art von Nachdenken handelt, sondern nur um eine bestimmte Art von *schwierigem* Denken. Das Denken und das Sein sind weder rohe Fakten noch logische Gegebenheiten, sondern paradoxe, flüchtige Situationen. Von daher die Möglichkeit, einen Essay zu konzipieren wie den, der einem der Bücher Ciorans und der ersten Sammlung seiner Werke auf Englisch den Titel gab: *The Temptation to Exist (La Tentation d'exister).* »Zu existieren«, sagt Cioran in jenem Essay, »ist eine Gewohnheit, die anzunehmen ich die Hoffnung nicht aufgebe.«

Ciorans Gegenstand: *Geist* zu sein, ein Bewußtsein, das auf die höchste Stufe der Verfeinerung eingepegelt ist. Die letzte Rechtfertigung seiner Schriften, wenn man eine Vermutung dazu anstellen will: etwas, das nahe bei der These liegt, die in Kleists *Über das Marionettentheater* ihre klassische Formulierung gefunden hat. Wie sehr wir uns auch danach sehnen mögen, sagt Kleist in diesem Aufsatz, die Störungen der natürlichen Harmonie des Menschen, die das Bewußtsein erzeugt hat, wieder zu beheben, so darf dies doch nicht durch die Preisgabe des Bewußtseins geschehen. Es gibt keine Rückkehr, keinen Weg zurück zur Unschuld. Wir haben keine andere Wahl, als bis zum Ende des Denkens zu gehen und dort, ganz Bewußtsein, (vielleicht) Gnade und Unschuld wiederzuerlangen.

In Ciorans Schriften ist der Geist folglich ein Voyeur.

Nicht jedoch ein Voyeur »der Welt«. Einer seiner selbst. Cioran gemahnt bis zu einem gewissen Grade an Beckett, der mit der absoluten Integrität des Denkens befaßt ist, mit der Reduktion auf das Denken über das Denken oder dessen Umschreibung als Denken über das Denken. »Der einzig freie Geist«, bemerkt Cioran, »ist der, der, bar jeder Vertraulichkeit im Umgang mit dem Sein oder den Objekten, seiner eigenen Leere obliegt.«

Dabei wahrt dieser Akt geistiger Ausweidung doch jederzeit seine »Faustische« oder »westliche« Leidenschaftlichkeit. Cioran räumt keine Möglichkeit ein, daß irgend jemand, der in diese Kultur hineingeboren ist – als Weg aus der Falle –, eine »östliche« Abdankung des Geistes erreichen könne. (Man vergleiche Ciorans so verlegene wie flüchtige Sehnsucht nach dem Osten mit Lévi-Strauss' affirmativer Sehnsucht nach dem »neolithischen« Bewußtsein.)

Philosophie wird zum gemarterten Denken. Ein Denken, das sich selbst verschlingt – und trotz (oder vielleicht wegen) dieser wiederholten Akte des Selbst-Kannibalismus unbeschädigt fortbesteht und sogar gedeiht. Im Passionsspiel des Denkens spielt der Denker ebensowohl die Rolle des Protagonisten wie die des Antagonisten. Er ist zur gleichen Zeit der leidende Prometheus und der ungerührte Adler, der dessen unablässig erneuerten Eingeweide verzehrt.

Unmögliche Seinszustände, undenkbare Gedanken sind Cioran Stoff der Spekulation. (Wider sich denken etc.) Aber er kommt nach Nietzsche, der Ciorans Position ein Jahrhundert zuvor nahezu vollständig zu Papier gebracht hat. Eine interessante Frage: Weshalb ist ein subtiler, kraftvoller Geist willig zu sagen, was größtenteils schon gesagt worden ist? Um sich diese Ideen wirklich anzueignen? Weil sie, obwohl sie bei ihrer ursprünglichen Formulierung schon wahr gewesen sind, seither *noch wahrer* geworden sind?

Wie immer die Antwort lauten mag, das »Faktum« Nietzsche hat unleugbare Konsequenzen für Cioran. Er muß die Schrauben anziehen, das Argument verdichten. Schmerzhafter machen. Rhetorischer.

Bezeichnenderweise beginnt Cioran einen Aufsatz, wo ein anderer Verfasser ihn beenden würde. Als Ausgangspunkt nimmt er die Schlußfolgerung.

Seine Art zu schreiben ist für Leser bestimmt, die in gewisser Hinsicht bereits kennen, was er sagt; sie haben diese schwindelerregenden Gedanken für sich selbst durchmessen. Cioran unternimmt keine der üblichen Bemühungen zu »überreden«, weder mit seinen eigentümlich lyrischen Ideenketten, noch mit seiner gnadenlosen Ironie, noch auch mit seinen anmutig dargebotenen Anspielungen auf nicht weniger als das gesamte europäische Denken seit den Griechen. Ein Argument muß »anerkannt« werden, und dies ohne allzuviel Hilfe. Der gute Geschmack gebietet, daß der Denker nur gehaltvolle Kostproben intellektueller und innerlicher Qual liefert. Daher Ciorans Ton – von immenser Würde, spröde, zuweilen verspielt, oft hochmütig. Doch wenn auch vieles als Arroganz erscheinen mag, Cioran hat nichts Selbstgefälliges, wenn man nicht seinen Sinn für die Vergeblichkeit und seine unbeugsam elitäre Haltung gegenüber dem Leben des Geistes dafür nehmen will.

Wie Nietzsche in seiner moralischen Einsamkeit sein Vermächtnis sah, so will Cioran das Schwierige zu seinem Vermächtnis machen. Nicht, daß die Essays mühsam zu lesen wären, doch ist ihr moralischer Angelpunkt sozusagen die nimmer endende Enthüllung von Schwierigkeit. Die Argumentation eines typischen Cioran-Essays könnte man als ein Netzwerk von Denkvorschlägen beschreiben – die einhergehen mit der Auflösung der Gründe für ein Festhalten an diesen Vorstellungen, von den Gründen für ein »Handeln« auf der Basis dieser Vorstellungen ganz zu schweigen. Durch die komplexe intellektuelle Formulierung intellektueller Sackgassen konstruiert Cioran ein geschlossenes Universum – des Schwierigen –, das der Gegenstand seines Gefühlsüberschwangs ist.

Cioran ist einer der *feinsinnigsten* Geister eines wahrhaft kraftvollen Schreibens, die es heute gibt. Nuancierung, Ironie und Eleganz sind die Essenz seines Denkens. Dabei erklärt er in dem Essay *Sur une civilisation essoufflée:* »Die Köpfe der Menschen brauchen eine einfache Wahrheit, eine Antwort, die sie von ihren Fragen erlöst, ein Evangelium, ein Grabmal. Die Augenblicke des Raffinements verhüllen ein Todesprinzip: nichts ist zerbrechlicher als die Subtilität.«

Ein Widerspruch? Nicht ganz. Wir begegnen hier nur dem vertrauten zweierlei Maß der Philosophie seit ihrem Debakel: für die Kultur im ganzen hält man den einen Maßstab (Gesundheit) aufrecht, den anderen (geistiger Anspruch) für den einsamen Philosophen. Der erste Maßstab verlangt, was Nietzsche das Opfer des Intellekts nannte. Der zweite verlangt das Opfer der Gesundheit, des irdischen Glücks, oft des Beteiligtseins am Familienleben und anderen gemeinschaftlichen Einrichtungen, womöglich sogar der geistigen Gesundheit. Die Eignung des Philosophen zum Martyrium ist, jedenfalls innerhalb dieser Tradition des Philosophierens seit Kierkegaard und Nietzsche, nahezu ein Bestandteil seiner guten Manieren. Und eines der üblichsten Anzeichen für den guten Geschmack, den er als Philosoph besitzt, ist die eingestandene Verachtung der Philosophie. Von daher Wittgensteins Vorstellung, Philosophie sei so etwas wie eine Krankheit und die Aufgabe des Philosophen bestehe darin, die Philosophie zu studieren wie der Arzt die Malaria studiert, nicht darin, sie zu verbreiten, sondern darin, die Menschen davon zu heilen.

Aber ob ein derartiges Verhalten nun als Selbsthaß des Philosophen diagnostiziert wird oder bloß als ein bestimmtes Kokettieren mit der Leere, hier muß man mehr einräumen als Inkonsequenz. Im Fall Ciorans sind die Lossagungen vom Geist jedenfalls deshalb nicht weniger authentisch, weil sie von jemandem vorgebracht werden, der vom Geist einen so eifrigen professionellen Gebrauch macht. Man denke an die mit Leidenschaft erteilten Ratschläge in *Lettre sur quelques impasses,* einem Essay von 1952; Cioran, ein in Frankreich stetig publizierter Schriftsteller, bringt sich darin in die kuriose Position, einem Freund vorzuwerfen, daß er jetzt dieses »Monster«, einen Autor, aus sich machen und seine bewunderungswürdige »Unabhängigkeit, seine Verachtung, sein Schweigen« dadurch schänden wolle, daß er sie in einem Buch beschreibe. Cioran zeigt nicht einfach nur eine wohlfeile Ambivalenz gegenüber seiner eigenen Berufung, sondern verleiht der schmerzlichen, im echten Sinne paradoxen

Erfahrung Ausdruck, die der freie Intellekt mit sich selbst machen kann, wenn er sich auf das Schreiben einläßt und sich ein Publikum erwirbt. Jedenfalls ist es eine Sache, Martyrium und Kompromiß für sich zu wählen, und eine ganz andere, einem Freund das gleiche anzuraten. Und da ja für Cioran der Gebrauch des Geistes ein Martyrium ist, wird der öffentliche Gebrauch des Geistes – treffender gesagt, die Schriftstellerei – zu einem problematischen, teilweise schimpflichen Akt, stets suspekt und, in gesellschaftlicher Hinsicht ebenso wie in individueller, strenggenommen etwas Obszönes.

Cioran ist ein weiterer Rekrut der melancholischen Parade europäischer Intellektueller, die die Revolte gegen den Intellekt unternommen haben – die Rebellion des Idealismus gegen den »Idealismus« – und zu denen als die bedeutendsten Figuren Nietzsche und Marx gehören. Zu einem guten Teil unterscheidet seine Argumentation über dies Thema sich wenig von dem, was von zahllosen Dichtern und Philosophen im letzten und in diesem Jahrhundert bereits gesagt worden ist – von der unheilvollen, traumatischen Ausweitung dieser Bezichtigungen des Intellekts in Rhetorik und Praxis des Faschismus ganz zu schweigen. Doch die Tatsache, daß ein wichtiges Argument nicht neu ist, bedeutet nicht, daß man der Verpflichtung enthoben wäre, es ernstzunehmen. Und was könnte gewichtiger sein als die von Cioran erneut ausgearbeitete These, daß der freie Gebrauch des Geistes letztlich antisozial, dem Wohl der Gemeinschaft abträglich ist?

In einer ganzen Anzahl von Essays, am deutlichsten aber in *Sur une civilisation essoufflée* und *Petite théorie du destin* stellt Cioran sich entschlossen auf die Seite der Kritiker der Aufklärung. »Seit dem Zeitalter der Aufklärung«, schreibt er, »hat Europa im Namen der Toleranz unablässig seinen Idolen das Wasser abgegraben.« Doch diese Idole oder »Vorurteile – organische Fiktionen einer Kultur – sichern die Fortdauer der Kultur, bewahren deren Physiognomie. Sie muß sie respektieren.« An anderer Stelle, innerhalb des erstgenannten Essays, heißt es: »Ein Minimum an Bewußtlosigkeit ist notwendig, wenn man innerhalb der Geschichte zu bleiben wünscht.« In vorderster Linie unter »den

Krankheiten, die eine Kultur untergraben«, steht die Hypertrophie des Denkens selbst, die dazu führt, daß die Fähigkeit zu »inspirierter Torheit ... fruchtbarem Überschwang, die kein gestrecktes und gevierteiltes Bewußtsein je kompromittiert hat«, verschwindet. Denn jegliche Kultur »gerät ins Wanken, sobald sie ihre Irrtümer bloßlegt, die ihr Wachstum und ihren Glanz ermöglicht haben, sobald sie ihre eigenen Wahrheiten in Frage stellt«. Und Cioran fährt fort, in nur allzu vertrauter Manier die Ausmerzung des Barbaren, des Nichtdenkers in Europa zu beklagen. »Seine sämtlichen Instinkte sind erdrosselt von seiner Manierlichkeit«, lautet sein Kommentar über den Engländer. Geschützt gegen böse Erfahrungen, »ausgehöhlt von Nostalgie, diesem Allgemeingut gewordenen Ennui«, ist der Durchschnittseuropäer jetzt monopolisiert und besessen von »der Vorstellung des Wohllebens (dieser Manie niedergehender Epochen)«. Schon hat sich Europa einem »provinziellen Geschick« übereignet. Die neuen Herren des Erdballs sind die weniger zivilisierten Völker Amerikas und Rußlands und, wartend in der Reserve der Geschichte, die Horden gewalttätiger Millionen aus den noch weniger zivilisierten »Vororten des Erdballs«, in deren Händen die Zukunft ruht.

Vieles von der alten Argumentation wird von Cioran unverändert wieder vorgebracht. Der alte Heroismus, die Denunziation des Geistes durch den Geist, wird einmal mehr im Namen der Antithetik aufgefahren: Herz gegen Kopf, Trieb gegen Verstand. »Zuviel Verstandesschärfe« endet in einem Verlust des Gleichgewichts. (Eines der Argumente hinter Ciorans erklärtem Mißtrauen – man vergleiche *Lettre sur quelques impasses* und *Le style comme aventure* – gegenüber dem Buch, der sprachlichen Kommunikation, der Literatur selbst, zumindest, was das gegenwärtige Zeitalter betrifft.)

Doch wenigstens eines der vertrauten Gegensatzpaare – Denken gegen Handeln – wird einer Differenzierung unterzogen. In *Sur une civilisation essoufflée* teilt Cioran die Ansicht der Romantiker des 19. Jahrhunderts und ist hauptsächlich mit dem Tribut befaßt, den der Einsatz des Geistes der Handlungsfähigkeit abverlangt. »Handeln ist eine Sache; zu wissen, man handelt, eine andere. Wenn der Scharfblick die Handlung umfaßt, sich in sie eindrängt, wird die Handlung ungeschehen gemacht und mit ihr das Vorurteil, dessen Funktion eigentlich darin besteht, das Bewußtsein der Handlung unterzuordnen, es ihrer Sklaverei zu unterwerfen.« In *Penser contre soi* jedoch wird das Gegensatzpaar Denken/Handeln in subtilerer und originellerer Manier gehandhabt. Das Denken ist nicht einfach das, was die direkte energetische Durchführung einer Handlung verhindert. Cioran ist hier mehr mit den Übergriffen des Handelns auf das Denken beschäftigt. Unter Hinweis darauf, daß »die Sphäre des Bewußtseins beim Handeln schrumpft«, unterstützt er die Idee einer »Befreiung« vom Handeln als einzig echten Modus menschlicher Freiheit.

Und selbst wenn Cioran innerhalb der relativ simplifizierenden Argumentation von *Sur une civilisation essoufflée* jene exemplarische europäische Figur, den »müden Intellektuellen«, auf den Plan ruft, geschieht das nicht einfach nur, um über die Rolle des Intellektuellen herzuziehen, sondern um des Versuchs willen, den genauen Unterschied zwischen zwei Seinsweisen festzustellen, die einer Unterscheidung durchaus wert sind: der Zivilisiertheit und jener Verstümmelung der organischen Person, die manchmal tendenziös als »Überzivilisiertheit« bezeichnet wird. Über diesen Terminus mag man streiten, der Zustand aber existiert und greift um sich – er ist üblich unter professionellen Intellektuellen, wenn auch kaum auf sie beschränkt. Und wie Cioran zu Recht ausführt, besteht eine prinzipielle Gefahr der Überzivilisiertheit darin, daß man, aus schierer Erschöpfung und infolge des unbefriedigten Bedürfnisses, »angeregt« zu werden, in eine vulgäre und passive Barbarei zurücksinkt. Mithin gibt der Mensch, der auf dem Wege eines unterschiedslosen Strebens nach verstandesmäßigem Durchblick, der von der modernen liberalen Kultur befördert wird, »seine Fiktionen demaskiert, seine eigenen Ressourcen und gewissermaßen sich selbst preis. Deshalb wird er andere Fiktionen akzeptieren, solche, die ihn verleugnen, da sie ja nicht aus seinen eigenen Tiefen erwachsen sein werden.« »Ein Mensch«, so schließt er, »dem an seinem Gleichgewicht gelegen ist, darf ein bestimmtes Maß an Klarsicht und Analyse nicht überschreiten.«

Doch erlegt dieser Rat, Maß zu halten, Ciorans eigener Unternehmung letztlich keine Beschränkung auf. Gesättigt von dem Gefühl des ausgiebig angekündigten und (seiner Überzeugung nach) irreversiblen Niedergangs der europäischen Kultur, entledigt sich dieses Muster eines europäischen Denkers allem Anschein nach der Verantwortung für seine eigene Gesundheit wie auch für die seiner Gesellschaft. Bei all seiner Verachtung für den entkräfteten Zustand und das provinzielle Geschick der Kultur, der er angehört, ist Cioran auch ein begabter Elegiker eben dieser Kultur. Einer unter den womöglich letzten Elegikern des Erlöschens von »Europa« – des europäischen Leidens, der europäischen Kraft, der europäischen Überkomplexität. Und, was ihn selbst betrifft, entschlossen, jene Unternehmung zu Ende zu führen.

Sein einziger Ehrgeiz: »mit dem Unheilbaren Schritt halten zu können«.

Eine Doktrin der geistigen Rastlosigkeit. »Da nun einmal jede Form von Leben das Leben verrät und korrumpiert, legt der Mensch, der im echten Sinne lebendig ist, sich ein Maximum an Widersprüchen bei, arbeitet er unablässig gleichermaßen an Freude und Schmerz...« (Ich zitiere aus *La Tentation d'exister.*) Und in Ciorans Denken kann es keinen Zweifel daran geben, daß dieser ehrgeizigste aller Bewußtseinszustände, während er dem Leben im biologischen Sinne treuer bleibt und an der ganzen Fülle menschlicher Aussichten festhält, auf der Ebene der alltäglichen Existenz teuer bezahlt werden muß. Hinsichtlich des Handelns bedeutet das, daß man die Vergänglichkeit akzeptiert. Die Vergänglichkeit darf nicht als die Zerschlagung der Hoffnungen und Bestrebungen gesehen werden, sondern als ein hochgeschätzter und umhegter Ausgangspunkt für den athletischen Sprung des Bewußtseins in seine eigene Komplexität. Von diesem wünschenswerten Zustand spricht Cioran, wenn er sagt: »Vergänglichkeit ist die schwierigste Sache von der Welt.« Sie verlangt, daß wir »unsere Wurzeln kappen, daß wir im metaphysischen Sinne Fremde werden«.

Daß Cioran sich dies als eine so entsetzliche und schwierige Aufgabe vorstellt, zeugt vielleicht von einem Restbestand an eigener, unverwüstlicher Gesundheit. Daher auch der leidenschaftliche, durchweg arglose Philosemitismus des Essays *Un*

Peuple de solitaires worin die Juden als diejenigen gesehen werden, »die den Entfremdungszustand par excellence repräsentieren«, für Cioran nicht weniger als für Hegel und eine Unzahl von Schriftstellern der Zwischenzeit.

Welch seltsame Dialektik bei Cioran: vertraute Elemente, verschmolzen zu einem komplexen Gemisch. Auf der einen Seite die traditionelle romantische und vitalistische Verachtung der »Intellektualität« und der Hypertrophie des Geistes auf Kosten des Körpers, der Gefühle und der Handlungsfähigkeit. Auf der anderen Seite überschwengliche Begeisterung für das Leben des Geistes auf Kosten des Körpers, der Gefühle und der Handlungsfähigkeit, die nicht radikaler und gebieterischer sein könnte.

Das nächstliegende Modell für diese paradoxe Haltung gegenüber dem Bewußtsein ist die gnostisch-mystische Tradition, die, innerhalb des westlichen Christentums, auf Dionysius, den Areopagiten, und den anonymen Autor von *The Cloud of Unknowing* (dt. Die Wolke des Nichtwissens) zurückgeht.

Und was Cioran über den Mystiker sagt, ist seinem eigenen Denken völlig angemessen. »Da der Mystiker sich in den meisten Fällen seine Widersacher erdenkt, behauptet sein Denken die Existenz anderer durch Kalkül, durch den Kunstgriff: es ist eine folgenlose Strategie. Sein Denken kocht in letzter Instanz ein zu einer Polemik mit sich selbst: er ist darauf aus, eine Menge zu sein, wird eine Menge, und sei es nur, indem er sich eine neue Maske nach der anderen macht, seine Gesichter vervielfacht – worin er seinem Schöpfer ähnelt, dessen Schauspielkunst er perpetuiert.«

Trotz der in diesem Abschnitt steckenden Ironie ist Ciorans Neid auf den Mystiker, dessen Unterfangen – »zu finden, was der Desintegration seiner Erfahrungen entgeht oder sie überlebt: den Rest an Zeitlosigkeit unter den Vibrationen des Ego« – dem seinen so sehr ähnelt, unverhüllt und unmißverständlich. Doch wie sein Lehrmeister Nietzsche bleibt Cioran an das Kreuz einer atheistischen Geisteshaltung genagelt. Und seine Essays werden am besten als ein Handbuch einer solchen atheistischen Geisteshaltung gelesen. »Sobald wir aufgehört haben, unser geheimes Leben an Gott zu binden, können wir uns zu Ekstasen aufschwingen, die ebenso wirksam sind wie die der Mystiker, und diese Welt ohne

Rückgriff auf das Jenseits erobern«, lautet der Satz, der den letzten Abschnitt des Essays *Le Commerce des mystiques* einleitet.

Politisch muß Cioran als Konservativer beschrieben werden. Liberaler Humanismus ist für ihn einfach kein gangbarer oder interessanter Weg, und die Hoffnung auf radikale Umwälzung betrachtet er als etwas, über das der reife Verstand hinauswächst. (So bemerkt er in *Petite Théorie du destin*, indem er auf Rußland zu sprechen kommt: »Der Ehrgeiz, die Welt zu ›retten‹, ist ein morbides Phänomen der Jugend eines Volkes.«)

Es mag von Bedeutung sein, daran zu erinnern, daß Cioran (1911) in Rumänien geboren wurde, dessen herausragende außer Landes lebende Intellektuelle tatsächlich alle entweder apolitisch oder offen reaktionär gewesen sind; und daran, daß sein einziges Buch neben den Essaysammlungen eine Ausgabe der Schriften Joseph de Maistres (erschienen 1957) ist, für die er die Einleitung geschrieben und die Texte ausgewählt hat. Er hat auch einen Essay über Machiavelli und einen über St.-John Perse veröffentlicht; beide- sind bislang noch nicht in eine Sammlung aufgenommen worden. Wenn er auch so etwas wie eine explizite Theologie der Konterrevolution in der Manier Maistres niemals entwickelt hat, so scheinen deren Argumente Ciorans unausgesprochener Position doch nahezukommen. Wie Maistre, Donoso Cortés und, in jüngerer Zeit, Eric Voegelin, besitzt Cioran, was sich – unter einem bestimmten Blickwinkel – als rechtsgerichtete »katholische« Sensibilität beschreiben ließe. Wie er den modernen Usus, im Namen von Gerechtigkeit und Gleichheit Revolutionen gegen die etablierte Gesellschaftsordnung zu schüren, als eine Art kindischen Fanatismus zurückweist – gerade so könnte auch ein alter Kardinal die Aktivitäten einer einfältigen endzeitlichen Sekte betrachten. In diesen selben Zusammenhang läßt sich Ciorans Beschreibung des Marxismus als »jene Sünde des Optimismus« und seine Stellungnahme gegen die Aufklärungsideale »Toleranz« und Gedankenfreiheit einordnen. (Die Tatsache, daß Cioran der Sohn eines griechisch-orthodoxen Priesters ist, ist vielleicht ebenfalls einer Erwähnung wert.)

Doch wenn Cioran auch eine deutlich umrissene politische Position bezieht, und sei sie in den meisten seiner Essays nur implizit gegenwärtig, in einer religiösen Bindung ist seine Einstellung letztlich nicht begründet. Wieviel immer seine politisch-moralischen Sympathien mit der rechten katholischen Sensibilität gemein haben, Cioran selbst ist, wie ich bereits gesagt habe, den Paradoxa einer atheistischen Theologie unterworfen. Mit dem Glauben allein, so argumentiert er, ist gar nichts gelöst.

Was Cioran hindert, sich, und sei es auch nur in einer säkularen Form, zu so etwas wie der katholischen Ordenstheologie zu bekennen, ist vielleicht die Tatsache, daß er die geistigen Voraussetzungen der romantischen Bewegung zu gut versteht und zu viele davon teilt. Mag Cioran auch ein Kritiker der linken Revolution sein und ein leicht snobistischer Analytiker der Tatsache, »daß die Rebellion unangemessener Weise den Ruf der Ehrbarkeit genießt«, so kann er doch die Lektion nicht widerlegen, daß »unsere Entdeckungen sich in ihrer Gesamtheit gewissermaßen unseren Gewalttaten, der Gereiztheit unserer Unbeständigkeit verdanken«. Neben den konservativen Implikationen einiger der Essays mit ihrer verächtlichen Behandlung der Phänomenologie des Aufrührerischen muß man mithin die ironisch-positive Einstellung zur Rebellion sehen, wie sie in *Penser contre soi* zum Ausdruck kommt, einem Essay, der mit der Ermahnung schließt: »Unterwerfen wir uns, da das Absolute einem Sinn korrespondiert, den zu kultivieren wir nicht imstande waren, also allen Rebellionen: sie werden damit enden, daß sie sich gegen sich selbst, gegen uns kehren ...«

Cioran ist sichtlich außerstande, dem seine Bewunderung zu versagen, was extravagant, eigensinnig, extrem ist – eines der Beispiele dafür ist die extravagante, eigensinnige *Askese* der großen westlichen Mystiker. Ein anderes ist der Fundus der Extremität, wie er in der Erfahrung der großen Wahnsinnigen gespeichert ist. »Wir beziehen unsere Vitalität aus unserem Vorrat an Wahnsinn«, schreibt er in *La Tentation d'exister.* Allerdings spricht er in dem Aufsatz über die Mystiker von »unserer Fähigkeit, uns in einen Wahnsinn zu stürzen, der *nicht heilig* ist. Im Unbekannten können wir soweit gehen wie die Heiligen, ohne von ihren Mitteln Gebrauch zu machen. Es wird uns genügen, die Vernunft einem langen Schweigen zu unterwerfen.«

Wenn Ciorans Position nicht wirklich konservativ im modernen Sinne ist, so deshalb, weil sein Standpunkt vor allem ein aristokratischer ist. Um sich nur anhand eines einzigen Beispiels die Quellen dieses Standpunkts zu veranschaulichen, nehme man seinen Essay *Au delà du Roman,* worin der Roman eloquent und überzeugend verurteilt wird wegen seiner geistigen Vulgarität – wegen seiner Hingabe an das, was Cioran das »kleinkarierte Verhängnis« nennt.

Das Problem, das überall in Ciorans Schriften gestellt wird, ist das eines *vergeistigten guten Geschmacks.* Die Vulgarität und die Verwässerung des Ich zu vermeiden, ist die Vorbedingung für die beschwerliche Doppelaufgabe, ein intaktes Selbst zu bewahren, das man voll zu bejahen und gleichzeitig zu transzendieren imstande ist. Cioran kann sogar die Gefühlsregung des Selbstmitleids verteidigen: denn der Mensch, der nicht länger klagen oder barmen kann, hat, weil er seine Qualen von sich gewiesen und sie dorthin relegiert hat, wo sie »außerhalb seiner Natur und außerhalb seiner Stimme (sind)..., [aufgehört], mit seinem Leben zu kommunizieren, das er in ein Objekt verwandelt«. Es mag anstößig erscheinen, daß Cioran, wie er es oft tut, dem Widerstand gegen die vulgäre Versuchung, glücklich zu sein, das Wort redet und von der »Sackgasse des Glücks« spricht. Derlei Anschauungen scheinen jedoch fern von fühlloser Künstelei zu sein, gewährt man ihm einmal sein unmögliches Vorhaben: »*nirgends* zu sein, wenn keinerlei äußere Bedingung einen dazu zwingt ... sich von der Welt loszumachen – was für eine Mühsal der Enthebung!«

Realistischer gesprochen, ist vielleicht das Beste, auf das man hoffen kann, eine Reihe von Situationen, ein Leben, ein Milieu, die einem Teil des wagemutigen Bewußtseins Raum für seine Mühsal gewähren. Man denke an Ciorans Beschreibung Spaniens in *Petite Théorie du destin:* »Sie leben in einer Art harmonischer Unwirtlichkeit, einem *tragischen Unernst,* der sie vor der Vulgarität, vor dem Glück und vor dem Erfolg bewahrt.«

Ciorans Schriften legen allerdings den Schluß nahe, daß die Rolle des Schriftstellers wohl nicht dazu angetan ist, diese Art von geistiger Hebelwirkung herzustellen. In *Avantages d'Exil* beschreibt er, wie die literarische Laufbahn, insbesondere die des Dichters, Bedingungen für einen Mangel an Authentizität schafft, die unüberwindlich sind. Man mag leiden, aber wenn man dies Leiden in die Literatur einbringt, ist das Ergebnis »eine Ballung von Verwirrung, eine Inflation des Grauens, der *frissons,* die *veralten.* Man kann die Hölle nicht unablässig erneuern, wo doch Monotonie ihr hervorstechendes Merkmal ist...«

Ob die Laufbahn des Philosophen weniger kompromittiert ist, läßt sich schwerlich nachweisen. (Die Vernunft liegt im Sterben, sagt Cioran in *L'aventure du style,* in der Philosophie ebenso wie in der Kunst.) Doch die Philosophie, so könnte Cioran es empfinden, wahrt immerhin in größerem Maße die Schicklichkeit. Da er nicht durch dieselbe Art von Ruhm oder emotionaler Belohnung verlockt wird wie der Dichter, kann der Philosoph die Bescheidenheit des Unausdrückbaren vielleicht besser verstehen und respektieren.

Wenn Cioran Nietzsches Philosophie als »eine Summe von Haltungen« beschreibt – die irrtümlicherweise von Gelehrten auf die Konstanten hin untersucht werden, die der Philosoph verworfen hat –, so ist klar, daß er den Nietzscheschen Maßstab mit seiner Kritik der »Wahrheit« als System und Widerspruchslosigkeit als seinen eigenen akzeptiert.

In *Lettres sur quelques impasses* spricht Cioran von den »Albernheiten, die dem Wahrheitskult innewohnen«. Hier und an anderer Stelle ist damit implizit gesagt, daß das, was der wahre Philosoph sagt, nicht irgend etwas »Wahres« ist, sondern eher etwas Notwendiges oder Befreiendes. Denn die »Wahrheit« wird mit der Entpersönlichung identifiziert.

Auch in diesem Zusammenhang kann man die Verbindung zwischen Nietzsche und Cioran nicht genug betonen. Und für beide Schriftsteller ist die Kritik der Wahrheit engstens mit der Einstellung zur »Geschichte« verknüpft.

Man kann also Nietzsches Infragestellung des Werts der Wahrheit im allgemeinen und der Nützlichkeit historischer Wahrheit im besonderen nicht verstehen, wenn man die Verknüpfung beider Vorstellungen außer acht läßt. Nietzsche verwirft das historische Denken nicht, weil es falsch ist. Es muß im Gegenteil verworfen werden, weil es wahr ist – eine entkräftende Wahrheit, die über den Haufen geworfen werden muß, damit dem menschlichen Bewußtsein eine umfassendere Orientierung möglich wird.

Wie Cioran in *La Tentation d'exister* sagt: »Die Geschichte ist bloß eine unwesentliche Seinsweise, die wirksamste Form unserer Treulosigkeit gegen uns selbst, eine metaphysische Verweigerung.« Und in *Penser contre soi* meint er: die »Geschichte, die Aggression des Menschen gegen sich selbst«.

So gewiß es ist, daß Nietzsche der Form von Ciorans Denken ebenso den Stempel aufdrückt wie seinen prinzipiellen Anschauungen, worin er Nietzsche am meisten ähnelt, ist sein Temperament. Es ist das Temperament oder der persönliche Stil, den er mit Nietzsche teilt und von dem her sich erklären läßt, weshalb sich in Ciorans Werk so viele Elemente finden, die auf Nietzsche zurückweisen, und zwar solche disparaten Elemente wie: die Hervorhebung der Rastlosigkeit eines anspruchsvollen Geisteslebens; das Vorhaben der Selbstzucht durch das »wider sich denken«, die bei Nietzsche immer wiederkehrende Thematik Stärke gegen Schwäche, Gesundheit gegen Krankheit, die ungebändigte und manchmal schrille Entfaltung der Ironie (die ganz anders geartet ist als das nahezu systematische, dialektische Wechselspiel von Ironie und Ernsthaftigkeit, wie es sich in Kierkegaards Schriften findet); die Beschäftigung mit dem Kampf gegen Banalität und Langeweile; die ambivalente Einstellung zur Berufung des Dichters; die verführerische, aber am Ende doch stets abgewehrte Lockung eines religiösen Bewußtseins; und natürlich die Feindseligkeit gegenüber der Geschichte und den meisten Aspekten des »modernen« Lebens.

Was in Ciorans Werk fehlt, ist irgend etwas, das Nietzsches heroischer Anstrengung, den Nihilismus (die Lehre von der Wiederkehr des Immergleichen) zu überwinden, vergleichbar wäre.

Und am meisten unterscheidet Cioran sich von Nietzsche dadurch, daß er dessen Kritik am Platonismus nicht folgt. Voller Verachtung für die Geschichte, aber heimgesucht von Zeit und Sterblichkeit, lehnte Nietzsche doch jede Rückorientierung auf die Rhetorik ab, die Plato zur Überwindung von Zeit und Tod aufgestellt hatte, er mühte sich tatsächlich sehr, klarzumachen, was er für den Betrug und die Unglaubwürdigkeit der platonischen intellektuellen Transzendenz hielt. Cioran hat sich von Nietzsches Argumenten offenbar nicht überzeugen lassen. Alle altehrwürdigen platonischen Dualismen tauchen in Ciorans Schriften wieder auf, sind wesentliche Glieder seiner Argumentationen, die allenfalls gelegentlich mit einem Fünkchen ironischer Reserve gebraucht werden. Da findet man Zeit gegen Ewigkeit, Seele gegen Körper, Geist gegen Materie und auch die moderneren: Dasein gegen Leben, Sein gegen Existenz. Wie ernst diese Dualismen gemeint sind, ist schwer zu entscheiden.

Könnte man das platonische Räderwerk innerhalb von Ciorans Denken als einen ästhetischen Code ansehen? Oder, eine andere Möglichkeit, als eine Art moralischer Therapie? Doch Nietzsches Kritik des Platonismus würde desungeachtet weiter zutreffen und bliebe weiter unbeantwortet.

Die einzige Figur in der angloamerikanischen Welt der Literatur, die sich auf ein theoretisches Unternehmen eingelassen hat, das dem Ciorans an Kraft und Tragweite vergleichbar ist, ist John Cage.

Auch er ein Denker in der nach- und antiphilosophischen Tradition des abgebrochenen, aphoristischen Diskurses, teilt Cage mit Cioran den Widerwillen gegen »Psychologie« und gegen »Geschichte« und das Eintreten für eine radikale Umwertung der Werte. Doch während es an Tragweite, Interesse und Energie dem Ciorans vergleichbar ist, steht Cages Denken im Hauptsächlichen in radikalem Kontrast dazu. Man muß es sich wohl als krassen Temperamentsunterschied vorstellen, daß Cage eine Welt ins Auge faßt, in der die meisten der Probleme und Aufgaben Ciorans einfach nicht existieren. Ciorans Universum des Diskurses ist besetzt von den Themen Krankheit (individuelle und gesellschaftliche), Ausweglosigkeit, Leiden, Sterblichkeit. Was seine Essays anbieten, ist eine Diagnose und, wenn nicht geradezu eine Therapie, so doch wenigstens ein Handbuch des vergeistigten guten Geschmacks, das dazu beitragen könnte zu verhindern, daß einem das eigene Leben zum Objekt, zum Ding gerät. Cages Universum des Diskurses – nicht weniger radikal und geistig anspruchsvoll als das Ciorans – sperrt sich gegen diese Themen.

Im Gegensatz zu Ciorans unnachgiebigem Elitarismus stellt Cage sich eine total demokratische Welt des Geistes vor, eine Welt der »natürlichen Aktivität«, in der »ausgemacht ist, daß alles sauber ist: es gibt keinen Schmutz«. Im Gegensatz zu Ciorans barockem Maßstab des guten und schlechten Geschmacks in intellektuellen und moralischen Belangen behauptet Cage, daß es so etwas wie guten oder schlechten Geschmack nicht gibt. Im Gegensatz zu Ciorans Vision des Irrtums und des Verfalls und der (möglichen) Erlösung von den eigenen Handlungen sieht Cage die immerwährende Möglichkeit eines von Irrtümern freien Verhaltens vor, sofern wir nur zulassen, daß es das gibt. »Der Irrtum ist eine Fiktion, hat faktisch keine Realität. Eine von Irrtümern freie Musik wird dadurch geschrieben, daß man keinen Gedanken an Ursache und Wirkung verschwendet. Jede andere Art von Musik ist immer fehlerhaft. Mit anderen Worten, es gibt keine Kluft zwischen Geist und Materie.« Und an anderer Stelle heißt in seinem Buch *Silence*, aus dem diese Zitate stammen: »Wie können wir von Irrtum reden, wo doch ausgemacht ist: ›Nie wieder Psychologie‹?« Im Unterschied zu Ciorans Ziel der unendlichen Anpassungsfähigkeit und intellektuellen Regsamkeit (Wie findet man den richtigen Ausgangspunkt, den richtigen Standort in einer trügerischen Welt?) trägt Cage uns an, eine Welt kennenzulernen, in der es nicht wünschenswert ist, etwas anderes zu tun, als was wir tun, und anderswo zu sein, als wir sind. »Es ist nur irritierend«, sagt er, »anzunehmen, man wolle gern anderswo sein. Wir sind nun mal hier.«

Was im Kontext dieses Vergleiches deutlich wird, ist, wie sehr Cioran dem *Willen* und seiner Fähigkeit, die Welt zu verändern, ergeben ist. Im Vergleich dazu Cage: »Bezieh nur die Position, gar nichts zu tun, und die Dinge ändern sich von selbst.« Unter welchen radikal verschiedenen Blickwinkeln man sich der radikalen Ablehnung der Geschichte anschließen kann, zeigt sich, wenn man erst an Cioran denkt und dann an Cage, der schreibt: »Gegenwart & nochmal Gegenwart. Sollte das eine Wiederholung sein? Nur, wenn wir dächten, sie gehörte uns, aber da wir das nicht tun, ist sie frei & wir sind's auch.«

Wenn man Cage liest, geht einem auf, wie sehr Cioran noch den Prämissen des historisierenden Bewußtseins verhaftet bleibt, wie unausweichlich er fortfährt, dessen Gebaren zu wiederholen, so sehr er sich auch sehnt, es zu transzendieren. Und es kommt ja nicht von ungefähr, daß Ciorans Denken sich auf halbem Wege zwischen der angstvollen Wiederaufnahme dieser Gesten und ihrer echten Umwertung befindet. Vielleicht muß man, wo die Frage einer aufs Ganze gehenden Umwertung ansteht, auf solche Denker schauen wie Cage, die – ob nun aus geistiger Stärke oder einem Mangel an geistiger Sensibilität ist dabei von sekundärer Bedeutung – imstande sind, weitaus mehr von der ererbten Qual und Komplexität dieser Kultur über Bord zu werfen. Ciorans ungebärdige, angespannt verfochtene Spekulationen sind eine brillante Zusammenfassung der Aporien des zerfallenden westlichen Denkens, doch sie bieten uns, über das beträchtliche Befriedigungserlebnis des Verstehens hinaus, keine Befreiung von diesen Aporien an. Befreiung liegt selbstverständlich kaum in Ciorans Absicht. Sein Ziel heißt Diagnose. Was die Befreiung betrifft, so mag es sein, daß man dafür den Stolz, soviel zu wissen und zu empfinden, fahrenlassen muß – einen lokalen Stolz, der noch jeden entsetzlich teuer zu stehen gekommen ist.

Novalis schrieb: »Die Philosophie ist eigentlich Heimweh-Trieb überall zu Hause zu sein.« Wenn der menschliche Geist überall zu Hause sein kann, muß er am Ende seinen lokalen »europäischen« Stolz aufgeben, und etwas anderes – das seltsam fühllos zu sein und in intellektueller Hinsicht zum Simplifizieren zu neigen scheint – muß Einlaß finden. »Mehr ist nicht vonnöten«, sagt Cage mit der ihm eigenen verheerenden Ironie, »als ein leerer Zeitraum, den man auf seine magnetische Weise wirksam werden läßt.«

(1967)

Annäherung an Artaud

Das Bestreben, den »Autor« abzuschaffen, gibt es seit mehr als hundert Jahren. Sein Impetus war von Anbeginn apokalyptisch und ist es noch: erfüllt von der Klage und dem Jubel über den konvulsivischen Niedergang alter Gesellschaftsordnungen, getragen von jenem weltweiten Empfinden, einen revolutionären Augenblick zu durchleben, das immer noch fast jegliche moralische und intellektuelle Größe belebt. Der Angriff auf den »Autor« hat nichts an Kraft eingebüßt, obwohl die Revolution entweder gar nicht stattgefunden oder, wo immer das doch der Fall war, die literarische Moderne rasch erstickt hat. Obgleich die Moderne in jenen Ländern, die nicht durch eine Revolution verändert worden sind, allmählich zur dominierenden Tradition höherer literarischer Bildung geworden ist, statt diese zu untergraben, fährt sie fort, Kodizes zur Erhaltung der neuen moralischen Kräfte zu entwickeln, indem sie mit diesen einen Kompromiß schließt. Daß der historische Imperativ, der die bloße Praxis von Literatur zu diskreditieren scheint, solange überdauert hat – eine Zeitspanne, die zahlreiche literarische Generationen umfaßt –, heißt nicht, daß er falsch verstanden wurde. Ebensowenig heißt es, daß das Unbehagen am »Autor« mittlerweile überholt oder unangemessen sei, wie manchmal behauptet wird. (Der Mensch neigt dazu, noch der entsetzlichsten Krise gegenüber zynisch zu werden, wenn sie sich hinzuziehen und kein Ende zu finden scheint.) Die Langlebigkeit der Moderne zeigt jedoch, was geschieht, wenn die prophezeite Überwindung starker sozialer und psychischer Ängste sich hinauszögert, zeigt, was für ungeahnte Kapazitäten an Erfindungsgabe und Seelenqual und Bezähmung der Seelenqual in der Zwischenzeit zur Entfaltung gelangen können.

Der etablierten Anschauung zufolge, die allerdings unter chronischer Herausforderung steht, wird die Literatur aus einer rationalen – d. h. gesellschaftlich akzeptierten – Sprache heraus zu einer Vielzahl von innerlich zusammenhängenden Typen des Diskurses (z. B. Gedicht, Theaterstück, Epos, Abhandlung, Essay, Roman) geformt und dies in Gestalt individueller »Werke«, die dann anhand solcher Normen wie Wahrhaftigkeit, emotionale Kraft, Subtilität und Bedeutung beurteilt werden. Mehr als ein Jahrhundert literarischer Moderne hat jedoch die Hinfälligkeit einst stabiler Genres deutlich gemacht und die bloße Vorstellung vom autonomen Werk untergraben. Die früher üblichen Maßstäbe zur Einschätzung literarischer Werke erscheinen heute keineswegs mehr selbstverständlich und universal. Sie bestätigen vielmehr die Vorstellungen einer bestimmten Kultur von der Rationalität, d. h. von Weltanschauung und Gemeinschaft.

»Autor« zu sein, ist als eine Rolle demaskiert worden, die, sei sie nun konformistisch oder nicht, unweigerlich einer gegebenen Gesellschaftsordnung verantwortlich bleibt. Gewiß schmeichelten nicht alle vormodernen Autoren den Gesellschaften, in denen sie lebten. Eine der ältesten Rollen des Autors besteht darin, die Gemeinschaft für ihre Heuchelei und ihre Unredlichkeit zur Rechenschaft zu ziehen, so wie Juvenal in den *Satiren* die Torheiten der römischen Aristokratie aufs Korn nahm und Richardson in *Clarissa* die bürgerliche Institution der Geldheirat anprangerte. Jedoch blieb das Ausmaß an oppositioneller Haltung, das den vormodernen Autoren zu Gebote stand – ob sie das nun wußten oder nicht –, darauf beschränkt, die Werte einer Klasse oder eines Milieus zugunsten der Werte einer anderen Klasse oder eines anderen Milieus zu geißeln. Die modernen Autoren hingegen sind diejenigen, die versucht haben, dieser Beschränkung zu entrinnen und zur Erfüllung der grandiosen Aufgabe beizutragen, die von Nietzsche vor einem Jahrhundert als die Umwertung aller Werte formuliert und von Antonin Artaud im 20. Jahrhundert als die »allgemeine Entwertung der Werte« neu definiert worden ist. Mag diese Aufgabe auch donquichotesk sein, sie umreißt doch die kraftvolle Strategie, mit deren Hilfe die modernen Autoren sich selbst für nicht länger verantwortlich erklären – verantwortlich in dem Sinne, daß Autoren, die ihr Zeitalter feiern, und Autoren, die es kritisieren, gleichermaßen Bürger sind, die mit der Gesellschaft, in der sie ihre Funktion haben, auf gutem Fuß stehen. Die modernen Autoren können an ihrem Bemühen erkannt werden, sich selbst abzuschaffen, an ihrem Willen, der Gemeinschaft moralisch nicht nützlich zu sein, an ihrer Neigung, sich nicht als Gesellschaftskritiker, sondern als Seher, als geistige Abenteurer und gesellschaftliche Parias zu präsentieren.

Die Abschaffung des »Autors« bringt unausweichlich eine neue Definition des »Schreibens« mit sich. Wie das Schreiben sich nicht länger als verantwortlich *definiert,* wird die anscheinend vom gesunden Menschenverstand vorgenommene Unterscheidung zwischen dem Werk und der Person, die es produziert hat, zwischen öffentlicher und privater Äußerung leer. Alle vormoderne Literatur entwickelt sich aus der klassischen Anschauung vom Schreiben als einer unpersönlichen, selbstgenügsamen, eigenständigen Leistung. Die moderne Literatur entwirft eine ganz andersgeartete Vorstellung: die romantische Anschauung vom Schreiben als Medium, worin eine einzigartige Persönlichkeit sich heldenhaft exponiert. Dieser höchst private Bezugspunkt des öffentlichen, literarischen Diskurses erfordert nicht, daß der Leser tatsächlich eine Menge über den Autor wissen muß. Obwohl über Baudelaire reichhaltiges biographisches Informationsmaterial zur Verfügung steht und so gut wie nichts über das Leben Lautréamonts bekannt ist, sind die *Blumen des Bösen* und *Maldoror* als literarische Werke gleichermaßen abhängig von der Vorstellung vom Autor als einem gequälten Selbst, das seine einzigartige Subjektivität vergewaltigt.

Der von der romantischen Empfindsamkeit initiierten Anschauung zufolge enthält das Produkt des Künstlers oder des Philosophen als regulierende innere Struktur das Zeugnis der Qualen der Subjektivität. Das Werk bezieht seine Glaubwürdigkeit von seinem Ort innerhalb einer einzigartigen durchlebten Erfahrung; sie gewinnt eine unerschöpfliche persönliche Totalität, und »das Werk« ist dabei ein Nebenprodukt, das diese Totalität nur unzulänglich ausdrückt. Kunst wird zu einer Äußerung des Selbstbewußtseins – eines Bewußtseins, das eine Disharmonie zwischen dem Künstler und der Gemeinschaft voraussetzt. Tatsächlich wird das Streben des Künstlers am Ausmaß seines Bruchs mit der kollektiven Stimme (der »Vernunft«) gemessen. Der Künstler ist ein Bewußtsein, das zu sein versucht. »Ich bin der, der um zu sein, seine angeborene Art peitschen muß«, schreibt Artaud, der didaktischste und kompromißloseste Held der Selbstverbitterung der modernen Literatur.

Im Prinzip kann das Vorhaben nicht gelingen. Das Bewußtsein als solches kann sich niemals gänzlich innerhalb der Kunst konstituieren, sondern muß danach drängen, seine eigenen Grenzen zu transformieren und die der Kunst zu verändern. Damit hat jedes einzelne »Werk« einen Doppelstatus. Es ist zugleich eine einzigartige und spezifische und bereits abgeschlossene literarische Geste und eine metaliterarische (oft schrille, bisweilen ironische) Bekundung über die Unzulänglichkeit der Literatur im Hinblick auf einen Idealzustand von Bewußtsein und Kunst. Wenn man das Bewußtsein als Entwurf begreift, schafft man einen Maßstab, der das »Werk« unvermeidlich dazu verdammt, unvollständig zu sein. Entsprechend dem Modell vom heroischen Bewußtsein, das nicht weniger anstrebt als die totale Selbstenteignung, kann die Literatur nur auf das »totale Buch« abzielen. Gemessen an der Idee vom totalen Buch besteht alles Schreiben in praxi in Fragmenten. Der Maßstab von Anfang, Mitte und Ende verfängt nicht mehr. Unvollständigkeit wird zur herrschenden Modalität von Kunst und Denken und ruft Antigenres auf den Plan – ein Werk, das vorsätzlich fragmentarisch ist, oder sich selbst verwirft, ein Denken, das sich selbst auflöst. Der erfolgreiche Umsturz alter Maßstäbe verlangt jedoch nicht, daß der Fehlschlag einer solchen Kunst geleugnet wird. Wie Cocteau sagt, ist »das einzige Werk, das gelingt, dasjenige, das mißlingt«.

Die Laufbahn Antonin Artauds, eines der letzten großen Vertreter der heroischen Periode der literarischen Moderne, faßt in nüchterner Weise diese Neubewertungen zusammen. Artaud scheiterte in seinem Werk ebenso wie im Leben. Zu seinem Werk gehören Verse, Prosagedichte, Filmskripts, Schriften über Kino, Malerei und Literatur, Essays, Schmähschriften und Polemiken gegen das Theater; mehrere Stücke und Notizen für viele unverwirklichte Bühnenprojekte, darunter eine Oper; ein historischer Roman; ein vierteiliger dramatischer Monolog, der für den Rundfunk gedacht war; Essays über den Peyote-Kult der Tarahumara-Indianer; glanzvolle Auftritte in zwei großartigen

Filmen (Gances *Napoleon* und Dreyers *La passion de Jeanne d'Arc*) und in vielen unbedeutenderen; Hunderte von Briefen – seine vollendetste dramatische Form –, von denen jeder beiträgt zu einem gebrochenen, selbstverstümmelten Corpus, einer ausgedehnten Sammlung von Fragmenten. Seine Hinterlassenschaft waren nicht vollendete Kunstwerke, sondern eine einzigartige Präsenz, eine Poetik, eine Ästhetik des Denkens, eine Kulturtheologie und eine Phänomenologie des Leidens.

In Artaud kristallisiert sich der Künstler als Seher erstmalig zur Figur des Künstlers als reinem Opfer seines Bewußtseins. Was in Baudelaires Prosadichtung vom Spleen und Rimbauds Bericht über eine Zeit in der Hölle vorgezeichnet ist, wird bei Artaud zur Mitteilung über die unablässige, quälende Wahrnehmung der Unangemessenheit seines eigenen Bewußtseins an sich selbst, über die Qualen einer Sensibilität, die zu dem Schluß kommt, sie sei dem Denken unabänderbar entfremdet. Denken und Sprachgebrauch werden zu einem ständigen Golgatha.

Die Metaphern, die Artaud verwendet, um seine intellektuelle Verzweiflung zu beschreiben, behandeln den Geist entweder als Besitz, auf den man niemals einen eindeutigen Anspruch hat (oder worauf man den Anspruch verloren hat) oder als eine physische Substanz, die undurchdringlich ist. Schon 1921 stellt er als Fünfundzwanzigjähriger fest, sein Problem bestehe darin, daß es ihm niemals gelinge, seinen Geist »in seiner *Gesamtheit*« zu besitzen. Die zwanziger Jahre hindurch beklagt er, daß seine Ideen ihn »verlassen«, daß er unfähig ist, seine Ideen »zu entdecken«, er seinen Geist nicht »erreichen« kann, daß er sein Verständnis für Worte »verloren« und die Denkformen »vergessen« hat. In direkteren Metaphern wütet er gegen die chronische Erosion seiner Ideen, die Art und Weise, wie sein Denken ihm wegbröckelt oder versickert. Er beschreibt, wie sein Geist gespalten ist, immer minderwertiger wird, versteinert, sich verflüssigt, gerinnt, leer oder undurchdringlich dicht ist: die Worte verderben. Artaud leidet nicht an dem Zweifel, ob es nun sein »Ich« sei, das denkt, sondern an der Überzeugung, sein eigenes Denken nicht zu besitzen. Er sagt nicht, daß er unfähig ist, zu denken; er sagt, daß er kein Denken »hat« – was für ihn viel mehr ist, als korrekte Vorstellungen oder Urteile zu haben. »Ein

Denken haben«, meint den Prozeß, durch den das Denken sich erhält, sich als sich selbst manifestiert und »allen Umständen des Empfindens und des Lebens« verantwortlich ist. In diesem Sinne von Denken – Denken zugleich als Subjekt und Objekt seiner selbst – behauptet Artaud, keines zu »haben«. Artaud zeigt, wie das Hegelsche theatralische, selbstbezogene Bewußtsein den Status totaler Entfremdung (statt losgelöster, umfassender Weisheit) erreichen kann, weil der Geist Objekt bleibt.

Die Sprache, die Artaud gebraucht, ist zutiefst widersprüchlich. Sein Bildgebrauch ist materialistisch (er macht den Geist zu einem Ding oder Objekt), seine Forderung an den Geist jedoch läuft auf den reinsten philosophischen Idealismus hinaus. Er weigert sich, das Bewußtsein anders denn als Prozeß zu betrachten, doch erfährt er gerade den Prozeßcharakter des Bewußtseins – seine Ungreifbarkeit, seinen ständigen Fluß – als Hölle. »Der wirkliche Schmerz«, sagt Artaud, »besteht darin, daß man spürt, wie sich das eigene Denken in uns selbst verschiebt.« Das *cogito,* dessen allzu evidente Existenz kaum des Beweises zu bedürfen scheint, befindet sich auf der verzweifelten, trostlosen Suche nach einer *ars cogitandi.* Das Erkenntnisvermögen, beobachtet Artaud mit Entsetzen, ist die reinste Zufälligkeit. An den Antipoden dessen, was Descartes und Valéry in ihren großen optimistischen Epen über das Verlangen nach klaren und festumrissenen Vorstellungen zu sagen wissen, eine Göttliche Komödie des Denkens, kündet Artaud vom unaufhörlichen Elend und der Verwirrung des Bewußtseins, das sich selbst sucht: »Diese intellektuelle Tragödie, in der ich stets besiegt werde«, die Göttliche Tragödie des Denkens. Er beschreibt sich selbst als »ständig auf der Jagd nach meinem intellektuellen Sein«.

Die Konsequenz von Artauds Verdikt gegen sich selbst – die Überzeugtheit von seiner chronischen Entfremdung vom eigenen Bewußtsein – ist, daß sein geistiges Defizit direkt oder indirekt zum beherrschenden, unerschöpflichen Gegenstand seiner Schriften wird. Einige seiner Zeugnisse dieser Passion des Denkens sind fast zu schmerzlich zu lesen. Er bearbeitet seine Emotionen – Panik, Verwirrung, Zorn, Entsetzen – wenig. Seine Begabung liegt weniger im psychologischen Verständnis (das er, da er darin nicht gut war, als trivial abtat), sondern zielt auf eine originellere

Weise des Beschreibens, eine Art von physiologischer Phänomenologie seiner unaufhörlichen Trostlosigkeit. Artauds Behauptung in *Le pèse-nerfs* (dt. Die Nervenwaage), niemand habe je so akkurat sein »intimes« Selbst aufgezeichnet, ist keine Übertreibung. Nirgends in der gesamten Geschichte des Schreibens in der ersten Person gibt es einen so unermüdlichen und detaillierten Bericht von der Mikrostruktur geistigen Schmerzes.

Artaud berichtet jedoch nicht einfach über seine Seelenpein. Sie konstituiert sein Werk, denn wenn der Akt des Schreibens – der der Intelligenz Form verleihen soll – eine Marter ist, so liefert diese Marter doch auch die Energie für den Akt des Schreibens. Obwohl Artaud mit grimmiger Enttäuschung reagierte, als die relativ durchgeformten Gedichte, die er 1923 bei der *Nouvelle Revue Française* eingereicht hatte, von Jacques Rivière, ihrem Herausgeber, mit der Begründung abgelehnt wurden, es fehle ihnen an Zusammenhang und Harmonie, erwiesen Rivières kritische Bemerkungen sich als befreiend. Von diesem Zeitpunkt an bestritt Artaud, einfach noch mehr Kunst zu schaffen und das Warenlager der Literatur zu vermehren. Die Verachtung für die Literatur – ein Thema der modernen Literatur, das öffentlich zuerst von Rimbaud zur Sprache gebracht wurde – ist bei Artaud zu der Zeit, da Futuristen, Dadaisten und Surrealisten diese Verachtung zum Gemeinplatz gemacht haben, anders moduliert. Artauds Verachtung für die Literatur hat weniger mit einem diffusen Nihilismus in bezug auf die Kultur zu tun, als mit einer spezifischen Leidenserfahrung. Für Artaud wird die extreme geistige und auch physische Pein, die den Akt des Schreibers speist (und authentisch macht), notwendigerweise verfälscht, wenn diese Energie in künstlerische Leistung umgewandelt wird: wenn sie den wohltuenden Status eines abgeschlossenen literarischen Produkts erreicht. Die verbale Erniedrigung der Literatur (*»Alles Schreiben ist Abfall«*, erklärt Artaud in *Le pèse-nerfs*) hütet den gefährlichen, quasi magischen Status des Schreibens als Gefäß, das würdig ist, den Schmerz des Autors zu bergen. Die Beschimpfung der Kunst ist (wie die Publikumsbeschimpfung) ein Versuch, der Korruption der Kunst, der Banalisierung des Leidens zuvorzukommen.

Die Verknüpfung von Leiden und Schreiben ist eines der

Leitthemen Artauds: dadurch, daß man gelitten hat, erwirbt man das Recht zu sprechen, doch die Notwendigkeit, Sprache zu gebrauchen, ist selbst die hauptsächliche Ursache des Leidens. Er beschreibt sich selbst als zerstört von einer »stupenden Verwirrung« seiner »Sprache in ihren Beziehungen zum Denken«. Artauds Entfremdung von der Sprache stellt die dunkle Seite der erfolgreichen verbalen Entfremdungen der modernen Dichtung dar – ihres schöpferischen Gebrauchs der rein formalen Möglichkeiten der Sprache, der Ambiguität von Worten und der Künstlichkeit festgelegter Bedeutungen. Artauds Problem lautet nicht, was Sprache an sich sei, sondern besteht in der Beziehung der Sprache zu dem, was er »die intellektuellen Wahrnehmungen des Fleisches« nennt. Er kann sich die traditionelle Klage aller großen Mystiker kaum leisten, daß Worte dazu neigen, das lebendige Denken zu versteinern und den unmittelbaren, organischen, sinnlichen Stoff der Erfahrung in etwas Schwerfälliges, bloß Verbales zu verwandeln. Bei Artauds Kampf geht es erst in zweiter Linie um die Leblosigkeit von Sprache; vorrangig ist die Widerspenstigkeit seines eigenen Innenlebens. Von einem Bewußtsein verwendet, das sich selbst als paroxystisch definiert, werden Worte zu Messern. Artaud scheint mit einem außergewöhnlichen Innenleben geschlagen gewesen zu sein; die Kompliziertheit und der lärmende Abgrund seiner physischen Empfindungen und die konvulsivischen Intuitionen seines Nervensystems scheinen ständig im Streite zu liegen mit seiner Fähigkeit, ihnen eine verbale Form zu verleihen. Diese Kluft zwischen Gewandtheit und Impotenz, zwischen außerordentlichen verbalen Talenten und dem Gefühl einer intellektuellen Lähmung ist der psychodramatische Kern alles dessen, was Artaud schrieb, und um diesen Widerstreit in dramatischer Weise aufrechtzuerhalten, bedarf es der wiederholten Exorzisierung der Respektabilität, die dem Schreiber anhaftet.

Es handelt sich bei Artaud also weniger um freies Schreiben als darum, daß er es permanent beargwöhnt, indem er es als Spiegel des Bewußtseins behandelt – so daß das, was geschrieben werden kann, die gleiche Ausdehnung hat wie das Bewußtsein selbst und die Wahrheit jeglicher Behauptung abhängig gemacht wird von der Vitalität und Ganzheit des Bewußtseins, worin sie ihren

Ursprung hat. Entgegen allen hierarchischen oder platonisierenden Theorien des Geistes, die einen Teil des Bewußtseins einem anderen überordnen, tritt Artaud für die Demokratie geistiger Ansprüche ein, für das Recht einer jeden Ebene, Neigung und Eigenschaft des Denkens, vernommen zu werden: »Wir können im Geist alles tun, wir können in jeder Tonlage sprechen, *sogar in einer, die unpassend ist.*« Artaud lehnt es ab, irgendeine Wahrnehmung als zu trivial oder krude auszuschließen. Die Kunst sollte imstande sein, von überallher zu berichten, ist seine Meinung – wenn auch nicht aus denselben Gründen, die Whitmansche Offenheit oder Joycesche Zügellosigkeit rechtfertigen. Irgendeine der möglichen Transaktionen zwischen verschiedenen Ebenen des Denkens und des Fleisches zu blockieren, kommt für Artaud einer Enteignung des Denkens, einem Vitalitätsverlust im reinsten Sinne gleich. Jener schmale Tonumfang, der den »sogenannten literarischen Ton« ausmacht – die Literatur in ihren traditionell akzeptablen Formen –, wird schlimmer als ein Betrug und ein Instrument intellektueller Repression. Er ist ein geistiges Todesurteil. Artauds Wahrheitsbegriff sieht eine exakte und delikate Konkordanz zwischen den »animalischen« Impulsen des Geistes und den höchsten Operationen des Intellekts vor. Dieses bewegliche, gänzlich geeinte Bewußtsein beschwört Artaud innerhalb der obsessiven Berichte über seine eigene geistige Unzulänglichkeit und bei seiner Ablehnung der »Literatur«.

Die Qualität des eigenen Bewußtseins ist Artauds ausschlaggebender Maßstab. Unfehlbar verknüpft er seine Bewußtseinsutopie mit einem psychologischen Materialismus: der absolute Geist ist zugleich absolut fleischlich. Sein intellektuelles Elend ist damit zur gleichen Zeit das akuteste physische Elend, und jede Behauptung über sein Bewußtsein ist zugleich eine Behauptung über seinen Körper. Was Artauds unheilbare Bewußtseinspein verursacht, ist eben tatsächlich seine Weigerung, den Geist als von der Situation des Fleisches getrennt anzusehen. Weit davon entfernt, entkörperlicht zu sein, ist sein Bewußtsein eins, dessen Martyrium aus seiner nahtlosen Verknüpfung mit dem Körper resultiert. Bei seinem Kampf gegen jegliche hierarchischen oder bloß dualistischen Bewußtseinsvorstellungen behandelt Artaud seinen Geist ständig, als *sei* er eine Art Körper – ein Körper, den er nicht »besitzen« konnte, weil er entweder zu jungfräulich oder zu verdorben war und zugleich ein mystischer Körper, von dessen Unordnung er »besessen« war.

Es wäre natürlich ein Fehler, Artauds Behauptung der geistigen Impotenz für bare Münze zu nehmen. Die intellektuelle Unfähigkeit, die er beschreibt, zeigt nicht etwa die Grenzen seines Werkes an (Artaud verrät keine Beeinträchtigung seiner Verstandeskräfte), sondern erklärt seinen Plan: minutiös die kompakten, die verworrenen Fibern seines Geist-Körpers nachzuzeichnen. Voraussetzung für Artauds Schreiben ist seine tiefverwurzelte Schwierigkeit, das »Sein« mit Hyperluzidität, das Fleisch mit Worten in Einklang zu bringen. Im Kampf darum, das lebendige Denken zu verkörpern, dichtete Artaud in fieberhaften irregulären Blöcken; das Schreiben bricht abrupt ab und beginnt dann von neuem. Jedes einzelne »Werk« hat eine Mischform; z. B. die zwischen einem erklärenden Text und einer Beschreibung von traumhaftem Charakter, wie er sie häufig einem Brief einfügt – einem Brief an einen imaginären Empfänger oder einem wirklichen Brief, bei dem der Name des Adressaten fehlt. Indem er die Formen wechselt, wechselt er den Atem. Er stellt sich das Schreiben so vor, daß es einen unvorhersehbaren Fluß von sengender Energie entfesselt; das Wissen muß in den Nerven des Lesers explodieren. Die Einzelheiten der Artaudschen Stilistik ergeben sich direkt aus seiner Vorstellung vom Bewußtsein als Morast der Schwierigkeit und des Leidens. Seine Entschlossenheit, den Rückenpanzer der »Literatur« zu knacken – oder doch wenigstens die dem Selbstschutz dienende Distanz zwischen Leser und Text zu verletzen – ist nun keineswegs ein neues Bestreben in der Geschichte der literarischen Moderne. Doch mag Artaud mehr denn irgendein anderer Autor kurz davor gewesen sein, das wirklich zu tun, und zwar durch die gewaltsame Diskontinuität seines Diskurses, sein extremes Empfinden, die Reinheit seiner moralischen Absicht, die qualvolle Fleischlichkeit des Berichts über sein geistiges Leben, die Echtheit und Größe der Feuerprobe, die er durchmachte, um überhaupt Sprache zu gebrauchen.

Die Schwierigkeiten, die Artaud beklagt, bestehen fort, weil er über das Undenkbare nachdenkt – darüber, inwiefern der Körper Geist und der Geist zugleich ein Körper ist. Dieses unerschöpfliche Paradox spiegelt sich in Artauds Wunsch, Kunst hervorzubringen, die gleichzeitig Antikunst ist. Letzteres Paradox ist jedoch mehr hypothetisch denn real. Wenn er Artauds Weigerungen nicht kennt, wird der Leser die Strategien seines Diskurses unausweichlich mit Kunst vergleichen, wann immer diese Strategien (wie sie es häufig tun) einen gewissen triumphierenden Höhepunkt der Weißglut erreichen. Und drei kleine, zwischen 1925 und 1929 publizierte Bücher – *L'Ombilic des Limbes, Le pèse-nerfs* und *L'art et la mort* –, die als Prosagedichte gelesen werden können, glänzender als alles andere, was Artaud namentlich als Dichter verfaßte, weisen ihn als den größten Prosaschriftsteller der französischen Sprache seit dem Rimbaud der *Illuminationen* und der *Zeit in der Hölle* aus. Es wäre jedoch unangebracht, das literarisch Gelungenste von seinen anderen Schriften zu trennen.

Artauds Werk leugnet, daß es irgendeinen Unterschied zwischen Kunst und Denken, zwischen Dichtung und Wahrheit gibt. Trotz der Brüche in der Darstellung und des Variierens von »Formen« innerhalb eines jeden Werks verfolgt alles, was er schreibt, eine argumentative Linie. Artaud ist stets didaktisch. Er hörte niemals auf zu beleidigen, zu klagen, zu mahnen, anzuprangern – nicht einmal in der Poesie, die er schrieb, nachdem er 1946 aus dem Irrenhaus in Rodez auftauchte, und deren Sprache teilweise unverständlich ist, d.h. eine unvermittelte physische Präsenz. Sein ganzes Schreiben vollzieht sich in der ersten Person und ist ein Anredemodus in Form gemischter Stimmen der Beschwörung und diskursiver Erklärung. Seine Tätigkeiten sind zur gleichen Zeit Kunst und Reflexionen über Kunst. In einem frühen Essay über Malerei erklärt Artaud, Kunstwerke seien »nur soviel wert wie die Vorstellungen, die ihnen zugrundeliegen und deren Wert genau in dem besteht, was wir erneut in Frage stellen«. Ebenso wie Artauds Kunst auf eine *ars poetica* hinausläuft (wobei sein Werk nicht mehr ist als deren fragmentarische Exposition), so versteht er das Kunstschaffen als einen bildlichen Ausdruck für das Funktionieren jeglichen Bewußtseins – des Lebens selbst.

Dieser bildliche Ausdruck war die Basis von Artauds Verbindung mit der surrealistischen Bewegung zwischen 1924 und 1926. Wie Artaud den Surrealismus verstand, war er eine »Revolution«, die auf alle Geisteszustände, alle Typen »menschlicher Aktivität« anwendbar ist, wobei ihr Status als Tendenz innerhalb der Künste sekundär und bloß strategisch ist. Er begrüßte den Surrealismus – »vor allem ein Geisteszustand« – als zugleich eine Kritik des Geistes und eine Technik zur Verbesserung der Reichweite und Beschaffenheit des Geistes. So empfindlich er in seinem eigenen Leben gegenüber den repressiven Auswirkungen der bürgerlichen Vorstellung von der Tagein-tagaus-Wirklichkeit war (»Wir werden geboren, wir leben, wir sterben von Lügen umgeben«, schrieb er 1923), so natürlich fühlte er sich zum Surrealismus hingezogen, weil dieser einem subtileren, phantasievolleren und rebellischeren Bewußtsein das Wort redete. Bald erblickte er jedoch in den surrealistischen Formeln eine andere Art von Einschränkung. Er ließ sich ausschließen, als die Mehrzahl der surrealistischen Bruderschaft im Begriff war, sich der Kommunistischen Partei Frankreichs anzuschließen – ein Schritt, den Artaud als Ausverkauf brandmarkte. Eine aktuelle gesellschaftliche Revolution verändert gar nichts, behauptet er verachtungsvoll in der Polemik, die er 1927 gegen »den surrealistischen Bluff« verfaßte. Die surrealistische Parteinahme für die Dritte Internationale war, wenn sie auch nur kurz dauern sollte, für ihn eine hinreichend plausible Provokation, um die Bewegung zu verlassen, doch reichte seine Unzufriedenheit tiefer als die Uneinigkeit darüber, welche Art von Revolution wünschenswert und von Bedeutung sei. (Die Surrealisten waren wohl kaum mehr Kommunisten als Artaud es war. André Breton hatte weniger eine Politik im Sinn als ein Bündel äußerst attraktiver moralischer Sympathien, die ihn zu einer anderen Zeit dem Anarchismus zugeführt hätten und ihn, für seine Zeit ein ganz logischer Schritt, in den dreißiger Jahren dazu brachten, ein Anhänger und Freund Trotzkis zu werden.) Was Artaud in Wirklichkeit gegen den Surrealismus aufbrachte, war ein grundlegender Temperamentsunterschied.

Aufgrund eines Mißverständnisses hatte Artaud mit glühender Begeisterung der surrealistischen Anfechtung der Grenzen, die »die Vernunft« dem Bewußtsein auferlegt, und dem surrealistischen Glauben an den Zugang zu einem erweiterten Bewußtsein zugestimmt, das durch Träume, Drogen, eine ausfällige Kunst und asoziales Verhalten ermöglicht werden sollte. Der Surrealist, so dachte er, war jemand, der »daran verzweifelt, seinen eigenen Geist zu erreichen«. Damit meinte er selbstverständlich sich selbst. Verzweiflung aber ist der surrealistischen Einstellung im wesentlichen gänzlich fremd. Die Surrealisten priesen die Wohltaten, die aus der Öffnung der Pforten der Vernunft erwachsen würden, und kümmerten sich nicht um die Greuel. Artaud, der in ebenso extravaganter Weise schwermütig war wie die Surrealisten optimistisch, konnte dem Irrationalen bestenfalls beifällig Legitimität zugestehen. Während die Surrealisten exquisite Spiele mit dem Bewußtsein vorschlugen, die niemand verlieren konnte, war Artaud in den tödlichen Kampf verwickelt, sich selbst »wiederherzustellen«. Breton sanktionierte das Irrationale als einen nützlichen Weg in Richtung auf einen neuen geistigen Kontinent. Für Artaud, der der Hoffnung beraubt war, irgendwohin unterwegs zu sein, war es das Terrain seines Martyriums.

Durch die Erweiterung der Bewußtseinsgrenzen hofften die Surrealisten nicht nur die Herrschaft der Vernunft zu veredeln, sondern auch den Ertrag an physischem Vergnügen zu vergrößern. Artaud hingegen war außerstande, irgendwelches Vergnügen von der Kolonisation neuer Domänen des Bewußtseins zu erwarten. Im Gegensatz zur euphorischen Bejahung der physischen Leidenschaft als auch der romantischen Liebe seitens der Surrealisten betrachtete Artaud die Erotik als etwas Bedrohliches, Dämonisches. In *L'art et la mort* beschreibt er »diese Beschäftigung mit dem Sex, die mich versteinert und mir das Blut heraustreibt«. Geschlechtsorgane multiplizieren sich in einem monströsen Ausmaß und in bedrohlich hermaphroditischen Umrissen in vielen seiner Schriften; Jungfräulichkeit wird als Stand der Gnade behandelt und Impotenz oder Kastration – beispielsweise in den bildlichen Vorstellungen, die die Figur des Abélard in *L'art et la mort* produziert – mehr als Erleichterung denn als Strafe dargestellt. Die Surrealisten schienen das Leben zu lieben, notiert Artaud hochmütig. Er empfand »Verachtung« dafür. Als er 1925 das Programm des *Bureau de recherches surréalistes* erläuterte, hatte er den Surrealismus zustimmend als

»eine bestimmte Ordnung von Abneigungen« beschrieben, um dann im darauffolgenden Jahr zu folgern, daß diese Abneigungen recht seicht seien. Wie Marcel Duchamps in einer bewegenden Eloge auf seinen Freund Breton im Jahre 1966, Bretons Todesjahr, sagte, ist »die große Quelle surrealistischer Inspiration die Liebe: die Verherrlichung gewählter Liebe«. Der Surrealismus ist eine spirituelle Politik der Freude.

Ungeachtet seiner leidenschaftlichen Ablehnung des Surrealismus war Artauds Geschmack surrealistisch – und blieb es. Seine Verachtung für den »Realismus« als einer Kollektion bürgerlicher Banalitäten ist surrealistisch, und ebenso ist es seine schwärmerische Begeisterung für die Kunst der Verrückten und der Nichtprofessionellen, für das Orientalische, für alles, was extrem, phantastisch, grotesk ist. Artauds Geringschätzung des dramatischen Repertoires seiner Zeit, des Theaterstücks, das der Seelenforschung individueller Charaktere gewidmet ist – eine Geringschätzung, die der Argumentationsweise der Manifeste in *Das Theater und sein Double*, geschrieben zwischen 1931 und 1936, zugrundeliegt – geht von einer Position aus, die identisch ist mit der Bretons im *Ersten Surrealistischen Manifest* (1924), worin er den Roman verabschiedet. Artaud macht jedoch einen gänzlich anderen Gebrauch von der glühenden Hingabe und den ästhetischen Vorlieben, die er mit Breton teilt. Die Surrealisten sind connaisseurs der Freude, der Freiheit und des Vergnügens. Artaud ist ein connaisseur der Verzweiflung und des moralischen Ringens. Während es die Surrealisten ausdrücklich ablehnten, der Kunst einen autonomen Wert zuzugestehen, sahen sie keinen Konflikt zwischen moralischen und ästhetischen Sehnsüchten, und in diesem Sinne hat Artaud völlig recht, wenn er sagt, daß ihr Programm »ästhetisch« sei – er meint damit, bloß ästhetisch. Artaud sieht einen solchen Konflikt und verlangt, daß die Kunst sich anhand von Maßstäben moralischer Ernsthaftigkeit rechtfertigt.

Vom Surrealismus leitet Artaud die Perspektive ab, die seine eigene psychische Dauerkrise mit dem verknüpft, was Breton (im *Zweiten Surrealistischen Manifest* von 1930) »eine allgemeine Bewußtseinskrise« nennt – eine Perspektive, die Artaud durch all seine Schriften aufrechterhielt. Doch kein Gefühl für die Krise innerhalb des surrealistischen Kanons ist so trostlos wie das Artauds. Wenn man sie an Artauds zerrissenen Wahrnehmungen mißt, die zugleich kosmisch und in höchst persönlicher Weise physiologisch sind, dann erscheinen die surrealistischen Jeremiaden eher anregend als alarmierend. (Sie betreffen in der Tat nicht dieselben Krisen. Artaud verstand zweifellos mehr vom Leiden als Breton, wie Breton mehr von der Freiheit verstand als Artaud.) Ein anderes, verwandtes Vermächtnis des Surrealismus gab Artaud die Möglichkeit, innerhalb seines ganzen Werkes aufrechtzuerhalten, daß die Kunst selbstverständlich eine »revolutionäre« Mission habe. Doch Artauds Vorstellung von Revolution divergiert so sehr von der der Surrealisten, wie seine verwüstete Sensibilität sich von Bretons im wesentlichen gesunder unterscheidet.

Artaud übernahm von den Surrealisten auch den romantischen Imperativ, die Kluft zwischen Kunst (und Denken) und Leben zu schließen. Er beginnt *L'Ombilic des Limbes* (geschrieben 1925) damit, daß er sich selbst für außerstande erklärt, sich ein »Schaffen, das vom Leben losgelöst ist«, eine »losgelöste Schöpfung« vorzustellen. Artaud insistiert jedoch aggressiver, als die Surrealisten es je taten, auf der Entwertung des einzelnen Kunstwerks, die aus der Verknüpfung der Kunst mit dem Leben resultiert. Wie die Surrealisten betrachtet Artaud die Kunst als eine Funktion des Bewußtseins, wobei jedes Werk nur einen Bruchteil der Gesamtheit des künstlerischen Bewußtseins repräsentiert. Indem er jedoch das Bewußtsein hauptsächlich mit seinen obskuren, verborgenen, quälenden Aspekten identifiziert, macht er die Zergliederung der Totalität des Bewußtseins in getrennte »Werke« nicht bloß zu einem willkürlichen Vorgehen (was die Surrealisten faszinierte), sondern zu einem, das sich selbst zum Scheitern verurteilt. Artauds Einengung des surrealistischen Standpunkts macht ein Kunstwerk im wörtlichen Sinne nutzlos an sich. Insofern es als Ding betrachtet wird, ist es tot. In *Le pèse-nerfs,* ebenfalls von 1925, vergleicht Artaud seine Werke mit leblosen »Abfallprodukten«, bloßem »Seelenmüll«. Diese zerstückelten Fetzen des Bewußtseins erwerben Wert und Vitalität nur als Metaphern für Kunstwerke, d. h. Metaphern für Bewußtsein.

Während er jegliche losgelöste Kunstauffassung, jegliche Version jener Anschauung verwirft, die die Kunstwerke als Objekte nimmt (die betrachtet werden, die Sinne bezaubern, erbauen, zerstreuen sollen), vergleicht Artaud jegliche Kunst mit der dramatischen Aufführung. In Artauds Poetik ist die Kunst (und ist das Denken) eine Handlung – und zwar eine, die um authentisch zu sein, brutal sein muß –, und zugleich eine durchlittene, mit extremen Emotionen geladene Erfahrung. Insofern sie zugleich Handlung und Passion dieser Art ist, ebenso bilderstürmerisch wie evangelistisch in ihrer Glut, scheint die Kunst eine kühnere Bühne zu verlangen, außerhalb von Museen und legitimen Aufführungsorten, und eine neue, rauhere Form der Konfrontation mit ihrem Publikum. Die Rhetorik der inneren Bewegung, die Artauds Kunstauffassung bestimmt, ist beeindrukkend, ändert jedoch nichts an dem Weg, den er tatsächlich beschreitet, um die traditionelle Rolle des Kunstwerks als Objekt zu widerlegen – nämlich durch eine Analyse und eine Erfahrung des Kunstwerks, die eine immense Tautologie sind. Er sieht die Kunst als eine Handlung und infolgedessen eine Passion des Geistes. Der Geist produziert die Kunst. Und der Raum, innerhalb dessen die Kunst konsumiert wird, ist ebenfalls der Geist – aufgefaßt als die organische Totalität des Fühlens, des physischen Empfindens und der Fähigkeit, Bedeutung zuzusprechen. Artauds Poetik ist eine Art zum äußersten getriebener manischer Hegelianismus, innerhalb dessen die Kunst das Kompendium des Bewußtseins ist, die Reflexion des Bewußtseins auf sich selbst, und der leere Raum, innerhalb dessen das Bewußtsein den riskanten Sprung der Selbsttranszendierung unternimmt.

Die Kluft zwischen Kunst und Leben schließen, heißt die Kunst zerstören und gleichzeitig universal machen. In dem Manifest, das Artaud für das 1926 von ihm gegründete Alfred Jarry Theater schrieb, begrüßt er »den Verruf, dem alle Kunstformen nacheinander anheimfallen«. Seine Freude mag Pose sein, doch wäre es von ihm aus inkonsequent, diese Sachlage zu bedauern. Sobald das leitende Kriterium für Kunst ihre Verschmelzung mit dem Leben (d. h. mit allem – einschließlich anderer Künste) wird, ist die Existenz getrennter Kunstformen nicht länger vertretbar. Darüber hinaus nimmt Artaud an, eine der existierenden Künste müsse sich alsbald von ihrem Nervenversagen erholen und zur totalen Kunstform werden, die alle anderen absorbieren wird. Artauds lebenslanges Arbeiten kann als die Abfolge seiner Bemühungen beschrieben werden, diese meisterliche Kunst zu formulieren und zu bewohnen, wobei er heroisch seiner Überzeugung folgte, daß die Kunst, die er suchte, schwerlich die eine – allein die Sprache involvierende – sein könne, auf die sein Genius hauptsächlich beschränkt war.

Die Substanz von Artauds Schaffen in allen Künsten ist identisch mit den kritischen Abständen, die er gegenüber der Vorstellung von einer rein sprachlichen Kunst wahrt – identisch mit den unterschiedlichen Formen seiner lebenslangen »Revolte gegen die Poesie« (Titel eines Prosatextes, den er 1944 in Rodez schrieb). Die Poesie war, chronologisch gesehen, die erste der vielen Künste, die er ausübte. Sogar von 1913, als er siebzehn war und noch Student in seiner Geburtsstadt Marseille, sind Gedichte erhalten. Sein erstes Buch, das er 1923 veröffentlichte, drei Jahre, nachdem er nach Paris gezogen war, war eine Gedichtsammlung, und die erfolglose Einsendung einiger neuer Gedichte an die *Nouvelle Revue Française* im selben Jahr löste seine berühmte Korrespondenz mit Rivière aus. Artaud begann jedoch bald, die Poesie zugunsten anderer Künste zu vernachlässigen. Die Dimensionen der Lyrik, die er in den zwanziger Jahren zu schreiben imstande war, waren zu eng für das, was Artauds Intuition nach Maßstab einer meisterlichen Kunst sein mußte. In den frühen Gedichten ist er kurzatmig; die kompakte lyrische Form, die er verwendet, sieht kein Ventil für seine diskursive und narrative Phantasie vor. Erst mit dem großen schriftstellerischen Ausbruch zwischen 1945 und 48, in seinen letzten drei Lebensjahren, fand Artaud, der der Vorstellung von Dichtung als einer geschlossenen lyrischen Aussage mittlerweile gleichgültig gegenüberstand, eine weittragende Stimme, die der Reichweite seiner imaginativen Bedürfnisse angemessen war – eine Stimme, die, wie Pounds Poesie, frei war von etablierten Formen und einen offenen Ausgang zuließ. Die Poesie, wie Artaud sie in den zwanziger Jahren verstand, besaß keine dieser Möglichkeiten oder Zulänglichkeiten. Sie war eng, und eine totale Kunst hatte großzügig zu sein und zu fühlen. Sie mußte eine vielstimmige Aufführung, nicht ein einziges lyrisches Objekt sein.

Alle gewagten Unternehmungen, die vom Ideal einer totalen Kunstform inspiriert sind – sei es innerhalb der Musik, der Malerei, der Bildhauerei, der Architektur oder der Literatur –, schaffen es auf die eine oder andere Weise, theatralisch zu werden. Wenn Artaud auch nicht so wörtlich hätte zu werden brauchen, so ist es doch einleuchtend, daß er sich frühzeitig auf das Gebiet der explizit dramatischen Künste begab. Zwischen 1922 und 1924 spielte er in Stücken unter der Regie von Charles Dullin und den Pitoëffs, und 1924 begann er auch noch eine Laufbahn als Filmschauspieler – d. h. Mitte der zwanziger Jahre hatte Artaud zwei plausible Kandidaten für die Rolle der totalen Kunst: Kino und Theater. Da er jedoch hoffte, die Kandidatur dieser Künste nicht als Darsteller, sondern als Regisseur zu betreiben, mußte er bald auf eine von ihnen verzichten – das Kino. Artaud bekam niemals die Mittel in die Hand, einen eigenen Film zu machen, und in einem Film von 1928, den ein anderer Regisseur nach einem seiner Drehbücher *(La coquille et le clergyman)* drehte, sah er seine Absichten verraten. Sein Empfinden, gescheitert zu sein, wurde 1929 durch die Einführung des Tons noch verstärkt; wie die meisten aus der kleinen Zahl von Kinogängern, die den Film während der zwanziger Jahre ernstgenommen hatten, prophezeite er, daß dieser Wendepunkt in der Geschichte der Filmästhetik das Ende der Größe des Kinos als Kunstform bedeuten würde. Er spielte bis 1935 weiter in Filmen, aber ohne viel Hoffnung auf eine Chance, eigene Filme zu machen, und ohne weitere Überlegungen hinsichtlich der Möglichkeiten des Kinos (das ungeachtet der Enttäuschung Artauds der aussichtsreichste Anwärter des Jahrhunderts auf den Titel der Meisterkunst bleibt).

Von Ende 1926 an konzentrierte sich Artauds Suche nach einer totalen Kunstform auf das Theater. Anders als die Poesie, eine Kunst, die nur aus einem Material (Wörtern) gemacht ist, benutzt das Theater eine Vielzahl von Materialien: Wörter, Licht, Musik, Körper, Mobiliar, Kleider. Anders als das Kino, eine Kunst, die nur eine Vielzahl von Sprachen (Bilder, Worte, Musik) benutzt, ist das Theater fleischlich, körperlich. Das Theater vereint die unterschiedlichsten Mittel – Gestik und verbale Sprache, statische

Gegenstände und Bewegung im dreidimensionalen Raum. Das Theater wird jedoch nicht bloß durch die Fülle seiner Mittel zu einer Meisterkunst. Die vorherrschende Tyrannei einiger Mittel über andere muß in schöpferischer Weise gestürzt werden. Wie Wagner die Konvention des Wechsels von Arie und Rezitativ in Frage stellte, die eine hierarchische Beziehung zwischen Rede, Gesang und Orchestermusik impliziert, so prangerte Artaud die Praktik an, jedes Element der Bühnenkunst in irgendeiner Weise den Worten dienstbar zu machen, die die Schauspieler miteinander sprechen. Indem er die Prioritäten des Dialogtheaters als falsch angreift, weil sie das Theater der »Literatur« untergeordnet hätten, erhöht Artaud implizit die Mittel, die solche anderen Formen der dramatischen Vorstellung kennzeichnen wie Tanz, Oratorium, Zirkus, Kabarett, Kirche, Turnhalle, Operations- und Gerichtssaal. Doch die Annexion dieser Mittel von anderen Künsten und quasitheatralischen Formen macht aus dem Theater noch keine totale Kunstform. Eine Meisterkunst kann nicht durch eine Reihe von Erweiterungen konstruiert werden; Artaud dringt nicht in erster Linie darauf, daß das Theater seine Mittel erweitern solle. Er sucht vielmehr das Theater von dem zu reinigen, was fremd oder gefällig ist. Indem er ein Theater fordert, an dem die verbal orientierten Schauspieler Europas wieder zu »Athleten des Herzens« ausgebildet würden, zeigt Artaud seinen eingefleischten Geschmack für die geistige und physische Anstrengung – für die Kunst als Prüfung.

Artauds Theater ist eine rastlose Maschine zur Umformung der Vorstellungen des Geistes in gänzlich »materielle« Ereignisse, wozu selbst die Leidenschaften gehören. Entgegen der jahrhundertealten Priorität, die das europäische Theater den Worten als Medium der Mitteilung von Emotionen und Ideen verliehen hat, will Artaud die organische Basis der Emotionen und die physikalische Beschaffenheit der Ideen zeigen – an den Körpern der Schauspieler. Artauds Theater ist eine Reaktion auf den Zustand der Unterentwicklung, in dem die Körper (und, vom Reden abgesehen, auch die Stimmen) der westlichen Schauspieler wie die Schauspielkünste seit Generationen verharrt haben. Um das Ungleichgewicht, das die verbale Sprache so sehr begünstigt, auszugleichen, muß man, so schlägt Artaud vor, die Ausbildung der Schauspieler der von Tänzern, Athleten, Komikern und Sängern annähern und »das Theater vor allem anderen auf das Schauspiel gründen«, wie er in seinem »Zweiten Manifest des Theaters der Grausamkeit« (veröffentlicht 1933) sagt. Ihm ist es nicht darum zu tun, die Reize der Sprache durch spektakuläre Bühnenbilder, Kostüme, Musik, Beleuchtung und Bühneneffekte zu ersetzen. Artauds Kriterium für das Schauspiel ist sinnliche Gewalt, nicht Sinnenbetörung; Schönheit ist ein Begriff, mit dem er sich niemals befaßt. Weit davon entfernt, das Spektakuläre als solches für wünschenswert zu erachten, will Artaud die Bühne äußerster Strenge unterwerfen – bis zu dem Grade, daß alles ausgeschlossen sein soll, was für etwas anderes steht. »Gegenstände, Accessoires, Bühnenbilder müssen direkt aufgenommen werden ... nicht als das, was sie darstellen, sondern als das, was sie sind«, schreibt er in einem Manifest von 1926. Später, in *Das Theater und sein Double*, schlägt er vor, das Bühnenbild gänzlich abzuschaffen. Er fordert ein »reines« Theater, das von der »Physik der absoluten Geste, die selbst Idee ist«, beherrscht sein soll.

Wenn Artauds Sprache vage platonisch klingt, so mit gutem Grund. Wie Plato nähert Artaud sich der Kunst vom Standpunkt des Moralisten her. Er mag das Theater nicht wirklich – jedenfalls nicht das Theater, wie es überall im Westen aufgefaßt wird und das er mangelnder Ernsthaftigkeit bezichtigt. Sein Theater hätte nichts mit dem Ziel zu tun, »sinnlose, artifizielle Zerstreuung«, bloße Unterhaltung zu liefern. Im Kern seiner Polemik stellt Artaud nicht ein bloß literarisches Theater einem Theater der starken Empfindungen gegenüber, sondern ein hedonistisches Theater einem Theater, das moralisch rigoros ist. Was Artaud vorschlägt, ist ein Theater, das Savonarola oder Cromwell sehr wohl hätten billigen können. Tatsächlich kann man *Das Theater und sein Double* als empörten Angriff auf das Theater lesen; sein Geist gemahnt an den *Lettre à d'Alembert*, worin Rousseau, erzürnt über den Charakter des Alceste im *Misanthrope* – seiner Meinung nach hatte Molière Aufrichtigkeit und moralische Reinheit in blasierter Weise als linkischen Fanatismus lächerlich gemacht – zu dem Schluß kam, daß es in der Natur des Theaters liege, moralisch oberflächlich zu sein. Wie Rousseau revoltierte Artaud gegen die moralische Billigkeit der meisten Kunst. Wie

Plato fühlte Artaud, daß die Kunst im allgemeinen lügt. Artaud will die Künstler nicht aus seiner Republik verdammen, er will die Kunst jedoch nur insofern aufrechterhalten, als sie eine »wahre Handlung« ist. Kunst muß kognitiv sein. »Kein Bild genügt mir, wenn es nicht gleichzeitig *Wissen* ist«, schreibt er. Die Kunst muß eine wohltätige geistige Wirkung auf ihr Publikum ausüben – eine Wirkung, deren Macht Artauds Meinung nach davon abhängt, daß sie allen Formen der Vermittlung abschwört.

Der Moralist in Artaud läßt ihn darauf dringen, daß das Theater von vermittelnden Elementen so frei wie möglich gehalten, ihrer entkleidet werden solle – einschließlich der Vermittlung durch den geschriebenen Text. Stücke erzählen Lügen. Selbst wenn ein Stück keine Lüge erzählt – erreicht es den Status eines »Meisterwerks«, *wird* es Lüge. Artaud verkündet 1926, er wolle kein Theater schaffen, das Stücke aufführt und so die Liste geheiligter Meisterwerke der Kultur aufrechterhält oder verlängert. Er verurteilt das Erbe der geschriebenen Stücke als nutzloses Hindernis und den Stückeschreiber als unnützen Mittelsmann zwischen dem Publikum und der Wahrheit, die nackt auf einer Bühne präsentiert werden kann. Hier nimmt Artauds Moralismus nun allerdings eine deutlich antiplatonische Wendung: die nackte Wahrheit ist eine Wahrheit, die gänzlich materiell ist. Artaud definiert das Theater als Ort, wo die düsteren Facetten »des Geistes« in »einer realen, materiellen Projektion« enthüllt werden.

Um das Denken zu verkörpern, muß ein streng konzipiertes Theater die Vermittlung durch eine bereits geschriebene Vorlage aufgeben und so die Trennung des Autors vom Schauspieler beenden. (Das entkräftet den ältesten Einwand gegen den Schauspielerberuf – daß er eine Form von psychologischer Ausschweifung sei, insofern Leute Worte sagen, die nicht ihre eigenen sind, und Gefühle zu hegen vorgeben, die funktional unaufrichtig sind.) Die Trennung zwischen Schauspieler und Publikum muß reduziert (aber nicht abgeschafft) werden, indem die Grenze zwischen Bühnenbereich und den starren Sitzreihen des Auditoriums verletzt wird. Artaud mit seiner Empfänglichkeit fürs Hieratische denkt niemals an eine Form des Theaters, wo das Publikum aktiv an der Vorstellung teilnimmt, sondern er will die Regeln des theatralischen Decorums außer Kraft setzen, die es dem Publikum erlauben, sich von der eigenen Erfahrung zu dissoziieren. Implizit den Vorwurf des Moralisten beantwortend, das Theater lenke die Menschen von ihrem authentischen Selbst ab, indem es sie dazu verleitet, sich mit imaginären Problemen zu beschäftigen, wünscht Artaud, daß das Theater sich weder an den Kopf des Zuschauers noch an seine Sinne richten soll, sondern an seine »totale Existenz«. Nur der passionierteste aller Moralisten würde es für wünschenswert halten, daß die Menschen das Theater aufsuchen wie den Chirurgen oder den Zahnarzt. Wenn (anders als beim Besuch des Chirurgen) auch garantiert ist, daß sie nicht tödlich verläuft, so ist die Operation am Publikum doch »ernst«, und das Publikum sollte das Theater nicht moralisch oder emotional »intakt« verlassen. In einem anderen medizinischen Bild vergleicht Artaud das Theater mit der Pest. Die Wahrheit zeigen, heißt eher, Archetypen zeigen als individuelle Psychologie. Das macht das Theater zu einem Ort des Risikos, denn die »archetypische Realität« ist »gefährlich«. Der einzelne Zuschauer soll sich nicht mit dem identifizieren, was auf der Bühne passiert. Für Artaud ist das »wahre« Theater eine gefährliche, einschüchternde Erfahrung – eine, die friedliche Empfindungen, Verspieltheit und beruhigende Intimität ausschließt.

Der Wert der emotionalen Gewalt in der Kunst ist lange ein Hauptdogma der modernen Sensibilität gewesen. Vor Artaud war Grausamkeit jedoch hauptsächlich in einem desinteressierten Geist um ihrer ästhetischen Wirksamkeit willen eingesetzt worden. Wenn Baudelaire »die Erfahrung durch Choks« (um Walter Benjamins Ausdruck zu entlehnen) in den Mittelpunkt seiner Vers- wie seiner Prosagedichte stellte, so geschah das kaum zur Besserung oder Erbauung seiner Leser. Genau das aber war der springende Punkt bei Artauds Hingabe an die Ästhetik des Schocks. Durch die Ausschließlichkeit seines Einsatzes für die paroxysmische Kunst erweist sich Artaud hinsichtlich der Kunst als ebensolcher Moralist wie Plato – allerdings ein Moralist, dessen Hoffnungen in bezug auf die Kunst gerade diejenigen Unterscheidungen verwerfen, auf die sich Platos Anschauung gründet. Wie Artaud sich der Trennung von Kunst und Leben widersetzt, so widersetzt er sich allen theatralischen Formen, die einen Unterschied zwischen Wirklichkeit und Darstellung implizieren. Er leugnet nicht die Existenz eines solchen Unterschieds, doch kann dieser Unterschied überbrückt werden, deutet Artaud an, wenn das Schauspiel hinreichend – und das heißt, außerordentlich – gewalttätig ist. Die »Grausamkeit« des Kunstwerks hat nicht nur eine unmittelbar moralische Funktion, sondern auch eine primitive. Entsprechend Artauds moralistischem Kriterium für das Wissen ist ein Bild wahr, insofern es gewalttätig ist.

Platos Standpunkt beruht auf der Annahme eines unüberbrückbaren Gegensatzes zwischen Leben und Kunst, Wirklichkeit und Vorstellung. In dem berühmten Bild in *Politeia,* Buch VII, vergleicht Plato die Unwissenheit mit dem Leben in einer raffiniert erleuchteten Höhle, für deren Bewohner das Leben ein Schauspiel ist – ein Schauspiel, das lediglich in den Schatten wirklicher Ereignisse besteht. Die Höhle ist ein Theater. Und die Wahrheit (Wirklichkeit) liegt außerhalb ihrer, in der Sonne. Mit seiner platonischen Bildlichkeit in *Das Theater und sein Double* bezieht Artaud gegenüber Schatten und Schauspielen einen nachgiebigeren Standpunkt. Er geht davon aus, daß es ebenso wahre wie auch falsche Schatten (und Schauspiele) gibt und daß man lernen kann, zwischen ihnen zu unterscheiden. Weit davon entfernt, die Wahrheit damit zu identifizieren, daß man aus der Höhle auftaucht, um auf die gleißende Mittagswirklichkeit zu starren, meint Artaud vielmehr, das moderne Bewußtsein leide an einem Mangel an Schatten. Das Heilmittel sei, in der Höhle zu bleiben, sich aber bessere Schauspiele auszudenken. Das Theater, das Artaud vorschwebt, wird dem Bewußtsein dadurch, daß es »Schatten benennt und in Szene setzt« und »falsche Schatten« zerstört, behilflich sein, »einer neuen Generation von Schatten den Weg zu bereiten«, um die herum sich »das wahre Schauspiel des Lebens« kristallisieren wird.

Da Artaud kein hierarchisches Bild vom Geist hat, überspringt er die oberflächliche Unterscheidung zwischen Rationalem und Irrationalem, wie sie den Surrealisten teuer war. Artaud macht sich nicht zum Fürsprecher der wohlvertrauten Einstellung, die Leidenschaft auf Kosten der Vernunft zu preisen, das Fleisch über den Geist, den durch Drogen erhobenen Geist über den prosaischen und das Triebleben über die tödliche Verknöcherung zu stellen. Er tritt für ein anderes Verhältnis zum Geist ein. Von daher ist auch die vielgepriesene Attraktion zu verstehen, die nichtwestliche Kulturen für Artaud besaßen, aber das war wiederum nicht der Grund, weshalb er Drogen nahm. (Sie sollten die Migränen und andere neuralgische Schmerzen lindern, an denen er sein ganzes Leben lang litt; nicht um sein Bewußtsein zu erweitern, sondern gegen Schmerzen nahm Artaud Opiate und wurde süchtig.)

Für kurze Zeit sah Artaud in der surrealistischen Geisteshaltung ein Modell für das ganzheitliche, nichtdualistische Bewußtsein, das er suchte. Nachdem er den Surrealismus 1926 verworfen hatte, kam er wieder auf die Kunst – und insbesondere das Theater – als rigoroseres Modell zurück. Die Funktion des Theaters sieht Artaud darin, die Kluft zwischen Sprache und Fleisch zu schließen. Das ist auch das Thema seiner Vorstellungen von der Schauspielerausbildung, einer Ausbildung, die der landläufigen entgegengesetzt ist, die die Schauspieler weder lehrt, wie man sich zu bewegen hat, noch wie sie, abgesehen vom Sprechen, ihre Stimmen anders einsetzen können. (Sie können schreien, brüllen, singen, psalmodieren.) Das ist auch Gegenstand seiner idealen Dramaturgie. Weit davon entfernt, einem gängigen Irrationalismus anheimzufallen, der Verstand und Gefühl polarisiert, stellt Artaud sich das Theater als den Ort vor, wo der Körper im Denken und das Denken im Körper wiedergeboren werden soll. Seine eigene Krankheit diagnostiziert er als einen Riß innerhalb seines Geistes (»Mein Bewußtseinsaggregat ist zerbrochen«, schreibt er), der den Riß zwischen Körper und Geist verinnerlicht. Artauds Schriften über das Theater können als ein psychologisches Handbuch der Wiedervereinigung von Geist und Körper gelesen werden. Das Theater wurde zu seiner höchsten Metapher für die Selbstzucht, für das spontane, fleischliche, intelligente Leben des Geistes.

Tatsächlich klingen bei Artauds Bildgebrauch in bezug aufs Theater in *Das Theater und sein Double,* das in den 30er Jahren geschrieben wurde, wieder Bilder an, die er in Schriften der frühen und mittleren 20er Jahre – wie *Le pèse-nerfs,* Briefe an René und Yvonne Allendy und *Fragments d'un journal d'enfer* – verwendet, um seine eigene geistige Pein zu beschreiben. Artaud klagt, sein

Bewußtsein sei ohne Grenzen oder feste Position; der Sprache beraubt oder in einen ständigen Kampf mit ihr verwickelt; gebrochen – ja, eigentlich heimgesucht – von Ausfällen; es sei entweder ohne physischen Ort oder wechsele diesen Ort beständig (so wie seine Ausdehnung in Zeit und Raum); es sei von sexuellen Zwangsvorstellungen geplagt; in einem Zustand heftiger Verseuchung. Charakteristisch für Artauds Theater ist der Verzicht auf jegliche feste räumliche Anordnung der Schauspieler untereinander und der Schauspieler im Verhältnis zum Publikum; die Flüssigkeit von Bewegung und Seele; die Verstümmelung der Sprache und die Transzendenz der Sprache im Schrei des Schauspielers; die Fleischlichkeit des Schauspiels; sein zwanghaft gewalttätiger Ton. Selbstverständlich reproduzierte Artaud nicht einfach seine innere Pein. Er gab eher eine systematisierte positive Version davon. Das Theater ist ein projiziertes Bild (notwendigerweise eine *ideale* Dramatisierung) des gefährlichen »unmenschlichen« Innenlebens, das ihn im Griff hatte und das zu transzendieren und zu bestätigen er so heroisch kämpfte. Es ist zugleich eine homöopathische Technik zur Behandlung dieses zerfetzten, leidenschaftlichen Innenlebens. Wenn es eine Art von emotionaler und moralischer Chirurgie am Bewußtsein ist, muß es, Artaud zufolge, notwendigerweise »grausam« sein.

Wenn Hume das Bewußtsein ausdrücklich mit einem Theater vergleicht, dann ist dieses Bild moralisch neutral und gänzlich unhistorisch; er denkt dabei nicht an irgendeine spezielle Art von Theater, westlich oder nicht, und hätte jegliche Erinnerung daran, daß das Theater sich entwickelt, für irrelevant erachtet. Für Artaud ist der entscheidende Teil der Analogie, daß das Theater – und das Bewußtsein – sich wandeln kann. Denn nicht nur, daß das Bewußtsein einem Theater ähnelt, sondern, wie Artaud es darstellt, das Theater ähnelt auch dem Bewußtsein und bietet sich infolgedessen selbst an, in ein Theaterlabor verwandelt zu werden, worin Untersuchungen auf dem Gebiet des Bewußtseinswandels durchgeführt werden.

Artauds Schriften über das Theater sind Transformationen seiner Wünsche in bezug auf seinen eigenen Geist. Er will, daß das Theater (wie der Geist) aus seiner Beschränktheit »in Sprache und Formen« befreit wird. Ein befreites Theater befreit, davon geht er aus. Indem es extremen Leidenschaften und kulturellen Alpträumen freien Lauf läßt, exorzisiert das Theater sie. Doch ist Artauds Theater keineswegs einfach kathartisch. Wenigstens der Intention nach (Artauds Praxis in den 20er und 30er Jahren ist eine andere Sache) hat sein Theater wenig gemein mit dem Antitheater der spielerischen, sadistischen Angriffe auf das Publikum, das von Marinetti und den Dada-Künstlern kurz vor und nach dem Ersten Weltkrieg konzipiert wurde. Die Aggressivität, die Artaud im Sinn hat, ist kontrolliert und in komplizierter Weise orchestriert, denn er geht davon aus, daß sinnliche Gewalt eine Form von Körper gewordener Intelligenz sein kann. Dadurch, daß er auf der Erkenntnisfunktion des Theaters insistiert (»Das Drama«, so schreibt er 1923 in einem Aufsatz über Maeterlinck, ist »die höchste Form geistiger Aktivität«), schaltet er die Zufälligkeit aus. (Selbst in seinen surrealistischen Tagen beteiligte er sich nicht an der Praktik des automatischen Schreibens.) Das Theater, bemerkt er gelegentlich, muß »wissenschaftlich« sein, und meint damit, daß es nicht zufällig, nicht bloß expressiv oder spontan oder persönlich oder unterhaltend sein muß, sondern einen ganz ernsthaften, letztlich religiösen Zweck verfolgen muß.

Artauds Beharren auf der Ernsthaftigkeit der theatralischen Situation unterstreicht zugleich seinen Abstand zu den Surrealisten, die von der Kunst und ihrer therapeutischen und »revolutionären« Mission nicht gerade präzise Vorstellungen hegten. Die Surrealisten, deren moralisierende Impulse um vieles weniger unnachgiebig waren als die Artauds und die dem künstlerischen Schaffen überhaupt keinen Sinn für moralische Notwendigkeit aufbürden wollten, fühlten sich nicht getrieben, die Grenzen irgendeiner einzelnen Kunstform zu erforschen. Sie neigten dazu, in so vielen Künsten wie möglich Touristen zu sein, allerdings oft solche genialer Art, da sie glaubten, daß der künstlerische Impuls sich stets gleich bleibt, wo immer er auch auftauchen mag. (So nannte etwa Cocteau, der die ideale surrealistische Laufbahn absolvierte, alles, was er tat, »Poesie«.) Artauds größere Kühnheit und Autorität als Ästhet rühren teilweise von der Tatsache her, daß er die verschiedenen Künste nicht als äquivalente Formen ein und desselben proteushaften Antriebs betrachtete – obwohl er mehrere Künste ausübte –, weil er sich wie die Surrealisten weigerte, sich durch die Aufteilung der Kunst in verschiedene Medien behindern zu lassen. Mögen Artauds eigene Aktivitäten auch weit gestreut gewesen sein, sie reflektieren doch nur sein Verlangen nach einer totalen Kunstform, in der die anderen aufgehen sollten – wie die Kunst selbst im Leben aufgehen sollte.

Paradoxerweise war es gerade die Tatsache, daß Artaud den verschiedenen Territorien der Kunst die Unabhängigkeit verweigerte, die ihn dazu veranlaßte zu tun, was keiner der Surrealisten auch nur versucht hatte: eine Kunstform vollständig neu zu denken. Auf diese Kunst, das Theater, hat er einen so tiefgreifenden Einfluß gehabt, daß man sagen kann, die Entwicklung des ganzen jüngeren ernsthaften Theaters in Westeuropa und beiden Teilen Amerikas zerfalle in zwei Perioden – vor Artaud und nach Artaud. Niemand, der heute mit dem Theater zu tun hat, bleibt unberührt vom Einfluß der spezifischen Vorstellungen Artauds über den Körper und die Stimme des Schauspielers, den Einsatz der Musik, die Rolle des geschriebenen Texts, das Wechselspiel zwischen Bühnenbereich und Zuschauerraum. Artaud veränderte das Verständnis dessen, was ernsthaft sei, was wert sei, getan zu werden. Brecht ist der einzige andere Theaterschriftsteller dieses Jahrhunderts, dessen Bedeutung und Tiefgründigkeit möglicherweise an Artauds heranreichen. Es gelang Artaud jedoch nicht dadurch, das Bewußtsein des modernen Theaters zu beeinflussen, daß er wie Brecht selbst ein großer Regisseur war. Sein Einfluß stützt sich nicht auf die Überzeugungskraft seiner eigenen Produktionen. Seine praktische Arbeit am Theater zwischen 1926 und 1935 war offensichtlich so wenig verführerisch, daß sie im Grunde keine Spur hinterlassen hat, während die Auffassung vom Theater, der zuliebe er einem unempfänglichen Publikum seine Produktionen aufnötigte, immer potenter geworden ist.

Seit Mitte der zwanziger Jahre beschäftigt sich Artaud intensiv mit der Idee eines radikalen Wandels der Kultur. Seine Bilder implizieren dabei eher eine medizinische als eine historische Kulturauffassung: die Gesellschaft ist krank. Wie Nietzsche, so sah Artaud sich selbst als Arzt der Kultur – und zugleich als ihren am qualvollsten erkrankten Patienten. Das Theater, das er plante, ist ein Kommandounternehmen gegen die etablierte Kultur, ein

Angriff auf das bürgerliche Publikum; es sollte den Leuten zugleich zeigen, daß sie tot sind, und sie aus ihrem Stumpfsinn aufwecken. Der Mann, der durch eine wiederholte Elektroschockbehandlung während der letzten drei von neun aufeinanderfolgenden Jahren in Irrenanstalten zerrüttet werden sollte, schlug vor, das Theater solle dazu beitragen, eine Art Schocktherapie durchzuführen. Artaud, der oft darüber klagte, sich gelähmt zu fühlen, erhoffte sich vom Theater die Erneuerung des »Lebensgefühls«.

Bis zu einem gewissen Grad ähneln Artauds Rezepte vielen kulturellen Erneuerungsprogrammen, die im Namen von Einfachheit, *élan vital,* Natürlichkeit, Befreiung vom Künstlichen während der letzten zwei Jahrhunderte in der westlichen Kultur periodisch aufgetaucht sind. Seine Diagnose, daß wir in einer anorganischen, »versteinerten Kultur« leben – deren Leblosigkeit er mit der Vorherrschaft des geschriebenen Wortes assoziiert –, war, als er sie stellte, keineswegs eine brandneue Idee, und doch war ihre Überzeugungskraft viele Jahrzehnte später noch nicht erschöpft. Artauds Argumentation in *Das Theater und sein Double* berührt sich eng mit der Nietzsches, der in der *Geburt der Tragödie* das Schwinden des vollblütigen, archaischen, attischen Theaters durch die sokratische Philosophie, durch die Einführung von Charakteren, die räsonieren, beklagte. (Eine weitere Parallele zu Artaud: was den jungen Nietzsche zu einem glühenden Wagnerianer machte, war Wagners Konzeption der Oper als *Gesamtkunstwerk* – vor Artaud der umfassendste Ausdruck der Idee vom totalen Theater.)

Wie Nietzsche auf die dionysischen Zeremonien zurückgriff, die der säkularisierten, rationalisierten verbalen Dramaturgie Athens vorangingen, so fand Artaud seine Vorbilder im nichtwestlichen religiösen oder magischen Theater. Artaud stellt das »Theater der Grausamkeit« nicht als eine neue Idee innerhalb des westlichen Theaters hin. Es »übernahm ... eine andere Form von Zivilisation«. Er bezieht sich allerdings nicht auf irgendeine spezifische Zivilisation, sondern auf eine Vorstellung von Zivilisation, die in der Geschichte zahlreiche Grundlagen hat – eine Synthese aus Elementen vergangener Gesellschaften sowie nichtwestlicher und primitiver Gesellschaften der Gegenwart. Die

Vorliebe für »eine andere Form von Zivilisation« ist im wesentlichen eklektisch. (D. h. sie ist ein Mythos, der durch bestimmte moralische Bedürfnisse hervorgebracht wird.) Die Inspiration für Artauds Ideen über das Theater kam aus Südostasien: 1922 hatte er in Marseille das Kambodschanische Theater und 1931 in Paris das Balinesische Theater gesehen. Doch der Stimulus hätte ebensogut aus der Beobachtung des Theaters eines Dahomey Stammes oder der schamanistischen Zeremonien der patagonischen Indianer kommen können. Was zählt, ist, daß die andere Kultur wirklich anders, d. h. nicht westlich und nicht zeitgenössisch ist.

Zu verschiedenen Zeiten beschritt Artaud alle drei der gängigsten Wege der Einbildungskraft, von der westlichen Hochkultur bis zu »einer anderen Form von Zivilisation«. Erstens setzte er sich mit dem auseinander, was kurz nach dem Ersten Weltkrieg in den Schriften von Hesse, René Daumal und den Surrealisten als die »Wendung nach Osten« in Erscheinung trat. Zweitens interessierte er sich für den verdrängten Teil der westlichen Vergangenheit, die heterodoxen, spirituellen oder ausgesprochen magischen Traditionen. Drittens entdeckte er das Leben der sogenannten primitiven Völker. Was der Osten, die alten antinomischen und okkulten Traditionen des Westens und das exotische Gemeinschaftsleben vorliterarischer Stämme gemeinsam haben, ist, daß sie sich nicht nur räumlich, sondern auch zeitlich anderswo befinden. Alle drei verkörpern sie die Werte der Vergangenheit. Obwohl die Tarahumara Indianer in Mexiko immer noch existieren, war ihr Überleben 1936, als Artaud sie besuchte, bereits anachronistisch; die Werte, die die Tarahumara repräsentieren, gehören ebensosehr der Vergangenheit an wie diejenigen der alten Mysterienreligionen des Nahen Ostens, die Artaud studierte, während er 1933 an seinem historischen Roman *Héliogabale* schrieb. Die drei Versionen einer »anderen Form von Zivilisation« bezeugen ein und dieselbe Suche nach einer Gesellschaft, die um unverhohlen religiöse Themen gegliedert ist, und die Flucht vor dem Säkularen. Artaud interessiert vor allem der Osten des Buddhismus (siehe seinen »Brief an die buddhistischen Schulen« von 1925) und Yoga; es wäre niemals der Osten Mao Tse-tungs, soviel Artaud auch von Revolution geredet haben mag.

(Der Lange Marsch fand zur selben Zeit statt, als Artaud sich mit seinen Inszenierungen des Theaters der Grausamkeit in Paris abmühte.)

Diese Sehnsucht nach einer Vergangenheit, die oft so eklektisch ist, daß sie sich historisch nicht lokalisieren läßt, ist eine Facette der modernen Sensibilität, die in den letzten Jahrzehnten in wachsendem Maße suspekt geworden ist. Sie ist die letztmögliche Verfeinerung der kolonialistischen Sehweise: eine imaginative Ausbeutung von nichtweißen Kulturen, deren moralisches Leben sie drastisch vereinfacht, deren Weisheit sie plündert und parodiert. Auf diese Kritik gibt es keine überzeugende Antwort. Der Kritik jedoch, daß das Verlangen nach »einer anderen Form von Zivilisation« sich weigert, der Desillusionierung durch akkurates historisches Wissen zu unterliegen, kann man eine Antwort erteilen. Dies Verlangen war niemals auf ein solches Wissen aus. Die anderen Zivilisationen werden als Modelle benutzt und stehen der Imagination als Stimulantien zur Verfügung, weil sie *nicht* zugänglich sind. Sie sind zugleich Modelle und Geheimnisse. Auch kann man dieses Verlangen nicht mit der Begründung als betrügerisch abtun, daß es den politischen Kräften gegenüber, die das menschliche Leiden verursachen, unempfindlich sei. Es stellt sich einer solchen Empfindlichkeit bewußt entgegen. Diese nostalgischen Formen gehen von einem Gesichtspunkt aus, der vorsätzlich *nicht* politisch ist – wie oft auch das Wort »Revolution« ins Feld geführt werden mag.

Ein Ergebnis des Strebens nach einer totalen Kunst, das aus der Negation der Kluft zwischen Kunst und Leben erfolgte, war die Stärkung des Gedankens einer Kunst als Mittel der Revolution. Das andere Ergebnis war die Identifizierung sowohl der Kunst als auch des Lebens mit interesselosem, reinem Wohlgefallen. Für jeden Vertov oder Breton gibt es einen Cage oder einen Duchamps oder einen Rauschenberg. Obwohl Artaud Vertov und Breton insofern nahesteht, als er seine Aktivitäten als Teil einer umfassenderen Revolution ansieht, steht er als selbsternannter Revolutionär im Bereich der Künste in Wirklichkeit zwischen beiden Lagern – es interessiert ihn weder die Befriedigung des politischen noch die des Spieltriebes. Artaud war entsetzt, als Breton versuchte, das surrealistische Programm mit dem Marxismus zu verknüpfen, und er brach mit den Surrealisten um dessentwillen, was er als Verrat einer im wesentlichen »spirituellen« Revolution an die Politik auffaßte. Er war nahezu reflexhaft antibürgerlich (wie fast alle Künstler in der Tradition der Moderne), doch die Aussicht, die Macht von der Bourgeoisie auf das Proletariat zu übertragen, verlockte ihn niemals. Von seinem eingestandenermaßen »absoluten« Standpunkt aus würde ein Wandel der Gesellschaftsstruktur nicht das mindeste ändern. Die Revolution, der Artaud sich verschreibt, hat nichts mit Politik zu tun, sondern wird ausdrücklich als ein Bemühen verstanden, die Kultur in eine andere Richtung zu führen. Artaud teilt nicht nur den weitverbreiteten (und mißverstandenen) Glauben an die Möglichkeit einer Kulturrevolution, die nicht mit politischer Veränderung einhergeht, sondern besteht darauf, daß die *einzige* echte Kulturrevolution eine ist, die nichts mit Politik zu tun hat.

Artauds Aufruf zur Kulturrevolution legt ein Programm des heroischen Rückzugs nahe, ähnlich dem, wie es von jedem großen antipolitischen Moralisten unserer Zeit formuliert wurde. Das Banner der Kulturrevolution ist keineswegs ein Monopol der marxistischen oder maoistischen Linken. Im Gegenteil, es zieht besonders apolitische Denker und Künstler an (wie Nietzsche, Spengler, Pirandello, Marinetti, D. H. Lawrence, Pound), die in der Mehrzahl der Fälle zu enthusiastischen Anhängern der Rechten werden. Auf seiten der politischen Linken gibt es nur selten Fürsprecher der Kulturrevolution (Tatlin, Gramsci und Godard gehören zu den wenigen, die einem auf Anhieb einfallen). Ein Radikalismus, der rein »kulturell« ist, ist entweder illusorisch oder in seinen Implikationen letzten Endes konservativ. Artauds Pläne für den Umsturz und die Wiederbelebung der Kultur, sein Verlangen nach einem neuen Typus menschlicher Persönlichkeit illustrieren die Grenzen jeglichen Denkens über die Revolution, das antipolitisch ist.

Eine Kulturrevolution, die sich weigert, politisch zu sein, kann kein anderes Ziel haben als eine Kulturtheologie – und eine Soteriologie. »Ich strebe nach einem anderen Leben«, erklärt Artaud 1927. Artauds ganzes Werk handelt vom Heil, wobei das Theater das Mittel ist, Seelen zu retten, über das er am tiefsten nachdachte. Geistige Veränderung ist ein Ziel, für das das Theater in diesem Jahrhundert, zumindest seit Isadora Duncan, oft angeworben wurde. Bei dem jüngsten und ernsthaftesten Beispiel, dem Theaterlaboratorium von Jerzy Grotowski, dient die gesamte Tätigkeit, eine Truppe aufzubauen, zu proben und Stücke einzuüben, der geistigen Umerziehung der Schauspieler; die Anwesenheit eines Publikums ist nur notwendig, um die Glanztaten der Selbsttranszendenz zu bezeugen, die die Schauspieler vollbringen. Bei Artauds Theater der Grausamkeit ist es das Publikum, das seine Wiedergeburt erlebt – eine ungeprüfte Behauptung, da Artaud sein Theater niemals zur Aufführung gebracht hat (wie Grotowski seins während der 60er Jahre in Polen). Als Ziel erscheint es jedoch in vielem weniger erreichbar als die Disziplin, auf die Grotowski abzielt. So empfindlich Artaud gegen das emotionale und physische Rüstzeug des konventionell ausgebildeten Schauspielers ist, so wenig untersucht er jemals genau, wie die radikale Umerziehung, die er vorhat, den Schauspieler als menschliches Wesen berühren wird. Sein ganzes Denken gilt dem Publikum.

Wie man hätte erwarten können, erwies sich das Publikum als Enttäuschung. Artauds Produktionen an den beiden Theatern, die er gründete, dem »Alfred Jarry Theater« und dem »Theater der Grausamkeit«, riefen wenig Anteilnahme hervor. Aber wenn Artaud mit der Qualität seines Publikums schon gänzlich unzufrieden war, so beklagte er sich doch noch viel mehr über die geheuchelte Unterstützung, die er vom seriösen Pariser Theaterestablishment bekam (er führte eine lange, verzweifelte Korrespondenz mit Louis Jouvet), über die Schwierigkeit, seine Projekte überhaupt inszeniert zu bekommen, über die Belanglosigkeit ihres Erfolges, wenn sie verwirklicht wurden. Artaud war begreiflicherweise verbittert, weil sein Werk, wenn es tatsächlich produziert wurde, und trotz einer ganzen Anzahl adliger Mäzene und trotz der Freunde, die hervorragende Schriftsteller, Maler, Herausgeber und Regisseure waren – und die er beständig um moralische Unterstützung und Geld anging – nur einen Bruchteil des Beifalls verzeichnen konnte, der konventionellerweise den angemessen protegierten, schwierigen Theaterereignissen vorbehalten blieb, denen die Stammkunden gehobenen Kulturkonsums beiwohnten. Artauds ehrgeizigste, ganz durchgearbeitete Produktion am »Theater der Grausamkeit«, sein eigenes Stück *Les Cenci* im Frühjahr 1935, überdauerte 17 Tage. Wäre es ein Jahr gelaufen, wäre er jedoch möglicherweise ebenso überzeugt gewesen, daß es ein Fehlschlag war.

In der modernen Kultur ist ein machtvoller Mechanismus am Wirken, dank dessen das Werk des Dissidenten, nachdem es anfänglich einen halboffiziellen Status als »avantgardistisch« gewonnen hat, allmählich absorbiert und akzeptabel gemacht wird. Artauds praktische Aktivitäten am Theater waren für diese Art von Vereinnahmung jedoch kaum geeignet. Die *Cenci* sind kein sehr gutes Stück, selbst wenn man es an den Maßstäben der konvulsivischen Dramaturgie mißt, deren Fürsprecher Artaud war, und das Interesse seiner Inszenierung der *Cenci* lag allem Anschein nach in den Ideen, die es suggerierte, aber nicht wirklich verkörperte. Was Artaud als Regisseur und Hauptdarsteller seiner Inszenierungen auf der Bühne wirklich darstellte, war zu idiosynkratisch, zu schmal und hysterisch, um überzeugen zu können. Er hat durch seine Vorstellungen vom Theater Einfluß ausgeübt, und ein konstituierender Bestandteil der Autorität dieser Vorstellungen war dabei gerade, daß er unfähig war, sie in die Praxis umzusetzen.

Bestärkt durch seinen unersättlichen Appetit auf immer neue Produkte, hat sich das gebildete Publikum der Großstädte an das Elend der Moderne gewöhnt und einige Fertigkeit darin erworben, es zu überlisten: alles Negative kann schließlich ins Positive gewendet werden. Insofern ist Artaud, der darauf drängte, das Repertoire der Meisterstücke auf den Abfallhaufen zu werfen, als Schöpfer eines alternativen Repertoires, einer entgegengesetzten Tradition von Stücken äußerst einflußreich gewesen. Artauds unerbittlicher Ruf »Keine Meisterstücke mehr!« ist als das versöhnlichere »Von *den* Meisterstücken keine mehr!« aufgenommen worden. Doch diese positive Umkehrung seines Angriffs auf das traditionelle Repertoire hat nicht ohne Unterstützung durch Artauds Praxis (im Unterschied zu seiner Rhetorik) stattgefunden. Trotz seiner wiederholten Forderung, das Theater solle sich der Stücke entledigen, war seine eigene Theaterarbeit weit davon entfernt, ohne sie auszukommen. Seine erste Truppe nannte er nach dem Autor des *König Ubu*. Abgesehen von seinen eigenen

Projekten – *La conquête de Mexico* und *Die Eroberung Jerusalems* (nicht aufgeführt) und den *Cenci* – gab es eine Reihe von damals unmodernen oder obskuren Meisterwerken, die Artaud wiederzubeleben wünschte. So brachte er die zwei großen »Traumspiele« von Calderon und Strindberg auf die Bühne (*Das Leben ein Traum* und *Traumspiel*), und er hoffte, im Lauf der Jahre auch Aufführungen zu inszenieren wie von Euripides *(Die Bacchen)*, Seneca *(Thyestes)*, *Arden of Feversham*, Shakespeare *(Macbeth, Richard II., Titus Andronicus)*, Tourneur *(The Revenger's Tragedy)*, Webster *(The White Devil, The Duchess of Malfi)*, Sade (eine Bearbeitung von *Eugénie de Franval*), Büchner *(Woyzeck)* und Hölderlin *(Der Tod des Empedokles)*. An dieser Stückauswahl läßt sich eine mittlerweile vertraute Sensibilität ablesen. Zusammen mit den Dadaisten formulierte Artaud den Geschmack, der nach und nach zum maßgeblichen ernsthaften Geschmack werden sollte – Off-Broadway, Off-Off-Broadway und an den Universitätsbühnen. Im Hinblick auf die Vergangenheit bedeutete er, daß Sophokles und Corneille und Racine zugunsten von Euripides und den dunklen Elisabethanern entthront wurden; der einzige tote französische Schriftsteller auf Artauds Liste ist de Sade. In den letzten fünfzehn Jahren ist dieser Geschmack in den Happenings und durch das *Theater of the Ridiculous* präsentiert worden; durch die Stücke Genets, Jean Vauthiers, Arrabals, Carmelo Benes und Sam Shepards sowie durch so berühmte Inszenierungen wie den *Frankenstein* des Living Theatre, Eduardo Manets *Die Nonnen* (Regie Roger Blin), Michael McClures *The Beard*, Robert Wilsons *Deafman Glance* und Heathcote Williams *ac/dc*. Was immer Artaud getan hat, um das Theater umzustürzen, um sein eigenes Werk von anderen, bloß ästhetischen Strömungen zu trennen, und zwar im Interesse der Errichtung einer geistigen Hegemonie, ließ sich doch als neue theatralische Tradition assimilieren, und das ist im wesentlichen auch geschehen.

Wenn Artauds Vorhaben die Kunst auch nicht wirklich transzendiert, so setzt es doch ein Ziel voraus, das Kunst nur vorübergehend aufrechterhalten kann. In einer säkularen Gesellschaft wird jeder Gebrauch der Kunst mit dem Ziel einer geistigen Veränderung, sofern dies Ziel *publik* gemacht wird, unweigerlich seiner oppositionellen Kraft beraubt. Wird es in einer direkt oder auch nur indirekt religiösen Sprache formuliert, ist das Vorhaben bekanntermaßen zum Scheitern verurteilt. Doch haben sich atheistische Pläne im Hinblick auf eine geistige Veränderung, wie etwa die politische Kunst von Brecht, als gleichermaßen vereinnahmbar erwiesen. Nur ein paar Situationen in der modernen säkularen Gesellschaft scheinen ausreichend extrem und unkommunikativ, um eine Chance zu haben, der Vereinnahmung zu entgehen. Eine davon ist der Wahnsinn. Was die Grenze des Leidens überschreitet (wie der Holocaust) ist eine andere. Eine dritte besteht natürlich im Schweigen. Ein Weg, diesen unerbittlichen Einverleibungsprozeß aufzuhalten, besteht darin, die Kommunikation (selbst die Antikommunikation) abzubrechen. Die Erschöpfung des Impulses, die Kunst als Medium geistiger Veränderung zu benutzen, ist nahezu unvermeidlich – das kommt auch in der Versuchung zum Ausdruck, das Schreiben gänzlich aufzugeben, die jeder moderne Autor fühlt, wenn er mit der Gleichgültigkeit oder Mittelmäßigkeit des Publikums auf der einen oder dem mühelosen Erfolg auf der anderen Seite konfrontiert ist. Es war also nicht nur Geldmangel oder Mangel an Unterstützung innerhalb der Zunft schuld daran, daß Artaud, nachdem er 1935 die *Cenci* inszeniert hatte, das Theater aufgab. Der Vorsatz, innerhalb einer säkularen Kultur eine Institution zu schaffen, die eine dunkle, verborgene Wirklichkeit manifestieren kann, ist in sich widersprüchlich. Artaud war nie und nimmer imstande, sein Bayreuth zu gründen – obwohl er das gern getan hätte –, denn seine Ideen sind von der Art, daß sie sich nicht institutionalisieren lassen.

Im Jahr nach dem Fehlschlag der *Cenci* unternahm Artaud eine Schiffsreise nach Mexiko, um sich persönlich davon zu überzeugen, daß es innerhalb einer immer noch existierenden »primitiven« Kultur eine dämonische Wirklichkeit gibt. Da er keinen Erfolg damit gehabt hatte, dieser Wirklichkeit in einem Schauspiel Gestalt zu verleihen und sie anderen aufzuzwingen, wurde er selbst zu ihrem Zuschauer. Von 1935 an verlor Artaud den Sinn für die Verheißung einer idealen Kunstform. Seine Schriften, seit je schon didaktisch, nahmen jetzt einen prophetischen Ton an und bezogen sich häufig auf esoterische, magische Systeme wie

Kabbala und Tarock. Augenscheinlich begann Artaud zu glauben, daß er die emotionale Macht direkt, in eigener Person würde ausüben (und die geistige Wirkung erzielen) können, die er sich für das Theater gewünscht hatte. Mitte 1937 reiste er mit dem obskuren Plan, seine magischen Kräfte zu erforschen oder bestätigt zu sehen, zu den Aran-Inseln. Die Mauer zwischen Kunst und Leben war immer noch eingerissen. Aber anstatt alles der Kunst anzuverwandeln, nahm die Bewegung die entgegengesetzte Richtung: Artaud begab sich unvermittelt in sein Leben hinein – ein gefährliches Ziel, in dessen Vorwärtsstürmen ein rasender Hunger nach totaler Verwandlung beschlossen lag, der die geeignete Nahrung niemals zu finden vermochte.

Nietzsche verschrieb sich kühl einer atheistischen Theologie des Geistes, einer negativen Theologie, einem Mystizismus ohne Gott. Artaud wanderte in dem Labyrinth eines spezifischen Typus religiöser Sensibilität umher, des gnostischen. (Im Mittelpunkt von Mithraskult, Manichäismus, Zoroastrismus und tantrischem Buddhismus stehend, jedoch an die ketzerischen Randzonen des Judaismus, des Christentums und des Islam gedrängt, kehren die immerwährenden gnostischen Thematiken in verschiedenen Religionen, in unterschiedlichen Terminologien, aber mit gewissen gemeinsamen Zügen wieder.) Die hauptsächlichen Energien des Gnostizismus kommen von der metaphysischen Angst und dem akuten psychischen Elend – dem Gefühl der Verlassenheit, der Fremdheit, der Besessenheit von dämonischen Kräften, die innerhalb eines des Göttlichen entleerten Kosmos über den menschlichen Geist herfallen. Der Kosmos selbst ist ein Kampfplatz, und jedes menschliche Leben stellt den Konflikt zwischen den repressiven, verfolgenden Kräften von außen und der fieberhaften, geplagten Einzelseele, die Erlösung sucht, zur Schau. Die dämonischen Kräfte des Kosmos existieren als physikalische Gegebenheit. Sie existieren ebenfalls als »Gesetz«, Tabus, Verbote. So ist in den gnostischen Metaphern die Seele verlassen, gefallen, in einen Körper eingesperrt, und das Individuum ist unterdrückt, eingesperrt durch das in der »Welt« Sein – durch das, was wir »Gesellschaft« nennen würden. (Es ist ein Kennzeichen allen gnostischen Denkens, den inneren Raum, die

Psyche und einen vagen äußeren Raum, die »Welt« oder die »Gesellschaft«, die mit Unterdrückung identifiziert wird, zu polarisieren – wobei die Bedeutung der vermittelnden Ebenen der verschiedenen sozialen Sphären und Institutionen kaum oder gar nicht zur Kenntnis genommen wird.) Das Selbst oder die Seele entdeckt sich im Bruch mit der »Welt«. Die einzig mögliche Freiheit ist eine inhumane, verzweifelte Freiheit. Um gerettet zu werden, muß die Seele aus ihrem Körper, aus ihrem physischen Sein, aus der »Welt« herausgenommen werden. Und die Freiheit erfordert eine fieberhafte Bereitschaft. Wer immer sie sucht, muß sowohl die äußerste Erniedrigung in Kauf nehmen, als auch den größten geistigen Stolz an den Tag legen. Die eine Version sieht vor, daß Freiheit totale Askese erfordert. Einer anderen zufolge erfordert sie den Libertinismus – das Praktizieren der Kunst der Überschreitung. Um frei von der »Welt« zu sein, muß man deren moralisches (oder gesellschaftliches) Gesetz brechen. Um den Körper zu transzendieren, muß man durch eine Periode physischer Ausschweifung und verbaler Blasphemie gehen, und zwar nach dem Prinzip, daß das Individuum nur dann, wenn die Moral vorsätzlich verhöhnt worden ist, zu einer radikalen Veränderung imstande ist, d. h. dazu, in einen Stand der Gnade einzutreten, der alle moralischen Kategorien hinter sich läßt. In beiden Versionen des exemplarischen gnostischen Dramas ist jemand, der gerettet wird, jenseits von Gut und Böse. Auf eine Zuspitzung von Dualismen gegründet (Körper/Geist, Materie/Geist, böse/gut, dunkel/hell), verspricht der Gnostizismus die Abschaffung aller Dualismen.

Artauds Denken reproduziert die meisten gnostischen Themen. So ist z. B. sein Angriff auf den Surrealismus in der Streitschrift von 1927 in einer Sprache des kosmischen Dramas abgefaßt, in der er auf die Notwendigkeit einer »Verschiebung des geistigen Mittelpunkts der Welt« und auf den Ursprung aller Materie aus »einer geistigen Abweichung« zu sprechen kommt. Überall in seinem Werk spricht Artaud davon, daß er von fremden Mächten verfolgt, überfallen und beschmutzt wird; sein Werk umkreist die Wechselfälle des Geistes, so wie es unablässig dessen Mangel an Freiheit schon in der bloßen Gegebenheit entdeckt, daß er »Materie« ist. Artaud ist von der physikalischen Materie besessen. Von *Le pèse-nerfs* und *L'art et la mort*, die in den zwanziger Jahren geschrieben wurden, bis hin zu *Ci-gît* und dem Hörspiel *Pour en finir avec le jugement de Dieu*, geschrieben 1947/48, zeichnen Artauds Prosa und seine Poesie eine Welt, die von Materie (Scheiße, Blut, Sperma) verschmiert ist, eine beschmutzte Welt. Die dämonischen Mächte, die die Welt regieren, sind in Materie verkörpert, und die Materie ist »dunkel«. Wesentlich für das Theater, das Artaud sich vorstellt – ein Theater, das dem Mythos und der Magie geweiht ist – ist sein Glaube, daß alle großen Mythen »dunkel« sind und alle Magie Schwarze Magie ist. Selbst wenn das Leben von einer versteinerten, degenerierten, bloß verbalen Sprache überkrustet ist, so beharrt Artaud doch darauf, daß die Wirklichkeit gleich darunter liegt – oder irgendwo sonst. Die Kunst kann diese Kräfte nutzbar machen, denn sie schlummern in jeder Psyche. Auf der Suche nach diesen dunklen Mächten ging Artaud 1936 nach Mexiko, um die Peyote-Riten der Tarahumara kennenzulernen. Das Heil des Einzelnen erfordert die Kontaktaufnahme mit den bösen Mächten, erfordert, daß man sich ihnen ausliefert und unter ihrem Zugriff leidet, um über sie zu triumphieren.

Was Artaud am balinesischen Theater bewundert, so schreibt er 1931, ist, daß es nichts mit »Unterhaltung« zu tun hat, sondern eher »etwas von der zeremoniellen Qualität eines religiösen Ritus« besitzt. Artaud ist einer der vielen Regisseure dieses Jahrhunderts, die darauf aus waren, das Theater als Ritual neu zu schaffen, der Theateraufführung die Ernsthaftigkeit religiöser Handlungen zu verleihen, doch man findet gewöhnlich nur die vagesten, äußerst verworrenen Vorstellungen von Religion und Ritus, die einer katholischen Messe und einem Regentanz der Hopi denselben künstlerischen Wert beimessen. Artauds Vision hingegen mag vielleicht in der modernen säkularen Gesellschaft ebensowenig zu verwirklichen sein wie die anderen, ist aber doch wenigstens spezifischer, was die Art des involvierten Ritus betrifft. Das Theater, das Artaud schaffen möchte, vollführt einen säkularisierten gnostischen Ritus. Es ist keine Sühne. Es ist kein Opfer, oder wenn es das ist, so sind die Opfer doch alle Metaphern. Es ist ein Verwandlungsritus – die gemeinschaftliche Vollführung eines Gewaltakts geistiger Alchimie. Artaud fordert das Theater auf, »auf den psychologischen Menschen mit seinen wohlsortierten Charaktereigenschaften und Gefühlen und den gesellschaftlichen Menschen, der gefügig ist gegenüber den Gesetzen und mißgestaltet durch die Religionen und Vorschriften«, zu verzichten und sich nur an den »totalen Menschen« zu richten – eine zutiefst gnostische Vorstellung.

Was immer Artaud in bezug auf die »Kultur« für wünschenswert halten mag, sein Denken schließt letztlich alles aus bis auf das private Selbst. Wie die Gnostiker ist er ein radikaler Individualist. Von seinen frühesten Schriften an gilt sein Interesse einer Metamorphose des »inneren« Seelenzustands. (Das Selbst ist per definitionem ein »inneres Selbst«.) Er geht davon aus, daß weltliche Beziehungen den Kern des Individuums nicht berühren; die Suche nach Erlösung überbietet alle gesellschaftlichen Lösungen.

Das einzige Erlösungsinstrument von möglicherweise sozialem Charakter, das Artaud in Betracht zieht, ist die Kunst. Der Grund, weshalb er sich nicht für ein humanistisches, ein Theater über Individuen interessiert, liegt darin, daß er glaubt, ein solches Theater könne niemals irgendeine radikale Veränderung bewirken. Um geistig befreiend zu sein, meint Artaud, muß das Theater Impulse ausdrücken, die weiterreichen als das Leben. Dies zeigt jedoch nur, daß Artauds Freiheitsvorstellung selbst gnostisch ist. Das Theater dient einer »inhumanen« Individualität, einer »inhumanen« Freiheit, wie Artaud es in *Das Theater und sein Double* nennt – gerade das Gegenteil der liberalen, sozialen Freiheitsidee. (Daß Artaud Bretons Denken seicht – d. h. optimistisch, ästhetisch – fand, folgt aus der Tatsache, daß Breton keinen gnostischen Stil oder keine gnostische Sensibilität besaß. Breton fühlte sich angezogen von der Hoffnung, die Forderungen nach individueller Freiheit mit der Notwendigkeit zu versöhnen, die Persönlichkeit durch großzügige gemeinschaftliche Empfindungen zu erweitern und im Gleichgewicht zu halten; der anarchistische Standpunkt, wie er in diesem Jahrhundert mit der größten Subtilität und Autorität von Breton und Paul Goodman formuliert worden ist, ist eine Form konservativen humanistischen Denkens – von störrischer Empfindlichkeit gegenüber jeglicher Form von Unterdrückung und Niederträchtigkeit, jedoch loyal gegenüber den

Grenzen, die das menschliche Wachstum und Vergnügen schützen. Kennzeichen des gnostischen Denkens hingegen ist, daß es *allen* Grenzen gegenüber, sogar den rettenden, in Aufruhr gerät.) »Alle wahre Freiheit ist dunkel«, sagt Artaud in *Das Theater und sein Double,* »und wird unausweichlich mit der sexuellen Freiheit identifiziert, die ebenfalls dunkel ist, wenn wir auch nicht genau wissen, weshalb.«

Beide, das Hindernis der Freiheit ebenso wie ihr Ort, liegen für Artaud im Körper. Seine Haltung deckt sich mit der vertrauten gnostischen thematischen Abfolge: die Bejahung des Körpers, die Abwendung vom Körper, der Wunsch, den Körper zu transzendieren, das Verlangen nach dem erlösten Körper. »Nichts berührt mich, nichts interessiert mich«, schreibt er, »als das, was sich *direkt* an mein Fleisch richtet.« Der Körper ist jedoch stets ein Problem. Artaud definiert den Körper niemals im Hinblick auf seine Fähigkeit zum sinnlichen Vergnügen, sondern stets im Hinblick auf seine elektrische Fähigkeit zur Einsicht und zum Schmerz. Wie Artaud in *L'art et la mort* klagt, sein Geist wisse nichts von seinem Körper, es fehle ihm an Ideen, die seiner »Existenz als leiblichem Tier« entsprechen, so klagt er, daß sein Körper von seinem Geist nichts weiß. In Artauds Bildsprache der Verzweiflung hindern Körper und Geist einander, intelligent zu sein. Er spricht von den »intellektuellen Schreien«, die von seinem Fleisch ausgehen, der Quelle des einzigen Wissens, dem er traut. Der Körper hat einen Geist. »Es gibt einen Geist im Fleisch«, schreibt er, »einen Geist so schnell wie der Blitz.«

Was Artaud intellektuell vom Körper erwartet, führt zu seinem Rückzug vom Körper – dem unwissenden Körper. Tatsächlich impliziert jede Haltung die andere. Viele der Gedichte drücken einen tiefsitzenden Widerwillen gegen den Körper aus, und es häufen sich in ihnen abscheuerregende Anspielungen auf den Sex. »Ein wahrer Mensch hat keinen Sex«, schreibt Artaud in einem Text, der im Dezember 1947 veröffentlicht wurde. »Er ignoriert diese Häßlichkeit, diese abstumpfende Sünde.« *L'art et la mort* ist vielleicht das sexbesessenste seiner Werke, aber Artaud dämonisierte die Sexualität in allem, was er schrieb. Am üblichsten ist ein monströser, obszöner Körper – »dieser unbrauchbare Körper, der aus Fleisch und irrem Sperma gemacht ist«, sagt er darüber in

Ci-gît. Gegen diesen gefallenen, von der Materie beschmutzten Körper setzt er das phantasierte Erreichen eines reinen Körpers – eines Körpers, der der Organe und schwindelerregender Lüste ledig ist. Selbst wenn er darauf beharrt, daß er nichts als sein Körper ist, drückt Artaud die glühende Sehnsucht aus, ihn gänzlich zu transzendieren, seine Sexualität loszuwerden. Andere bildhafte Wendungen sagen, der Körper müsse intelligent gemacht, wieder mit Geist erfüllt werden. Er zieht sich von dem beschmutzten Körper zurück und appelliert an den erlösten Körper, worin Denken und Fleisch vereinigt sein werden: »Der erneute Einlaß der Metaphysik in unseren Geist wird durch die Haut erfolgen«; nur das Fleisch kann »ein endgültiges Verständnis für das Leben« verschaffen. Die gnostische Aufgabe des Theaters, wie Artaud sie sich vorstellt, ist nicht weniger, als diesen erlösten Körper zu schaffen – ein mythischer Plan, den er durch den Bezug auf die große, letzte gnostische Systematik, die Alchimie der Renaissance, erläutert. Wie die Alchimisten, besessen von dem Problem der Materie im klassisch gnostischen Sinne, Methoden suchten, um eine Art von Materie in eine andere (höhere, geistige) Art von Materie zu verwandeln, so suchte Artaud eine alchimistische Arena zu schaffen, die auf das Fleisch ebenso sehr einwirken soll wie auf den Geist. Das Theater ist die Ausführung einer »schrecklichen und gefährlichen Handlung«, sagt er in *Théâtre et science* – die »WIRKLICHE ORGANISCHE UND PHYSIKALISCHE UMWANDLUNG DES MENSCHLICHEN KÖRPERS«.

Artauds Hauptmetaphern sind im klassischen Sinne gnostisch. Der Körper ist der in »Materie« verwandelte Geist. Wie der Körper niederdrückt und die Seele verformt, tut das auch die Sprache, denn die Sprache ist in »Materie« verwandeltes Denken. Das Problem der Sprache, wie Artaud es sich selbst stellt, ist identisch mit dem Problem der Materie. Der Abscheu gegenüber dem Körper und der Widerwille gegen Worte sind zwei Formen desselben Empfindens. Innerhalb der Gleichsetzungen, die Artaud mit seinem Bildgebrauch vornimmt, ist die Sexualität die korrupte, verworfene Tätigkeit des Körpers, und die »Literatur« ist die korrupte, verworfene Aktivität der Worte. Obwohl Artaud niemals die Hoffnung ganz aufgab, die Tätigkeiten im Bereich der Künste als Mittel geistiger Befreiung zu gebrauchen, war die

Kunst doch immer suspekt – wie der Körper. Und Artauds Hoffnung in bezug auf die Kunst ist ebenfalls gnostisch, genau wie seine Hoffnung in bezug auf den Körper. Die Vision einer totalen Kunst hat dieselbe Form wie die Vision von der Erlösung des Körpers. (»Der Körper ist der Körper/ er ist allein/ er braucht keine Organe«, schreibt Artaud in einem seiner letzten Gedichte.) Die Kunst wird dann erlösend sein, wenn sie, wie der erlöste Körper, sich selbst transzendiert – wenn sie keine Organe (Gattungen), keine unterschiedlichen Teile hat. In der erlösten Kunst, wie Artaud sie sich vorstellt, gibt es keine getrennten Kunstwerke, nur ein totales Kunst-Environment, das magisch, paroxystisch, purgierend und letztlich undurchdringlich ist.

Die Gnostik, eine Strömung, die sich eher um- die Erkenntnis (Gnosis) als um den Glauben organisiert, unterscheidet scharf zwischen exoterischem und esoterischem Wissen. Der Adept muß verschiedene Ebenen der Unterweisung durchlaufen, um der Initiation in die wahre Lehre würdig zu werden. Das Wissen, das mit der Fähigkeit zur Selbstveränderung identifiziert wird, ist wenigen vorbehalten. Es ist nur natürlich, daß Artaud mit seiner gnostischen Sensibilität sich zu zahlreichen Geheimlehren hingezogen fühlte, die zugleich eine Alternative zur und ein Modell für die Kunst darstellten. Während der 30er Jahre las Artaud als Amateurpolyhistor von großer Energie mehr und mehr über esoterische Systeme, Alchimie, Tarock, die Kabbala, über Astrologie und Rosenkreuzertum. Was diese Doktrinen gemeinsam haben, ist, daß sie alle relativ späte, dekadente Abwandlungen der gnostischen Thematik sind. Von der Renaissance-Alchimie bezog Artaud ein Modell für sein Theater: wie die Symbole der Alchimie beschreibt das Theater »philosophische Zustände der Materie« und versucht, sie umzuwandeln. Das Tarock, um ein anderes Beispiel zu geben, lieferte die Grundlage von *Les nouvelles révélations de l'être*, das 1937 kurz vor seiner siebenwöchigen Reise nach Irland geschrieben wurde. Es war das letzte Werk, das er vor dem geistigen Zusammenbruch verfaßte, der dann nach seiner Rückkehr nach Frankreich zu seiner Internierung führte. Doch keine dieser bereits formulierten, schematischen, historisch gesehen altertümlichen Geheimlehren konnte die Zuckungen der lebendigen, gnostischen Vorstellungskraft in Artauds Kopf in sich bergen.

Nur das Erschöpfende ist wirklich interessant. Artauds Grundideen sind krude; was ihnen ihre Kraft verleiht, ist die Kompliziertheit und die Eloquenz seiner Selbstanalyse, die in der Geschichte der gnostischen Vorstellungskraft kein vergleichbares Beispiel hat. Und zum ersten Male können die gnostischen Themen in ihrer Entwicklung gesehen werden. Artauds Werk ist insofern besonders kostbar, als es die erste vollständige Dokumentation dazu darstellt, wie jemand die Flugbahn des gnostischen Denkens *durchlebt*. Das Ergebnis ist selbstverständlich eine schreckliche Bruchlandung.

Das (historisch und psychologisch gesehen) letzte Refugium des gnostischen Denkens liegt in den Konstruktionen der Schizophrenie. Mit Artauds Rückkehr von Irland nach Frankreich begannen neun Jahre Einsperrung in Irrenhäusern. Schriftliche Zeugnisse, hauptsächlich die Briefe, die er an seine beiden Hauptpsychiater in Rodez, an Dr. Gaston Ferdière und Dr. Jacques Latrémolière, schrieb, zeigen, wie wörtlich sein Denken den gnostischen Formeln folgte. In den ekstatischen Phantasien dieser Periode ist die Welt ein Maelstrom magischer Substanzen und Kräfte; sein Bewußtsein wird zum Schauplatz eines tollen Ringens zwischen Engeln und Dämonen, Jungfrauen und Huren. Da sein Grauen vor dem Körper nun nicht mehr moduliert wird, identifiziert Artaud das Heil ausdrücklich mit der Jungfräulichkeit, die Sünde mit dem Sex. Wie Artauds komplizierte religiöse Spekulationen während der Zeit in Rodez als Metaphern für Paranoia gelesen werden können, so kann die Paranoia als Metapher für eine verschärfte religiöse Sensibilität vom gnostischen Typus gelesen werden. Die Literatur der Wahnsinnigen ist in diesem Jahrhundert eine reichhaltige religiöse Literatur – vielleicht die letzte originale Zone echter gnostischer Spekulation.

Als Artaud 1946 aus dem Irrenhaus entlassen wurde, sah er sich selbst immer noch als Opfer einer Verschwörung dämonischer Kräfte, als Objekt eines unerhörten Akts der Verfolgung durch »die Gesellschaft«. Obwohl die Welle der Schizophrenie bis zu dem Grade zurückgewichen war, daß sie ihn nicht länger überschwemmte, waren seine grundlegenden Metaphern immer noch intakt. In den zwei Lebensjahren, die ihm noch blieben, trieb Artaud sie zu ihrem logischen Schluß.

Im Jahre 1944, noch in Rodez, hatte Artaud seine gnostische Anklage gegen die Sprache in dem kurzen Text *Révolte contre la poésie* rekapituliert. Als er 1946 nach Paris zurückkehrte, sehnte er sich danach, wieder am Theater zu arbeiten, das Vokabular der Gestik und des Schauspiels wiederzugewinnen; in der kurzen Zeit, die ihm blieb, mußte er sich jedoch damit abfinden, nur mit der Sprache zu sprechen. Artauds Schriften aus dieser letzten Periode – im Grunde unklassifizierbar, was das Genre betrifft: da gibt es »Briefe«, die »Gedichte«, die »Essays«, die »dramatische Monologe« sind – erwecken den Eindruck, daß hier ein Mensch aus seiner Haut zu schlüpfen sucht. Passagen klarer, wenn auch hektischer Argumentation wechseln mit Passagen, in denen die Worte in erster Linie als Material (Klang) behandelt werden: sie haben magischen Wert. (Die Aufmerksamkeit gegenüber dem Klang und der Gestalt von Worten im Unterschied zu ihrer Bedeutung ist ein Element der kabbalistischen Lehre des *Sohar,* die Artaud in den 30er Jahren studiert hatte.) Artauds Beschäftigung mit dem magischen Wert von Worten erklärt Artauds Weigerung in seinen späten Gedichten, die Metapher als hauptsächlichem Modus, Bedeutung zu übermitteln, zu verwenden. Er fordert, die Sprache solle das physische menschliche Wesen direkt ausdrücken. Die Person des Dichters erscheint in einem Zustand jenseits der Nacktheit: mit abgezogener Haut.

Wenn Artaud an das Unaussprechliche heranlangt, wird seine Phantasie grob. Dabei stehen seine letzten Werke mit ihrer wachsenden Körperbesessenheit und ihrem immer expliziteren Abscheu vor dem Sex in direkter Linie mit den frühen Schriften, in denen es parallel zur Vergeistigung des Körpers eine entsprechende Sexualisierung des Bewußtseins gibt. Was Artaud zwischen 1946 und 1948 geschrieben hat, erweitert lediglich Metaphern, die er während der ganzen 20er Jahre benutzt hat – die vom Geist als einem Körper, der es sich niemals gestattet, »besessen« zu werden, und die vom Körper als einer Art dämonischem, leidenden, brillanten Geist. Während seines wütenden Kampfes darum, den Körper zu transzendieren, wird tatsächlich alles in den Körper verwandelt. Während seines wütenden Kampfes darum, die

Sprache zu transzendieren, wird tatsächlich alles in Sprache verwandelt. Als Artaud das Leben der Tarahumara Indianer beschreibt, übersetzt er die Natur selbst in eine Sprache. In seinen letzten Schriften erreicht die obszöne Identität von Fleisch und Wort einen extremen Grad der Widerwärtigkeit – insbesondere in dem vom französischen Rundfunk angenommenen Stück *Pour en finir avec le jugement de Dieu,* das dann am Abend seiner geplanten Sendung im Februar 1948 aus dem Programm verbannt wurde. (Artaud überarbeitete es noch einen Monat später, kurz bevor er starb.) Reden, reden, reden – Artaud drückt den glühendsten Widerwillen gegen das Reden – und den Körper – aus.

Das gnostische Durchlaufen der Stadien der Transzendenz impliziert eine Bewegung vom herkömmlicherweise Intelligiblen zu dem, was herkömmlicherweise nicht intelligibel ist. Das gnostische Denken nähert sich charakteristischerweise einer ekstatischen Rede, die auf unterscheidbare Worte verzichtet. (Die Übernahme einer gnostischen Form des Predigens durch die christliche Kirche in Korinth – »mit Zungen reden« – war es, die die Vorhaltungen des Paulus im ersten Korintherbrief provozierte.) Die Sprache, die Artaud in Passagen von *Artaud le Mômo, Ci-gît* und *Pour en finir avec le jugement de Dieu* am Ende seines Lebens gebrauchte, grenzt an eine glühende deklamatorische Rede jenseits des Sinns. »Wahre Sprache ist unbegreiflich«, sagt Artaud in *Ci-gît.* Er sucht nicht nach einer universalen Sprache, wie Joyce es tat. Joyces Sprachauffassung war historisch, ironisch, während Artauds Auffassung medizinisch, tragisch ist. Das Unverständliche in *Finnegans Wake* läßt sich mit einiger Mühe nicht nur entziffern, es soll entziffert werden. Die unverständlichen Partien der letzten Schriften Artauds sollen dunkel bleiben – direkt als Laut aufgenommen werden.

Das gnostische Unternehmen ist eine Suche nach Weisheit, aber einer Weisheit, die sich in Unverständlichkeit, Schwatzsucht und Schweigen selbst auslöscht. Wie Artauds Leben andeutet, sind alle Vorsätze, den Dualismus zu beenden, alle Entwürfe eines geeinten Bewußtseins auf der gnostischen Intensitätsebene zum Scheitern verurteilt – d. h., die, die nach diesen Entwürfen leben, stürzen in das, was die Gesellschaft Wahnsinn nennt, oder in Schweigen oder

Selbstmord. (Ein anderes Beispiel: die Vision eines gänzlich geeinten Bewußtseins, wie sie sich in den gnomischen Botschaften Nietzsches ausdrückte, die er in den Wochen vor seinem vollständigen geistigen Zusammenbruch 1889 in Turin an Freunde schickte.) Das Vorhaben transzendiert die Grenzen des Geistes. Während Artaud also immer noch verzweifelt an seiner Bemühung festhält, sein Fleisch und seinen Geist zu vereinen, implizieren die Bedingungen seines Denkens die Vernichtung des Bewußtseins. In den Schriften dieser letzten Periode erreichen die Schreie, die von seinem gespaltenen Bewußtsein und seinem gemarterten Körper ausgehen, einen Höhepunkt unmenschlicher Intensität und Raserei.

Artaud bietet die größte *Quantität* des Leidens in der Literaturgeschichte. Die zahlreichen Beschreibungen seiner Pein, die er liefert, sind so drastisch und erbarmungswürdig, daß überwältigte Leser versucht sein mögen, sich durch die Erinnerung daran, daß Artaud verrückt war, zu distanzieren.

In welchem Sinne er schließlich als Verrückter geendet sein mag, Artaud war sein ganzes Leben lang verrückt gewesen. Die Geschichte seiner Internierungen in Irrenhäusern datiert vom mittleren Jugendalter an – lange bevor er im Alter von 24 Jahren von Marseille nach Paris übergesiedelt war, um mit seiner Künstlerkarriere zu beginnen; seine lebenslange Sucht nach Opiaten, die seine geistige Verwirrung verschlimmert haben mag, hatte wahrscheinlich vor diesem Datum begonnen. Da ihm das rettende Wissen fehlte, das es den meisten Menschen gestattet, mit relativ geringer Qual bewußt zu existieren – die Ahnung dessen, was Rivière »die gesegnete Dunkelheit der Erfahrung« und »die Unschuld der Tatsachen« nennt –, entrann Artaud zu keinem Zeitpunkt seines Lebens gänzlich der Peitsche des Wahnsinns. Artaud jedoch einfach als verrückt zu beurteilen – und so die reduktive psychiatrische Weisheit wieder einzuführen –, heißt Artauds Argumentation verwerfen.

Die Psychiatrie zieht eine klare Linie zwischen der Kunst (einem »normalen« psychologischen Phänomen, das objektive ästhetische Grenzen manifestiert) und der Symptomatik: eben die Grenze, die Artaud anficht. Wie er 1923 an Rivière schreibt, besteht Artaud darauf, die Frage nach der Autonomie seiner Kunst zu stellen – danach, ob seine Gedichte trotz seiner eingestandenen geistigen Beeinträchtigung, trotz jenes »fundamentalen Makels« an seiner eigenen Psyche, der ihn von anderen Menschen trennt, nicht dennoch *als Gedichte* existieren und nicht einfach nur als psychologische Dokumente. Rivière erwidert, er sei zuversichtlich, daß Artaud trotz seines geistigen Leidens eines Tages ein guter Dichter würde. Artaud antwortet ungeduldig und ändert seine Argumentationsrichtung: er will die Kluft zwischen Leben und Kunst schließen, die implizit in seiner ursprünglichen Frage und in Rivières gutgemeinter, aber unsensibler Ermutigung vorhanden ist. Er beschließt, seine Gedichte, so wie sie sind, zu verteidigen – um des Verdienstes willen, das sie gerade deswegen haben, weil sie als Kunst nicht ganz anerkannt werden.

Artauds Leser hat die Aufgabe, nicht mit der Distanz Rivières zu reagieren – als ob Wahnsinn und geistige Gesundheit nur auf dem Boden der Gesundheit, in der Sprache der Vernunft miteinander kommunizieren könnten. Die Werte der geistigen Gesundheit sind nicht ewig oder »natürlich«, ebensowenig wie es eine selbstverständliche, allgemein einleuchtende Bedeutung des Zustands Wahnsinn gibt. Die Wahrnehmung, daß manche Menschen verrückt sind, ist Teil der Geschichte des Denkens, und der Wahnsinn verlangt eine historische Definition. Wahnsinn heißt, daß etwas keinen Sinn ergibt – heißt etwas sagen, was nicht ernstgenommen zu werden braucht. Doch hängt dies gänzlich davon ab, wie eine bestimmte Kultur Sinn und Ernsthaftigkeit definiert; die Definitionen haben im Verlauf der Geschichte sehr weitreichende Variationen erfahren. Was wahnsinnig genannt wird, enthüllt jeweils das, was nach dem Entscheid einer bestimmten Gesellschaft nicht gedacht werden darf. Wahnsinn ist ein Begriff, der Grenzen festlegt; die Grenzen des Wahnsinns definieren, was »anders« ist. Ein verrückter Mensch ist jemand, auf dessen Stimme die Gesellschaft nicht hören will, dessen Betragen unerträglich ist, der verschwiegen werden sollte. Die verschiedenen Gesellschaften bedienen sich verschiedener Definitionen dessen, was den Wahnsinn konstituiert (d. h. dessen, was keinen Sinn ergibt). Dabei ist jedoch keine Definition weniger provinziell als irgendeine andere. Ein Teil der Entrüstung über die derzeitige Praktik in der Sowjetunion, politisch Andersdenkende in Irrenhäuser zu sperren, ist insofern unangebracht, als sie nicht nur behauptet, daß ein solches Vorgehen schlecht ist (was stimmt), sondern auch, daß ein solches Vorgehen ein verfälschender Gebrauch des Begriffs Geisteskrankheit ist; es wird angenommen, daß es eine allgemeingültige, korrekte wissenschaftliche Vorstellung von geistiger Gesundheit gibt (und zwar eher diejenige, die durch die Gesundheitspolitik, sagen wir, der Vereinigten Staaten, Englands und Schwedens bekräftigt wird als diejenige, die in einem Land wie Marokko gilt). Das ist einfach nicht wahr. In jeder Gesellschaft sind die Definitionen von Normalität und Verrücktheit willkürlich – sind, im weitesten Sinne, politisch.

Artaud war der repressiven Funktion des Begriffs Wahnsinn gegenüber äußerst empfindlich. Er sah die Wahnsinnigen als Heroen und Märtyrer des Denkens, sah sie gestrandet am vorgeschobenen Gestade extremer gesellschaftlicher (eher denn bloß psychischer) Entfremdung, als Freiwillige des Wahnsinns – als diejenigen, die es aufgrund einer höheren Ehrauffassung vorziehen, verrückt zu werden, anstatt eine bestimmte Luzidität, eine extreme Leidenschaft, wenn es um ihre Überzeugungen geht, zu verleugnen. In einem Brief an Jacqueline Breton vom April 1939 aus der Anstalt in Ville-Evrard schrieb er nach anderthalb Jahren einer neunjährigen Zeit des Eingesperrtseins: »Ich bin ein Fanatiker und kein Wahnsinniger.« Doch jeder Fanatismus, der nicht Gruppenfanatismus ist, ist genau das, was die Gesellschaft unter Wahnsinn versteht.

Wahnsinn ist die logische Schlußfolgerung der Hingabe an die Individualität, wenn diese Hingabe weit genug getrieben wird. Wie Artaud es in dem »Brief an die medizinischen Direktoren von Irrenanstalten« 1925 darstellt, sind »alle individuellen Handlungen antisozial«. Das ist eine unliebsame Wahrheit, die vielleicht absolut nicht zu vereinbaren ist mit der humanistischen Ideologie der kapitalistischen Demokratie oder der Sozialdemokratie oder des liberalen Sozialismus – aber Artaud hat recht. Wann immer das Verhalten hinreichend individuell wird, wird es objektiv antisozial und wird anderen Menschen als verrückt erscheinen. In diesem Punkt stimmen alle menschlichen Gesellschaften überein. Sie unterscheiden sich lediglich, wenn es darum geht, wie der

Maßstab für Verrücktheit angelegt wird und wer beschützt oder (aufgrund ökonomischer, gesellschaftlicher, sexueller oder kultureller Privilegien) teilweise ausgenommen wird von der Strafe der Einsperrung, die denen zugemessen wird, deren prinzipielle antisoziale Handlung darin besteht, daß sie unsinnig ist.

Die wahnsinnige Person hat in Artauds Werken eine doppelte Identität: sie ist das Opfer per se und Träger einer subversiven Weisheit. In seinem 1946 geschriebenen Vorwort zur geplanten Gesamtausgabe seiner Schriften bei Gallimard beschreibt er sich selbst als einen der geistig Unterprivilegierten, wobei er Verrückte, an Aphasie Leidende und Analphabeten in eine Reihe stellt. An einer anderen Stelle der Schriften seiner letzten zwei Jahre ordnet er sich wiederholt in die Gesellschaft der geistig Hyperbegabten ein, die verrückt geworden sind – Hölderlin, Nerval, Nietzsche und van Gogh. Insofern der Genius einfach eine Erweiterung und Intensivierung des Individuums ist, suggeriert Artaud die Existenz einer natürlichen Affinität zwischen Genius und Wahnsinn in einem weit präziseren Sinne, als die Romantiker das taten. Während er jedoch die Gesellschaft verurteilt, die die Wahnsinnigen einsperrt und den Wahnsinn als äußeres Zeichen eines tiefreichenden geistigen Exils hinstellt, deutet er niemals an, daß es irgend etwas Befreiendes an sich haben könne, seinen Verstand zu verlieren.

Einige seiner Schriften, besonders die frühen surrealistischen Texte, beziehen gegenüber dem Wahnsinn einen positiveren Standpunkt. In *Sûreté générale. La liquidation de l'opium* zum Beispiel scheint er die Praktik einer vorsätzlichen Störung des Geistes und der Sinne (wie Rimbaud einst die Berufung des Dichters definierte) zu verteidigen. Niemals jedoch hört er auf zu sagen – so in den Briefen an Rivière, an Dr. Allendy und George Soulié de Morant in den 20er und 30er Jahren, in den zwischen 1943 und 1945 in Rodez geschriebenen Briefen und im Essay über van Gogh von 1947, einige Monate nach seiner Entlassung aus Rodez –, daß der Wahnsinn beeinträchtigend, zerstörerisch ist. Wahnsinnige Menschen mögen die Wahrheit kennen – soviel Wahrheit, daß die Gesellschaft an diesen unglücklichen Sehern Rache nimmt, indem sie sie zu Rechtlosen macht. Wahnsinnig zu sein ist jedoch auch eine endlose Qual, ein Zustand, der überschritten werden muß, und diese Qual drückt Artaud aus, indem er sie seinen Lesern auferlegt.

Artaud zu lesen, ist nicht weniger als eine Feuerprobe. Verständlicherweise versuchen manche Leser, sich durch Reduktionen und Applikationen seines Werks zu schützen. Eine spezielle Widerstandskraft, eine spezielle Sensibilität und ein spezieller Takt sind erforderlich, wenn man Artaud richtig lesen will. Es geht dabei nicht darum, Artaud zuzustimmen – das wäre seicht – oder gar darum, ihn und seine Bedeutung neutral zu »verstehen«. Was gibt es da, dem man zustimmen könnte? Wie soll irgend jemand Artauds Ideen zustimmen, wenn er sich nicht bereits in dem dämonischen Belagerungszustand befindet, in dem jener sich befand? Diese Ideen wurden unter dem unerträglichen Druck seiner eigenen Situation entwickelt. Nicht nur, daß Artauds Position nicht haltbar ist, es ist überhaupt keine »Position«.

Artauds Denken ist ein organischer Bestandteil seines einzigartigen, geplagten, impotenten, ungebärdig intelligenten Bewußtseins. Artaud ist einer der großen, kühnen Vermesser des Bewußtseins *in extremis.* Ihn richtig zu lesen, erfordert nicht den Glauben, daß die *einzige* Wahrheit, die die Kunst liefern kann, eine sei, die einzigartig und durch extreme Leiden beglaubigt ist. Von der Kunst, die andere Bewußtseinszustände – weniger ideosynkratische, weniger exaltierte, vielleicht nicht weniger tiefe – beschreibt, kann man mit Recht verlangen, daß sie allgemeine Wahrheiten hervorbringt. Aber die außergewöhnlichen Fälle an der Grenze des »Schreibens« – Sade ist einer, Artaud ein anderer – erfordern einen anderen Zugang. Was Artaud hinterlassen hat, ist ein Werk, das sich selbst für ungültig erklärt, ein Denken, das das Denken überbietet, sind Empfehlungen, die nicht eingelöst werden können. Wohin führt das den Leser? Er steht immer noch vor dem Corpus eines Werkes, wenn auch der Charakter der Schriften Artauds ihre schlichte Behandlung als »Literatur« verbietet; vor einem Corpus von Gedanken, wenn auch Artauds Denken Zustimmung untersagt – wie seine in aggressiver Weise selbstaufopfernde Persönlichkeit Identifizierung verbietet. Artaud schockiert, und bleibt, anders als die Surrealisten, schockierend. (Weit davon entfernt, subversiv zu sein, ist der Geist der

Surrealisten letztlich konstruktiv und fällt durchaus in die humanistische Tradition, und ihre theatralischen Verletzungen bürgerlicher Schicklichkeit waren keine gefährlichen, wirklich asozialen Taten. Man vergleiche damit Artauds Verhalten, das wirklich gesellschaftlich unmöglich war.) Sein Denken als handhabbare intellektuelle Errungenschaft aufzunehmen, ist genau das, was dieses Denken ausdrücklich untersagt. Es ist eher ein Ereignis als ein Objekt.

Wenn nun Zustimmung oder Identifizierung oder Aneignung oder Imitation verboten sind, bleibt dem Leser nur noch die Kategorie der Inspiration. »DIE INSPIRATION EXISTIERT GEWISS«, wie Artaud in *Le pèse-nerfs* in großen Buchstaben behauptet. Man kann sich von Artaud inspirieren lassen. Man kann sich von Artaud verbrennen, verändern lassen. Aber man kann Artaud keinesfalls anwenden.

Sogar im Bereich des Theaters, wo Artauds Präsenz zu einem Programm und einer Theorie gefiltert werden kann, zeigt die Arbeit jener Regisseure, die von seinen Ideen am meisten Nutzen gehabt haben, daß es keine Möglichkeit gibt, Artaud zu verwenden und ihm dabei treu zu bleiben. Nicht einmal Artaud selbst hat eine solche Möglichkeit gefunden; allem Anschein nach waren seine eigenen Inszenierungen weit davon entfernt, die Ebene seiner Ideen zu erreichen. Und für die vielen Leute, die nichts mit dem Theater zu tun haben – hauptsächlich die anarchistisch denkenden, für die Artaud besonders wichtig geworden ist – bleibt die Erfahrung seines Werkes etwas zutiefst Privates. Artaud ist jemand, der eine spirituelle Reise für uns gemacht hat – ein Schamane. Es wäre anmaßend, die Geographie der Reise Artauds auf das zu reduzieren, was sich kolonisieren läßt. Ihre Autorität liegt in den Gegenden, die dem Leser außer intensiver Unbehaglichkeit der Phantasie nichts eintragen.

Artauds Werk wird brauchbar nach unseren Bedürfnissen, doch das Werk verschwindet hinter dem Gebrauch, den wir davon machen. Wenn wir dessen überdrüssig werden, Artaud zu gebrauchen, können wir zu seinen Schriften zurückkehren. »Inspiration in Etappen«, sagt er. »Man darf nicht zuviel Literatur hereinlassen.«

Jede Kunst, die eine radikale Unzufriedenheit ausdrückt und

bestrebt ist, Annehmlichkeiten des Empfindens zunichte zu machen, läuft Gefahr, entwaffnet, neutralisiert zu werden, ihre Macht zu stören einzubüßen – indem sie bewundert, oder (zumindest scheinbar) zu gut verstanden wird, indem sie bedeutend wird. Die meisten der einst exotischen Themen in Artauds Werk sind innerhalb des letzten Jahrzehnts vielbesprochene Themen geworden: die Weisheit (oder der Mangel an Weisheit), die in Drogen liegt, östliche Religionen, Magie, das Leben der nordamerikanischen Indianer, Körpersprache, der Trip in den Wahnsinn; die Revolte gegen die »Literatur« und das streitsüchtige Prestige der nichtverbalen Künste; die Bewertung der Schizophrenie; der Gebrauch der Kunst als Akt der Gewalt gegen das Publikum; die Notwendigkeit der Obszönität. Artaud besaß in den 20er Jahren so ziemlich jeden Geschmack (außer der Begeisterung für Comics, Science fiction und Marxismus), der in den 60er Jahren in der amerikanischen Jugendkultur vorherrschend werden sollte, und was er in jenem Jahrzehnt las – das *Tibetanische Totenbuch,* Bücher über Mystizismus, Psychiatrie, Anthropologie, Tarock, Astrologie, Yoga, Akupunktur – ist wie eine prophetische Anthologie der Literatur, die in jüngster Zeit als weitverbreiteter Lesestoff unter den tonangebenden Jugendlichen aufgetaucht ist. Die gegenwärtige Bedeutung Artauds mag jedoch genauso irreführend sein wie das Dunkel, von dem sein Werk bis jetzt umgeben war.

Während er vor zehn Jahren außerhalb eines kleinen Kreises von Bewunderern unbekannt war, ist Artaud heute ein Klassiker. Er ist ein Beispiel für den gewollten Klassiker; ein Autor, den die Kultur zu assimilieren versucht, der jedoch zutiefst unverdaulich bleibt. Ein Usus der literarischen Respektabilität in unserer Zeit – und ein wichtiger Bestandteil der komplexen Karriere der literarischen Moderne – besteht darin, einen unverschämten, im wesentlichen uneinnehmbaren Autor akzeptabel zu machen, der dann zum Klassiker wird auf der Basis der vielen interessanten Dinge, die über das Werk gesagt werden müssen und die die wahre Natur des Werkes selbst kaum beachten (vielleicht sogar verhehlen), ein Werk, das unter anderem außerordentlich langweilig oder moralisch monströs oder schrecklich mühsam zu lesen sein kann. Bestimmte Autoren werden literarische oder intellektuelle Klassiker, weil sie *nicht* gelesen werden, da sie in irgendeiner eigentümlichen Weise unlesbar sind. Zu dieser Gesellschaft gehören Sade, Artaud und Wilhelm Reich – Autoren, die ins Gefängnis oder in Irrenanstalten gesteckt wurden, weil sie schrien, weil sie die Kontrolle verloren hatten; unmäßige, besessene, schrille Autoren, die sich unablässig wiederholen, die zu zitieren und stückchenweise zu lesen sich lohnt, die aber überwältigen und erschöpfen, wenn man große Quantitäten liest.

Wie Sade und Reich ist Artaud bedeutend und verständlich, ein kulturelles Monument, solange man sich im wesentlichen auf seine Ideen bezieht, ohne viel von seinem Werk zu lesen. Für jeden, der Artaud durchliest, bleibt er in ungezügelter Weise unerreichbar, eine nicht assimilierbare Stimme und Präsenz.

(1973)

Faszinierender Faschismus

I.

Erstes Beweisstück: Ein Buch mit 126 prachtvollen Farbfotos von Leni Riefenstahl, *The Last of the Nuba**, gewiß der hinreißendste Bildband, der in den letzten Jahren veröffentlicht wurde. In der unwegsamen Einöde des südlichen Sudan leben zurückgezogen etwa achttausend göttliche Nuba, Sinnbilder physischer Vollkommenheit, mit großen, wohlgeformten, zum weiten Teil geschorenen Köpfen, ausdrucksvollen Gesichtern und muskulösen Körpern, enthaart und mit Narben geschmückt. Die Männer, beschmiert mit geweihter grauweißer Asche, stolzieren umher, hocken in sich versunken da, veranstalten Ringkämpfe in den trockenen Talsenken. Und dazu, auf der Rückseite des Riefenstahl-Buches, ein faszinierendes Layout aus zwölf Schwarzweiß-Porträts von ihr selbst, hinreißend auch sie, die chronologisch aneinandergereiht den Sieg über das unbarmherzige Altern (von schwüler Innerlichkeit bis zum Grinsen einer texanischen Matrone auf Safari) ausdrücken. Die erste Aufnahme wurde 1927 gemacht, als Leni Riefenstahl fünfundzwanzig Jahre alt und bereits ein Filmstar war; die neuesten stammen aus den Jahren 1969 (sie hätschelt ein nacktes afrikanisches Baby) und 1972 (sie hält eine Kamera in der Hand); und jedes dieser Bilder zeigt eine andere Version einer idealen Erscheinung, einer Art unvergänglicher Schönheit, die – wie bei Elisabeth Schwarzkopf – mit zunehmendem Alter nur noch heiterer, ausgeprägter und gesünder wirkt. Und schließlich ein biographischer Abriß auf dem Schutzumschlag und eine Einleitung (ohne Angabe eines Autors) mit dem Titel »Wie es dazu kam, daß Leni Riefenstahl sich dem Studium der Masakin-Nuba von Kordofan widmete« – eine Einleitung voller besorgniserregender Unwahrheiten.

* deutsch: *Die Nuba.* S. Sontag bezieht sich auf die amerik. Ausgabe, die mit der deutschen nicht identisch ist. (Anm. d. Übers.)

In dieser Einleitung, die über die Pilgerfahrt der Riefenstahl in den Sudan detailliert berichtet (zu der sie, wie man erfährt, »in einer schlaflosen Nacht Mitte der fünfziger Jahre« durch die Lektüre von Hemingways *Die grünen Hügel Afrikas* inspiriert wurde), wird die Fotografin lakonisch vorgestellt als »eine Art mythischer Gestalt unter den Filmregisseuren der Vorkriegszeit, halb vergessen von einer Nation, die sich entschloß, eine Ära ihrer Geschichte aus ihrem Gedächtnis zu streichen«. Wer außer der Riefenstahl selbst (so hofft man) hätte auf diese phantastische Geschichte von einem Phänomen verfallen können, das verschwommen als »eine Nation« bezeichnet wird, die sich aus irgendeinem ungenannten Grund »entschloß«, in beklagenswerter Feigheit »eine Ära ihrer Geschichte« – auf deren nähere Beschreibung taktvoll verzichtet wird – zu vergessen? Es ist zu vermuten, daß zumindest ein paar Leser bei dieser schüchternen Anspielung auf Deutschland und das Dritte Reich aufhorchen werden.

Verglichen mit der Einleitung ist der Klappentext von geradezu überschwenglicher Mitteilsamkeit in der Beschreibung des Werdegangs der Fotografin und plappert sämtliche Fehlinformationen nach, die die Riefenstahl seit nunmehr zwanzig Jahren verbreitet.

»Es waren die heimgesuchten und folgenschweren dreißiger Jahre Deutschlands, in denen Leni Riefenstahl gleichsam über Nacht internationalen Ruhm als Filmregisseurin erwarb. Sie wurde 1902 geboren, und ihre erste Leidenschaft galt dem schöpferischen Tanz. Das führte zu ihrer Mitwirkung in Stummfilmen, und schon wenig später drehte sie ihre eigenen Tonfilme – wie *Der Berg* (1929) – oder wirkte darin als Schauspielerin mit.

Diese Werke voller romantischer Spannung wurden von vielen bewundert, nicht zuletzt von Adolf Hitler, der, nachdem er 1933 die Macht erlangt hatte, Leni Riefenstahl beauftragte, einen Dokumentarfilm über den Nürnberger Parteitag von 1934 zu drehen.«

Es gehört schon eine gehörige Portion Originalität dazu, die Nazi-Ära als »die heimgesuchten und folgenschweren dreißiger Jahre Deutschlands« zu charakterisieren, die Ereignisse von 1933 als »Hitlers Erlangung der Macht« zu umschreiben und zu behaupten, daß Leni Riefenstahl, deren Werke im Jahrzehnt ihres

Entstehens völlig zu Recht als Nazi-Propaganda verstanden wurden, »internationalen Ruhm als Filmregisseurin« erlangte und sie so in eine Reihe zu stellen mit ihren Zeitgenossen Renoir, Lubitsch und Flaherty. (Haben die Verleger Leni Riefenstahl den Klappentext am Ende selber schreiben lassen? Man zögert, derart unfreundliche Gedanken zu hegen, wenngleich in diesem Text englische Wendungen benutzt werden, deren kaum ein Mensch englischer Muttersprache fähig wäre.)

Es ist klar, daß die angegebenen Fakten entweder ungenau oder frei erfunden sind. Die Riefenstahl hat einen Tonfilm mit dem Titel *Der Berg* (1929) weder gedreht noch darin als Schauspielerin mitgewirkt. Es gibt keinen solchen Film. Es trifft ebenso wenig zu, daß Leni Riefenstahl zunächst in einigen Stummfilmen lediglich mitwirkte und dann, als der Tonfilm aufkam, ihre eigenen Filme drehte und in ihnen mitspielte. In allen neun Filmen, in denen sie je spielte, war die Riefenstahl der Star; und in sieben von ihnen führte sie nicht Regie. Diese sieben Filme waren: *Der heilige Berg* (1926), *Der große Sprung* (1927), *Das Schicksal derer von Habsburg* (1929), *Die weiße Hölle vom Piz Palü* (1929) – alles Stummfilme – sowie *Sturm über dem Montblanc* (1930), *Der weiße Rausch* (1931) und *S.O.S. Eisberg* (1932/33). Bei allen diesen Filmen außer einem war Dr. Arnold Fanck der Regisseur, der seit 1919 mit riesigem Erfolg heroische Bergfilme produziert hatte, und der, nachdem die Riefenstahl sich 1932 von ihm getrennt hatte und ihre eigenen Wege als Regisseurin ging, nur noch zwei Filme machte, die beide Mißerfolge wurden. (Der Film, der nicht von Fanck gedreht wurde, ist *Das Schicksal derer von Habsburg*, eine royalistische, in Österreich entstandene Schnulze, in der die Riefenstahl die Mary Vetsera, Kronprinz Rudolfs Gefährtin in Mayerling, spielte. Es scheint keine Kopie dieses Films mehr zu existieren.)

Fancks popig-wagnerische Werke, die der Riefenstahl als Medium der Selbstdarstellung dienten, waren nicht einfach »voller romantischer Spannung«. Diese Filme hat man, als sie gedreht wurden, zweifellos als apolitisch empfunden; in der Rückschau indessen können sie, wie Siegfried Kracauer festgestellt hat, durchaus als eine Anthologie prototypisch nazistischer Gesinnungen gesehen werden. In Fancks Filmen war das Bergsteigen eine visuell unwiderstehliche Metapher für grenzenloses Streben nach dem – schönen und zugleich furchterregenden – hohen mythischen Ziel, ein Streben, das sich später im Führerkult konkretisieren sollte. Die Gestalt, die Leni Riefenstahl in der Regel verkörperte, war die eines ungezähmten Mädchens, das es wagt, den Gipfel zu erklimmen, vor dem andere, die »Talschweine«, zurückschrecken. In ihrer ersten Rolle, als junge Tänzerin namens Diotima in dem Stummfilm *Der heilige Berg* (1926), wird sie von einem leidenschaftlichen Bergsteiger umworben, der sie zu den reinigenden Ekstasen des Alpinismus bekehrt. Diese Rolle erfuhr im weiteren Verlauf eine ständige Erhöhung. In ihrem ersten Tonfilm, *Sturm über dem Montblanc* (1930), ist die Riefenstahl ein bergbesessenes Mädchen, das einen jungen Meteorologen liebt, den sie rettet, nachdem er vom Sturm im Observatorium auf dem Gipfel des Montblanc von der Welt abgeschnitten war.

Leni Riefenstahl selbst drehte sechs Spielfilme. Der erste war wiederum ein Bergfilm: *Das blaue Licht* (1932). Auch in ihm wirkte die Riefenstahl als Schauspielerin mit, in einer Rolle, die denen in Fancks Filmen, für die sie »von vielen, nicht zuletzt von Adolf Hitler«, bewundert worden war, ähnelte, wenngleich die düsteren Themen Sehnsucht, Reinheit und Tod, die Fanck ziemlich oberflächlich abgehandelt hatte, hier ins Allegorische überhöht werden. Wie gewöhnlich wird der Berg als über die Maßen schön und zugleich gefährlich dargestellt, als majestätische Macht, die zur äußersten Bestätigung des Ich und zugleich zur Befreiung vom Ich herausfordert – die hinführt zur Gemeinschaft der Mutigen und zum Tod. Die Rolle, die Leni Riefenstahl für sich selbst entwarf, ist die eines primitiven Geschöpfes, das sich durch eine einzigartige Beziehung zu einer destruktiven Macht auszeichnet: Nur sie, Junta, die zerlumpte Ausgestoßene des Dorfes, ist in der Lage, sicher zu dem geheimnisvollen blauen Licht zu gelangen, das vom Gipfel des Monte Cristallo strahlt, während andere, von diesem Licht verlockte junge Dorfbewohner beim Versuch, den Berg zu erklimmen, in den Tod stürzen. Was schließlich zu Juntas Tod führt, ist nicht die Unerreichbarkeit des durch den Berg symbolisierten Zieles, sondern der materialistische, prosaische Geist neidischer Dorfbewohner und der blinde

Rationalismus ihres Geliebten, eines wohlmeinenden Besuchers aus der Stadt.

Der nächste Film, den die Riefenstahl nach dem *Blauen Licht* drehte, war kein »Dokumentarfilm über den Nürnberger Parteitag von 1934« – sie drehte vier Non-fiction-Filme und nicht zwei, wie sie seit den fünfziger Jahren behauptet und wie in den meisten gegenwärtigen Rehabilitationsversuchen wiederholt wird –, sondern *Sieg des Glaubens* (1933), in dem der erste nationalsozialistische Parteitag nach Hitlers Machtergreifung gefeiert wird. Danach kam der erste der beiden Filme, die sie in der Tat international bekannt machten, nämlich der Film über den nächsten nationalsozialistischen Parteitag, *Triumph des Willens* (1935), dessen Titel im Klappentext des *Nuba*-Buches nirgends erwähnt wird. Danach drehte sie einen Kurzfilm (von achtzehn Minuten) für die Armee: *Tag der Freiheit: Unsere Wehrmacht* (1935), der von soldatischer Schönheit und Pflichterfüllung für den Führer handelt. (Es ist nicht erstaunlich, daß dieser Film, von dem 1971 eine Kopie gefunden wurde, nirgends erwähnt wird; während der fünfziger und sechziger Jahre, als die Riefenstahl wie alle anderen glaubte, der Film *Tag der Freiheit* sei verlorengegangen, hat sie ihn aus ihrer Filmographie gestrichen und sich geweigert, in Interviews darüber zu sprechen.)

Der Klappentext fährt fort: »Die Weigerung der Riefenstahl, sich Goebbels' Versuch zu beugen, ihre filmische Darstellung an seinen rein propagandistischen Vorstellungen auszurichten, führte zu einer Kraftprobe zwischen den beiden, die ihren Höhepunkt erreichte, als die Riefenstahl ihren Film über die Olympischen Spiele des Jahres 1936 – *Olympia* – drehte. Goebbels versuchte, diesen Film zu vernichten, was allein durch die persönliche Intervention Hitlers verhindert wurde.

Nachdem sie zwei der bemerkenswertesten Dokumentarfilme der dreißiger Jahre geschaffen hatte, fuhr Leni Riefenstahl bis 1941 fort, Filme nach ihren eigenen Vorstellungen zu drehen, die in keinerlei Verbindung standen zum Aufstieg Nazi-Deutschlands. Dann machten die Bedingungen des Krieges eine Weiterarbeit unmöglich.

Ihre Bekanntschaft mit der Nazi-Führung war der Grund zu ihrer Verhaftung am Ende des Zweiten Weltkriegs: sie wurde zweimal angeklagt und zweimal freigesprochen. Ihr Ruf verlor seinen Glanz und sie geriet fast in Vergessenheit – und das, obwohl ihr Name für eine ganze Generation von Deutschen ein Begriff gewesen war.«

Mit Ausnahme der Feststellung, daß ihr Name im Nazi-Deutschland ein Begriff gewesen sei, ist nichts davon wahr. Leni Riefenstahl die Rolle der individualistischen Künstlerin zuzuschreiben, die den philisterhaften Bürokraten und der Zensur durch die staatlichen Schirmherren trotzt (»Goebbels' Versuch, ihre filmische Darstellung an seinen rein propagandistischen Vorstellungen auszurichten«), muß jedem, der *Triumph des Willens* gesehen hat, absurd erscheinen. Es ist ein Film, der schon allein von der Anlage her die Möglichkeit ausschließt, die Regisseurin habe über eine von der Propaganda unabhängige ästhetische Konzeption verfügt. Tatsache ist, wenn auch von Leni Riefenstahl seit dem Krieg geleugnet, daß sie *Triumph des Willens* mit unbegrenzten technischen Mitteln und großzügiger offizieller Unterstützung drehte (es gab nie einen Kampf zwischen der Regisseurin und dem deutschen Propagandaminister). In Wirklichkeit hat die Riefenstahl, wie sie in dem schmalen Buch über die Entstehung von *Triumph des Willens* berichtet, bereits bei der Planung des Parteitags mitgewirkt – der von Anfang an als Kulisse für ein Filmspektakel angelegt war.[1] *Olympia* – ein Dreieinhalb-Stunden-Film bestehend aus den zwei Teilen *Fest der Völker* und *Fest der Schönheit* – war ebenso eine Produktion in offiziellem Auftrag. In Interviews hat die Riefenstahl seit den fünfziger Jahren immer wieder behauptet, daß *Olympia* vom Internationalen Olympischen Komitee in Auftrag gegeben, von ihrer eigenen Filmgesellschaft produziert und gegen Goebbels' Proteste gedreht

1 Leni Riefenstahl: *Hinter den Kulissen des Reichsparteitag-Films.* München, 1935. Ein Foto auf Seite 31 zeigt Hitler und die Riefenstahl über einige Pläne gebeugt, mit der Bildunterschrift: »Die Vorbereitungen zum Parteitag gingen Hand in Hand mit den Vorbereitungen für die Filmaufnahmen.« Der Parteitag fand vom 4. bis 10. September statt; Leni Riefenstahl berichtet, daß sie im Mai mit ihrer Arbeit begann, den Film Szene um Szene plante und den Bau komplizierter Brücken, Türme und Schienen für die Kameras überwachte. Ende August kam Hitler mit Viktor Lutze, dem SA-Chef, »zu einer Besichtigung nach Nürnberg, um noch die letzten Anweisungen zu erteilen«. Leni Riefenstahls zweiunddreißig Kameramänner trugen während der gesamten Dreharbeiten SA-Uniformen, »...ein Vorschlag von Stabschef [Lutze], damit niemand durch seine Zivilkleidung das feierliche Bild stört«. Die SS stellte einen Wachtrupp zur Verfügung.

wurde. In Wahrheit wurde *Olympia* von der Nazi-Regierung bestellt, vollständig finanziert (eine Scheinfirma wurde auf Leni Riefenstahls Namen eingerichtet, da es als unklug erschien, wenn die Regierung als Produzent aufträte) und von Goebbels' Ministerium während der gesamten Drehzeit unterstützt.[2] Sogar die plausibel klingende Legende, nach der Goebbels Einwände gegen das Filmen der Triumphe des schwarzen amerikanischen Sprinterstars Jesse Owens erhoben hätte, ist nicht wahr. Die Riefenstahl arbeitete eineinhalb Jahre an dem Werk; der Abschlußtermin war so gelegt, daß der Film am 29. April 1938 in Berlin als Beitrag zu den Feierlichkeiten anläßlich Hitlers 49. Geburtstags zur Welturaufführung kommen konnte. Noch im selben Jahr wurde *Olympia* als deutscher Hauptbeitrag zu den Filmfestspielen nach Venedig geschickt, wo er die Goldmedaille erhielt.

Weitere Lügen: Die Behauptung, die Riefenstahl »fuhr bis 1941 fort, Filme nach ihren eigenen Vorstellungen zu drehen, die in keinerlei Verbindung standen zum Aufstieg Nazi-Deutschlands«. 1939 begleitete sie (nach ihrer Rückkehr von einem Hollywood-Besuch auf Einladung Walt Disneys) als Kriegsberichterstatterin in Uniform mit ihrem eigenen Kamerateam die Wehrmacht beim Einmarsch in Polen. Es gibt jedoch keinen Hinweis darauf, daß etwas von diesem Film-Material den Krieg überdauert hat. Nach *Olympia* drehte die Riefenstahl noch genau einen weiteren Film – *Tiefland* –, den sie 1941 begann, nach einer Unterbrechung 1944 (in den Barrandov-Filmstudios im von den Nazis besetzten Prag) fortsetzte und 1954 abschloß. Wie im *Blauen Licht* wird auch in diesem Film die niedere Verdorbenheit im Tal (im »Tiefland«) mit der Reinheit der Bergwelt konfrontiert und wieder ist die (von Leni Riefenstahl gespielte) Heldin eine schöne Ausgestoßene. Die Riefenstahl zieht es vor, den Eindruck zu vermitteln, sie habe in ihrer langen Karriere als Spielfilm-Regisseurin nur zwei Dokumentarfilme gemacht, aber in Wahrheit waren vier der sechs von ihr gedrehten Filme von der Nazi-Regierung in Auftrag gegebene und finanzierte Dokumentarfilme.

2 Vgl. dazu Hans Barkhausen: »Footnote to the History of Riefenstahl's ›Olympia‹«, *Film Quarterly*, Herbst 1974 – eines der wenigen Beispiele informierter Gegenstimmen im großen Chor der Riefenstahl-Hymnen, die in den letzten Jahren in amerikanischen und westeuropäischen Filmmagazinen erschienen sind.

Es ist auch mehr als ungenau, ihre berufliche Beziehung und ihren vertrauten Umgang mit Hitler und Goebbels als »ihre Bekanntschaft mit der Nazi-Führung« zu bezeichnen. Die Riefenstahl war bereits lange vor 1932 eine enge Freundin und Gefährtin Hitlers; sie war auch mit Goebbels befreundet und es gibt keinen Beweis für die von ihr seit den fünfziger Jahren hartnäckig wiederholte Behauptung, Goebbels habe sie gehaßt oder auch nur die Macht gehabt, sich in ihre Arbeit einzumischen. Dank ihres unbehinderten persönlichen Zugangs zu Hitler war ja gerade die Riefenstahl die einzige deutsche Regisseurin, die sich nicht vor der Reichsfilmkammer in Goebbels' Propagandaministerium zu verantworten hatte. Und schließlich ist es irreführend zu sagen, Leni Riefenstahl sei nach dem Krieg »zweimal angeklagt und zweimal freigesprochen« worden. In Wirklichkeit wurde sie 1945 von den Alliierten für kurze Zeit verhaftet und zwei ihrer Villen (in Berlin und München) wurden beschlagnahmt. Die Untersuchungen und Befragungen vor Gericht begannen 1948 und dauerten mit Unterbrechungen bis 1952, als sie schließlich »entnazifiziert« wurde mit dem Urteil: »Keine politische Betätigung zugunsten des Nazi-Regimes, die eine Bestrafung rechtfertigen würde.« Und was noch wichtiger ist: Ob nun die Riefenstahl eine Gefängnisstrafe verdient hatte oder nicht, zur Debatte stand vor Gericht nicht ihre »Bekanntschaft« mit der Nazi-Führung, sondern ihre Tätigkeit als eine der führenden Propagandistinnen des Dritten Reichs.

Der Klappentext des Buches *The Last of the Nuba* faßt getreulich die Hauptpunkte der Selbstrechtfertigung zusammen, die sich die Riefenstahl in den fünfziger Jahren zusammengebastelt und am genauesten in dem Interview dargelegt hat, das sie im September 1965 den *Cahiers du Cinéma* gab. Darin bestreitet sie, daß irgendeines ihrer Werke Propagandaarbeit gewesen sei – und nennt es *cinéma verité*. »Keine einzige Szene ist gestellt«, sagt Leni Riefenstahl über den Film *Triumph des Willens*. »Alles ist echt. Und einen tendenziösen Kommentar kann der Film schon deshalb nicht haben, weil es darin überhaupt keinen Kommentar gibt. Es ist einfach *Geschichte* – reine *Geschichte*.« Es ist ein langer Weg von diesen Worten bis zu jener, in ihrem Buch über die Entstehungsgeschichte des Films ausgedrückten, vehementen

Verachtung für den »Film als Chronik«, der bloßen »Reportage« oder den »abgefilmten Tatsachen«, die des »heroischen Stils« des Ereignisses unwürdig seien.[3]

Wenn in *Triumph des Willens* auch kein Kommentar zu hören ist, so beginnt der Film doch mit einem geschriebenen Text, der den Parteitag als erlösenden Höhepunkt deutscher Geschichte ankündigt. In dieser Einleitung kommt jedoch, verglichen mit anderen Aspekten, noch am wenigsten das neuartig Tendenziöse dieses Films zum Ausdruck. Es gibt darin keinen Kommentar, weil keiner nötig ist, denn *Triumph des Willens* stellt eine bereits vollzogene, radikale Transformation der Realität dar: Geschichte wird zum Theater. Die Art und Weise, wie der Parteitag von 1934 in Szene gesetzt wurde, war zum Teil von dem Entschluß, *Triumph des Willens* zu drehen, bestimmt – das historische Ereignis diente also als Kulisse für einen Film, der sich dann in einen authentischen Dokumentarfilm verwandeln sollte. Das ging so weit, daß, als einige Filmmeter mit Parteigrößen am Rednerpult

3 Falls ein weiterer Beleg dafür gewünscht wird – nun, da Leni Riefenstahl (in einem Interview in der deutschen Zeitschrift *Filmkritik* vom August 1972) behauptet, sie habe kein einziges Wort von *Hinter den Kulissen des Reichsparteitag-Films* geschrieben noch das Buch damals überhaupt gelesen –: Im *Völkischen Beobachter* vom 26. August 1933 ist ein Interview zu ihrem Film über den Nürnberger Parteitag 1933 abgedruckt, in dem sie ähnliche Erklärungen abgibt.
Leni Riefenstahl und ihre Verteidiger sprechen über *Triumph des Willens* immer, als wäre es ein unabhängiger »Dokumentarfilm«, und oft zitieren sie während der Filmarbeiten aufgetretene, technische Schwierigkeiten, um zu beweisen, daß die Riefenstahl Feinde in der Parteiführung (Goebbels' Haß) hatte – als ob solche Schwierigkeiten bei Filmarbeiten nicht ganz normal wären. Eine der ehrerbietigsten Neuauflagen vom Mythos der Riefenstahl als bloßer Dokumentarfilmerin – und politischem Unschuldslamm – ist der *Filmguide to »Triumph of the Will«*, veröffentlicht in der Reihe der Indiana University Press Filmguides. Der Autor, Richard Meram Barsam, beschließt sein Vorwort mit dem Ausdruck des »Dankes an Leni Riefenstahl, die sich zu stundenlangen Interviews bereitfand, mir ihre Archive für meine Nachforschungen öffnete und echte Anteilnahme an diesem Buch zeigte«. Kein Wunder, daß sie an einem Buch Anteil zeigte, dessen Einführungskapitel »Leni Riefenstahl und die schwere Last der Unabhängigkeit« lautet und dessen Thema »Leni Riefenstahls Glaube [ist], ein Künstler müsse um jeden Preis unabhängig von der materiellen Welt bleiben. In ihrem eigenen Leben hat sie sich künstlerische Freiheit errungen, aber zu einem hohen Preis«. Etc.
Als Gegenmittel möchte ich eine unanfechtbare Quelle zitieren – nämlich Adolf Hitler selbst (zumindest er ist nicht mehr in der Lage, zu behaupten, er habe es nicht geschrieben). In seinem kurzen Vorspruch zu *Hinter den Kulissen des Reichsparteitag-Films* beschreibt Hitler den Film *Triumph des Willens* als »einzigartige und unvergleichliche Verherrlichung der Kraft und Schönheit unserer Bewegung«. Und genau das ist er.

beschädigt wurden, Hitler Anweisung gab, die Einstellungen zu wiederholen; so kam es, daß Streicher, Rosenberg, Heß und Frank Wochen später ihren Treueschwur an den Führer ohne Hitler und ohne Publikum vor einer von Speer erbauten Studiokulisse theatralisch wiederholten. (Es ist völlig korrekt, daß Speer, der die Anlagen auf dem riesigen Reichsparteitag-Gelände am Stadtrand von Nürnberg erbaute, im Vorspann von *Triumph des Willens* als für die Bauten verantwortlich genannt wird.) Will man noch einen Unterschied machen zwischen Dokumentarfilm und Propaganda, dann ist jeder, der die Filme der Riefenstahl als Dokumentarfilme verteidigt, naiv. In *Triumph des Willens* ist das Dokument (das Bild) nicht nur die Aufzeichnung der Realität, sondern ein Grund, warum die Realität hergestellt wird; und schließlich wird das Dokument an die Stelle der Realität treten.

In liberalen Gesellschaften vollzieht sich die Rehabilitation geächteter Personen nicht mit jener radikalen bürokratischen Endgültigkeit, die die *Sowjet-Enzyklopädie* beweist, wenn sie in jeder neuen Auflage einige Leute als Unpersonen in der Versenkung verschwinden läßt und gleichzeitig ebenso viele durch Namensnennung zu Personen befördert. Unsere Rehabilitationen sind von sanfterer, schleichenderer Art. Es ist nicht etwa so, daß Leni Riefenstahls Nazi-Vergangenheit über Nacht akzeptiert würde. Das Rad der Kultur hat sich nur weitergedreht, und so spielt diese Vergangenheit ganz einfach keine Rolle mehr. Anstatt eine eingefrorene Version der Geschichte von oben herab dem Volk zu verabreichen, erledigt eine liberale Gesellschaft solche Probleme dadurch, daß sie Geschmacksperioden abwartet, die die Kontroverse wie im Destillierkolben ausfällen.

Die Reinigung des Renommees der Riefenstahl von seinem nazistischen Bodensatz wird schon seit einiger Zeit betrieben, hat jedoch dieses Jahr eine Art Höhepunkt erreicht: zum einen wurde Leni Riefenstahl Ehrengast bei einem neuen, von Cinéphilen beherrschten Filmfestival, das diesen Sommer in Colorado stattfand; sie war außerdem Anlaß für eine Welle respektvoller Artikel und Interviews in Presse und Fernsehen, und schließlich wurde ihr Nuba-Buch veröffentlicht. Die vor kurzem erfolgte

Beförderung Leni Riefenstahls zum Kulturdenkmal läßt sich zum Teil sicherlich auf die Tatsache zurückführen, daß sie eine Frau ist. Das von einer bekannten Künstlerin und Feministin entworfene Plakat des New Yorker Filmfestivals 1973 zeigt eine blonde, puppenhafte Frau, deren rechte Brust von drei Namen umrahmt ist: Agnès Leni Shirley (d.h. Agnès Varda, Leni Riefenstahl, Shirley Clarke). Den Feministinnen würde es einen Stich versetzen, wenn sie gerade die eine Frau opfern müßten, deren Können von jedem als erstklassig anerkannt wird. Der stärkste Antrieb hinter der Einstellungsänderung gegenüber der Riefenstahl liegt jedoch in der neuen, erweiterten Bedeutung der Idee des Schönen.

Die Verteidiger Leni Riefenstahls, zu denen inzwischen die einflußreichsten Stimmen der Avantgarde des Film-Establishments gehören, berufen sich darauf, daß es ihr stets um Schönheit gegangen sei. So hat natürlich auch Leni Riefenstahl selbst seit einigen Jahren argumentiert; und so machte der Interviewer der *Cahiers du Cinéma* Leni Riefenstahl wieder salonfähig mit der albernen Bemerkung, »das Gemeinsame von *Triumph des Willens* und *Olympia* liegt darin, daß beide einer bestimmten Realität Form verleihen, einer Realität, die ihrerseits wieder auf einer bestimmten Idee der Form beruht. Sehen Sie etwas spezifisch Deutsches in diesem Interesse an der Form?« Und die Riefenstahl antwortete: »Ich kann nur sagen, daß ich mich von allem Schönen spontan angezogen fühle. Ja: Schönheit, Harmonie. Und vielleicht ist dieses Bemühen um Komposition, dieses Streben nach Form, tatsächlich etwas sehr Deutsches. Aber genau weiß ich das auch nicht. Es kommt aus dem Unbewußten und nicht aus meinem Wissen ... Was wollen Sie von mir dazu noch hören? Was lediglich realistisch ist, aus dem Leben gegriffen, durchschnittlich, alltäglich, das interessiert mich nicht ... Mich fasziniert alles, was schön ist, stark, gesund, was lebt. Ich suche Harmonie. Wenn Harmonie geschaffen wird, bin ich glücklich. Ich glaube, damit habe ich Ihre Frage beantwortet.«

Und darum ist das Buch über die Nuba für Leni Riefenstahls Rehabilitation der letzte, notwendige Schritt. Es ist die unwiderrufliche Umarbeitung der Vergangenheit oder – für ihre Anhänger – die endgültige Bestätigung dafür, daß sie immer schon eine

Schönheitsfanatikerin war und keine häßliche Propagandistin.[4] Als Inhalt des wunderbar gestalteten Buches: Fotos des vollkommenen, edlen Stammes. Und auf dem Umschlag: Fotos »meiner vollkommenen deutschen Frau« (wie Hitler die Riefenstahl nannte), die Kränkungen der Geschichte mit einem Lächeln übersteht.

Zugegeben, stünde nicht ihr Name auf dem Buch, würde man nicht unbedingt vermuten, daß diese Fotografien von der interessantesten, begabtesten und erfolgreichsten Künstlerin der Nazi-Zeit stammten. Die meisten Menschen werden das Buch *The Last of the Nuba* beim Durchblättern vermutlich für ein weiteres Klagelied auf aussterbende Primitivvölker halten – für das Lévi-Strauss' Werk *Traurige Tropen* über die brasilianischen Bororo-Indianer immer noch das bedeutendste Beispiel ist; betrachtet man jedoch die Fotos sorgfältig und im Zusammenhang mit dem langatmigen, von Leni Riefenstahl verfaßten Text, so wird klar, daß die Bilder unmittelbar an ihre Nazi-Arbeiten anknüpfen. Leni Riefenstahls charakteristische Tendenz offenbart sich in der Auswahl gerade dieses einen Stammes: ein Volk, das sie als außerordentlich kunstsinnig (jeder besitzt eine Leier) und schön beschreibt (Nuba-Männer, so vermerkt sie, »haben einen athletischen Körper, wie er in kaum einem anderen afrikanischen Stamm zu finden ist«). Ausgestattet mit »einem viel stärkeren Sinn für spirituelle und religiöse Bindungen als für weltliche und materielle Dinge«, sind Zeremonien ihre Hauptbeschäftigung, wie die Riefenstahl nachdrücklich feststellt. Das Buch *The Last of the Nuba* handelt von einem primitivistischen Ideal: es ist das Porträt eines Stammes, der unberührt von der »Zivilisation« in voller Harmonie mit der Umgebung lebt.

Alle vier im Auftrag der Nazis gedrehten Riefenstahl-Filme – ob über Parteitage, Wehrmacht oder Athleten – feiern die durch

4 So begrüßt Jonas Mekas (in der *Village Voice* vom 31. Oktober 1974) das Erscheinen des Buches *The Last of the Nuba* mit den Worten: »Leni Riefenstahl setzt ihre Feier der klassischen Schönheit des menschlichen Körpers fort – oder ist es vielmehr eine Suche, eine Suche, die sie in ihren Filmen begann? Was sie interessiert, ist das Ideale, das Monumentale.« Und in der gleichen Zeitung schreibt Mekas am 7. November 1974: »Und hier ist mein eigenes, endgültiges Urteil über die Filme der Riefenstahl: Der Idealist wird Idealismus in ihren Filmen sehen; der Klassizist wird eine Ode an den Klassizismus in ihnen sehen; und der Nazi wird Nazismus in ihnen sehen.«

Verehrung eines unwiderstehlichen Führers ausgelöste Wiedergeburt von Körper und Gemeinschaft. Sie knüpfen unmittelbar an die Filme von Fanck an, in denen sie selbst mitgewirkt hat, und an ihren eigenen Film *Das blaue Licht.* Die Bergfilme sind Geschichten über die Sehnsucht nach dem Höheren, die Herausforderung und Feuerprobe durch das Elementare, das Primitive; sie handeln vom Schwindelgefühl angesichts der Macht, symbolisiert durch die majestätische Schönheit der Berge. Die Nazi-Filme sind Epen der errungenen Gemeinschaft, in der die Alltagswirklichkeit durch ekstatische Selbstkontrolle und Unterwerfung transzendiert wird; sie handeln vom Triumph der Macht. Und *The Last of the Nuba,* eine Elegie auf die vom Untergang bedrohte Schönheit und mystische Kraft der Primitiven – die Riefenstahl nennt sie »meine Nuba« –, ist der dritte Teil ihres Triptychons faschistischer Darstellungen.

Im ersten Feld des Triptychons, den Bergfilmen, streben dick vermummte Gestalten in die Höhe, um sich in der Reinheit der Kälte zu beweisen; Vitalität wird gleichgesetzt mit äußerstem physischen Einsatz. Das mittlere Triptychon-Feld sind die für die Nazi-Regierung gedrehten Filme: In *Triumph des Willens* wechseln Massenszenen mit Nahaufnahmen, die eine einzelne Leidenschaft, eine einzelne vollkommene Unterwerfung herausstellen; in einem Zwischenbereich streben markante Gestalten in Uniform zu Gruppen zusammen und wieder auseinander, wie auf der Suche nach der perfekten Choreographie, um ihre Führertreue zum Ausdruck zu bringen. In *Olympia,* dem visuell reichsten all ihrer Filme (es werden darin sowohl die Vertikalen der Bergfilme als auch die für *Triumph des Willens* charakteristischen Horizontalen verwendet), kämpfen sich abplagende, spärlich bekleidete Gestalten eine nach der anderen um die Ekstase des Sieges, angefeuert von den Reihen der Landsleute auf den Tribünen, und über allen der stumme und starre Blick des huldvollen Super-Zuschauers Hitler, dessen Anwesenheit im Stadion diesen Einsatz heiligt. (*Olympia,* ein Film, der ebensogut *Triumph des Willens* heißen könnte, streicht heraus, daß es keine leichten Siege gibt.) Im dritten Feld des Triptychons zeigt das Nuba-Buch die fast nackten Primitiven, die unter der brennenden Sonne ausgelassen scherzend und posierend auf ihren bevorstehenden Untergang als letzter Prüfung ihrer stolzen, heroischen Gemeinschaft warten.

Götterdämmerung liegt in der Luft. Die zentralen Ereignisse der Nuba-Gesellschaft sind Ringkämpfe und Begräbnisse: strahlende Begegnungen schöner männlicher Körper mit dem Tod. Nach Leni Riefenstahls Interpretation sind die Nuba ein Stamm von Ästheten. Wie die mit Henna eingefärbten Massai und die sogenannten Nudmen in Neu-Guinea bemalen sich auch die Nuba zu allen wichtigen gesellschaftlichen und religiösen Anlässen; sie beschmieren sich mit einer weißgrauen Asche, die unmißverständlich auf den Tod hinweist. Leni Riefenstahl behauptet, gerade noch rechtzeitig gekommen zu sein, denn in den wenigen Jahren, seit diese Aufnahmen gemacht wurden, seien die prachtvollen Nuba durch Geld, Posten und Kleider korrumpiert worden. (Und doch wohl auch durch den Krieg – den die Riefenstahl nirgends erwähnt, da ihr Interesse ja dem Mythos, nicht der Geschichte gilt. Der Bürgerkrieg, der diesen Teil des Sudan seit mehr als zehn Jahren erschüttert, muß zwangsläufig neue Technologien und eine Menge Schutt mit sich gebracht haben.)

Obwohl die Nuba schwarz und nicht arisch sind, ruft Leni Riefenstahls Porträt von ihnen einige der großen Themen der Nazi-Ideologie wach: den Gegensatz zwischen dem Reinen und dem Unreinen, dem Unbestechlichen und dem Korrupten, dem Physischen und dem Geistigen, dem Heiteren und dem Kritisch-Finsteren. Ein Hauptvorwurf gegenüber den Juden im Nazi-Deutschland lautete, sie seien urban und intellektuell und hätten einen destruktiven, korrumpierenden »kritischen Geist«. Auftakt zur Bücherverbrennung vom Mai 1933 war Goebbels' Ruf: »Das Zeitalter eines überspitzten jüdischen Intellektualismus ist nun zu Ende, und der Durchbruch der deutschen Revolution hat auch dem deutschen Geist wieder die Gasse frei gemacht.« Und als Goebbels im November 1936 offiziell jede Kunstkritik untersagte, so wegen ihrer »typisch jüdischen Charakterzüge«, die den Kopf über das Herz, den Einzelnen über die Gemeinschaft, den Intellekt über das Gefühl stellten. Bei den umgewandelten Leitmotiven des neuen Faschismus spielen nicht mehr die Juden die Rolle des Schädlings, sondern die »Zivilisation« selbst.

Charakteristisch für die faschistische Version der alten Idee des edlen Wilden ist die Verachtung für alles Reflektierende, Kritische, Pluralistische. In Leni Riefenstahls Katalog der Tugenden von Primitiven werden kaum – wie bei Lévi-Strauss – die Kompliziertheit und Feinheit der Mythen, der sozialen Organisationen oder des Denkens von Primitiven gepriesen. Man wird bei der Riefenstahl stark an faschistische Rhetorik erinnert, wenn sie die Art und Weise feiert, in der die Nuba in Ekstase versetzt und zur Gemeinschaft zusammengeschweißt werden durch die körperlichen Prüfungen des Ringkampfes, bei dem die Nuba-Männer sich mit »gedehnten und angespannten« Körpern, »mit vor Kraft berstenden Muskelpaketen«, gegenseitig zu Boden werfen – nicht um materielle Preise kämpfend, sondern »für die Erneuerung der geheiligten Vitalität des Stammes«. Der Ringkampf und die ihn begleitenden Rituale sind nach Leni Riefenstahls Bericht die verbindenden Elemente der Nuba-Gemeinschaft. Der Ringkampf »ist Ausdruck all dessen, was die Lebensart der Nuba auszeichnet... Der Ringkampf löst die leidenschaftlichste Loyalität und stärkste emotionale Anteilnahme bei den Anhängern der Mannschaft aus, die im Grunde aus der gesamten ›nicht aktiv teilnehmenden‹ Dorfbevölkerung besteht... Die Bedeutung des Ringkampfes als Ausdruck der gesamten Weltanschauung der Masakin- und Korongo-Nuba kann gar nicht hoch genug veranschlagt werden; in der sichtbaren Welt der Gemeinschaft ist er Ausdruck für die unsichtbare Welt des Geistes und der Seele.«

Mit dem Loblied auf eine Gesellschaft, in der die Zurschaustellung von körperlicher Geschicklichkeit und körperlichem Mut und der Sieg des Stärkeren über den Schwächeren die – zumindest ihrer Meinung nach – einigenden Symbole der Stammeskultur sind, wo Erfolg beim Kämpfen das »Hauptziel im Leben eines Mannes« ist – mit einem solchen Loblied scheint es unwahrscheinlich, daß Leni Riefenstahl von den Ideen ihrer Nazi-Filme abgerückt ist. Und indem sie noch einen weiteren Aspekt des faschistischen Ideals hervorhebt, geht ihr Porträt der Nuba sogar noch über ihre Filme hinaus: Sie zeigt eine Gesellschaft, in der Frauen nur zum Gebären und Helfen da sind, ausgeschlossen von allen zeremoniellen Funktionen, und eine Gefahr für Integrität und Stärke der Männer darstellen. Vom »spirituellen« Nuba-

Standpunkt aus (und mit Nuba meint die Riefenstahl natürlich männliche Nuba) ist der Umgang mit Frauen profan; aber da diese Gesellschaft eine ideale Gesellschaft sein soll, kennen die Frauen ihren Platz. »Die Verlobten oder Ehefrauen der Ringkämpfer sind ebenso wie die Männer selbst darauf bedacht, jeglichen intimen Kontakt zu vermeiden ... ihr Stolz, die Braut oder Frau eines starken Ringkämpfers zu sein, ist stärker als ihre Sinneslust.«

Und letztlich liegt die Riefenstahl genau richtig, wenn sie sich ein Volk zum fotografischen Thema erwählt, das »den Tod einfach als Sache des Schicksals betrachtet – gegen das man sich weder wehrt noch auflehnt«, eine Gesellschaft, deren enthusiastischste und prunkvollste Zeremonie Begräbnisse sind. Viva la muerte.

Es mag undankbar und boshaft erscheinen, wenn man sich weigert, *The Last of the Nuba* losgelöst von Leni Riefenstahls Vergangenheit zu betrachten, aber man kann sowohl aus der Kontinuität ihrer Arbeit als auch aus jenem seltsamen und unaufhaltsamen Vorgang in jüngster Zeit, ihrer Rehabilitation nämlich, heilsame Lehren ziehen. Die Karrieren anderer Künstler, die Faschisten wurden, wie Céline, Benn, Marinetti und Pound (ganz zu schweigen von Leuten wie Pabst, Pirandello und Hamsun, die sich dem Faschismus zuwandten, als ihre Schaffenskraft bereits nachließ), sind nicht annähernd so aufschlußreich. Denn die Riefenstahl ist die einzige Künstlerin von Rang, die mit der Nazi-Ära vollkommen identifiziert wurde und deren Werk nicht nur im Dritten Reich, sondern auch noch dreißig Jahre nach seinem Zusammenbruch durchgängig viele Themen der faschistischen Ästhetik veranschaulicht.

Zur faschistischen Ästhetik gehört zwar auch ein so spezielles Loblied auf die Primitiven, wie es uns in den *Last of the Nuba* begegnet; sie geht aber doch weit darüber hinaus. Allgemeiner gesprochen ist sie Ausfluß (und Rechtfertigung) eines besonderen Interesses an Situationen, in denen Beherrschung, Unterwerfung, außergewöhnliche Anstrengung und das Ertragen von Schmerzen zum Ausdruck kommen. Diese Ästhetik propagiert zwei scheinbar gegensätzliche Eigenschaften: Ichbezogenheit und Untertanengeist. Die Beziehungen zwischen Herrschaft und Versklavung kommen in einem charakteristischen Gepränge zum Ausdruck:

Vereinigung von Menschengruppen zu Massenansammlungen; Umformung von Menschen zu Objekten; Multiplikation oder Reproduktion von Objekten; und das Zusammenscharen von Menschen/Objekten um eine allmächtige, hypnotische Führerfigur oder -macht. Im Mittelpunkt faschistischer Dramaturgie steht das orgiastische Wechselspiel zwischen machtvollen Kräften und ihren einheitlich gekleideten, zu immer größeren Massen anschwellenden Marionetten. Faschistische Choreographie variiert zwischen pausenloser Bewegung und erstarrten, statischen, »virilen« Posen. Faschistische Kunst glorifiziert die Unterwerfung, feiert den blinden Gehorsam, verherrlicht den Tod.

Diese Art von Kunst ist nicht nur auf Werke beschränkt, die als faschistisch bezeichnet oder unter faschistischen Regimen produziert werden. (Um nur beim Film zu bleiben: Auch Walt Disneys *Fantasia*, Busby Berkeleys *The Gang's All Here* und Kubricks *2001* veranschaulichen auf verblüffende Weise einige formale Strukturen und Themen faschistischer Kunst.) Reich an Elementen faschistischer Kunst ist natürlich auch die offizielle Kunst der kommunistischen Länder, die stets unter dem Zeichen des Realismus auftritt, während faschistische Kunst den Realismus im Namen des »Idealismus« verachtet. Gemeinsam ist faschistischer und kommunistischer Kunst die Vorliebe für das Monumentale und für Huldigungen der Massen an den Helden, worin sich die Vorstellung aller totalitärer Regime widerspiegelt, es sei Aufgabe der Kunst, Führer und Dogmen »unsterblich« zu machen. Ein weiteres gemeinsames Element ist die Darstellung von Bewegung in grandiosen und strengen Formen, denn eine solche Choreographie reflektiert die Einheit des Staatswesens selbst. Die Massen sind dazu da, geformt zu werden, etwas Gestaltetes zu sein. Daher spielen sportliche Massenveranstaltungen, die inszenierte Zurschaustellung von Körpern, eine so wichtige Rolle in allen totalitären Staaten; und auch das heute in Osteuropa so populäre Turnen erinnert an Elemente, die in der faschistischen Ästhetik häufig wiederkehren; die Beherrschung oder die Zügelung von Kraft; militärische Präzision.

Im politischen Leben des Faschismus wie des Kommunismus wird der Wille öffentlich zur Schau gestellt, im dramatischen Wechselspiel zwischen Führer und Chor. Das Interessante an der

Beziehung zwischen Politik und Kunst im Nationalsozialismus ist nicht, daß die Kunst politischen Zwecken untergeordnet wurde – dies gilt für linke wie rechte Diktaturen –, sondern, daß die Politik sich die Rhetorik der Kunst aneignete – Kunst in ihrer letzten romantischen Phase. (»Auch die Politik ist eine Kunst, vielleicht die höchste und umfassendste, die es gibt«, schrieb Goebbels 1933, »und wir, die wir die moderne deutsche Politik gestalten, fühlen uns dabei als *künstlerische Menschen*, ... die Aufgabe der Kunst und des Künstlers ... [ist es], zu formen, Gestalt zu geben, *Krankes zu beseitigen* und Gesundem freie Bahn zu schaffen.«) Das Interessante an der Kunst im Nationalsozialismus sind jene Elemente, die sie zu einer spezifischen Variante totalitärer Kunst machen. Die offizielle Kunst in Ländern wie der Sowjetunion und China zielt auf die Interpretation und Verstärkung einer utopischen Moral. Faschistische Kunst dagegen stellt eine utopische Ästhetik zur Schau – jene der physischen Vollkommenheit. Unter den Nazis stellten Maler und Bildhauer häufig den nackten menschlichen Körper dar, aber es war ihnen untersagt, körperliche Unvollkommenheiten zu zeigen. Ihre Aktdarstellungen sehen aus wie Bilder in Gesundheitsmagazinen: Pinup-Figuren, die auf scheinheilige Weise asexuell wirken, zugleich aber auch (in einem technischen Sinne) pornographisch sind, da sie die Vollkommenheit einer Phantasie haben. Man muß einräumen, daß Leni Riefenstahls Propagierung des Schönen und Gesunden sehr viel differenzierter ist; und weniger einfältig als in anderen Nazi-Kunstwerken. Sie findet Gefallen an einer Vielzahl von Körperformen – in Fragen der Schönheit ist sie keine Rassistin – und in *Olympia* zeigt sie neben stilisierten, scheinbar mühelosen Übungen (wie dem Tauchen in der am meisten bewunderten Filmszene) auch ein gewisses Maß an Anstrengung und Anspannung mit den damit verbundenen Unvollkommenheiten.

Im Gegensatz zur asexuellen Keuschheit offizieller kommunistischer Kunst ist die Nazi-Kunst schlüpfrig und idealisierend zugleich. Eine utopische Ästhetik (körperliche Vollkommenheit; Identität als etwas biologisch Vorgegebenes) impliziert eine ideale Erotik: Sexualität, umgewandelt in die magische Anziehungskraft der Führer und das Entzücken der Gefolgschaft. Das faschistische

Ideal ist die Umwandlung sexueller Energien in eine »spirituelle« Kraft, zum Wohle der Gemeinschaft. Das Erotische (das heißt, die Frau) ist stets als Versuchung gegenwärtig und die Reaktion, die am meisten Bewunderung verdient, ist die heroische Unterdrükkung des sexuellen Triebes. So erläutert Leni Riefenstahl, warum es bei den Hochzeiten der Nuba, anders als bei ihren prachtvollen Begräbnissen, keine Zeremonien oder Feste gibt. »Der größte Wunsch eines Nuba-Mannes ist nicht, sich mit einer Frau zu vereinigen, sondern ein guter Ringkämpfer zu sein und sich damit zum Prinzip der Enthaltsamkeit zu bekennen. Die zeremoniellen Tänze der Nuba sind keine Feste der Sinne, sondern eher ›Feste der Keuschheit‹ – der Bewahrung der Lebenskraft.« Die Grundlage faschistischer Ästhetik ist die Bewahrung vitaler Kräfte; Bewegungen sind eingeschränkt, begrenzt, beherrscht.

Die Nazi-Kunst ist reaktionär, hält sich trotzig aus dem Hauptstrom künstlerischer Errungenschaften des Jahrhunderts heraus. Genau aus diesem Grund jedoch hat sie sich im heutigen Geschmack einen Platz erobern können. Die linken Organisatoren einer gegenwärtig veranstalteten Ausstellung von Gemälden und Skulpturen der Nazi-Zeit in Frankfurt (der ersten seit Kriegsende) mußten zu ihrer Bestürzung feststellen, daß die Besucher außerordentlich zahlreich und keineswegs so betroffen waren, wie die Veranstalter gehofft hatten. Obwohl die Ausstellungsstücke durch didaktisches Material wie Mahnungen von Brecht und Bilder von Konzentrationslagern ergänzt wurden: an was sich die Leute beim Anblick der Nazi-Kunst erinnert fühlten, waren – andere Kunststile der dreißiger Jahre, vor allem Art Déco. (Art Nouveau konnte nie zum faschistischen Stil werden; sie ist vielmehr der Prototyp jener Kunst, die der Faschismus als dekadent bezeichnet; der faschistische Stil reinsten Wassers ist Art Déco mit ihren scharfen Linien und plumpen Materialmassen, ihrer versteinerten Erotik.) Die gleiche Ästhetik, die die Bronze-Kolosse eines Arno Breker – Hitlers (und für kurze Zeit auch Cocteaus) Lieblingsbildhauers – und eines Josef Thorak hervorbrachte, schuf auch den muskelbepackten Atlas vor dem Rockefeller Center in Manhattan und das leicht obszön wirkende Denkmal für die Gefallenen des Ersten Weltkriegs im Bahnhof an der Thirtieth Street in Philadelphia.

Für den Durchschnittsbürger in Deutschland mag der Reiz der Nazi-Kunst darin gelegen haben, daß sie einfach, bilderreich, emotional war, nicht intellektuell; eine Wohltat im Vergleich zur anstrengenden Komplexität modernistischer Kunst. Für ein anspruchsvolleres Publikum ergibt sich der Reiz zum Teil aus der gegenwärtig grassierenden Sucht, alle Stile der Vergangenheit, vor allem die am meisten angeprangerten, wieder hervorzuholen. Eine Renaissance der Nazi-Kunst im Gefolge der Renaissance von Art Nouveau, präraffaelitischer Malerei und Art Déco ist jedoch höchst unwahrscheinlich. Bilder und Skulpturen jenes Stils sind nicht bloß überzogen, sie sind auch als Kunstwerke erstaunlich schwach. Aber gerade das veranlaßt die Menschen, Nazi-Kunst mit der Distanz der Wissenden und leicht Amüsierten wie eine Form von Pop Art zu betrachten.

Das Werk Leni Riefenstahls ist frei von dem Amateurhaften und Naiven anderer Kunstwerke der Nazi-Zeit, propagiert aber dennoch viele der gleichen Werte. Und genau die gleiche, heute wieder moderne Sensibilität weiß auch sie zu schätzen. Die ironischen Elemente des Pop-Intellektualismus tragen zu einer Betrachtungsweise des Riefenstahl-Werkes bei, die nicht nur in seiner formalen Schönheit, sondern auch in seiner politischen Leidenschaft eine Form ästhetischen Exzesses sieht. Und Hand in Hand mit dieser distanzierten Würdigung der Riefenstahl kommt es – bewußt oder unbewußt – zu einer Reaktion auf das Thema selbst, das ihrem Werk seine Kraft verleiht.

Triumph des Willens und *Olympia* sind ohne Zweifel Filme von hohem Rang (vielleicht die zwei besten Dokumentarfilme, die je gedreht wurden), aber für die Geschichte des Films als Kunstform sind sie nicht wirklich von Bedeutung. Keiner der heutigen Filmemacher greift auf die Riefenstahl zurück, während viele (mich eingeschlossen) Dziga Vertov als unerschöpfliche Herausforderung und Ideenquelle betrachten, was filmische Möglichkeiten angeht. Dennoch läßt sich einwenden, daß Vertov – wichtigste Persönlichkeit im Bereich des Dokumentarfilms – niemals einen solch wirkungsvollen und fesselnden Film wie *Triumph des Willens* oder *Olympia* gedreht hat. (Natürlich standen Vertov auch nie solche Mittel zur Verfügung wie Leni Riefenstahl. Der Etat der sowjetischen Regierung für Propagandafilme war in den zwanziger und frühen dreißiger Jahren alles andere als großzügig.)

In der Auseinandersetzung mit propagandistischer Kunst wird bei der Linken wie bei der Rechten mit zweierlei Maß gemessen. Nur wenige Menschen würden eingestehen, daß die Manipulation der Gefühle in Vertovs späteren Werken und in Leni Riefenstahls Filmen die gleiche aufmunternde Wirkung hervorruft. Wenn sie dann erklären, warum sie bewegt sind, reagieren die meisten Leute sentimental bei Vertovs und unaufrichtig bei Leni Riefenstahls Filmen. So ruft Vertovs Werk bei seinem Cinéasten-Publikum in aller Welt ziemlich viel moralische Sympathie hervor; die Leute geben zu, daß sie bewegt sind. Beim Werk der Riefenstahl besteht der Trick darin, die fatale politische Ideologie aus ihren Filmen herauszufiltern und nur ihre »ästhetischen« Verdienste übrigzulassen. Das Lob über Vertovs Filme gründet sich immer auf das Wissen, daß er eine anziehende Persönlichkeit, ein intelligenter und origineller Künstler und Denker war, der später von eben jener Diktatur zermalmt wurde, der er gedient hatte. Und meist geht das heutige Vertov-Publikum (wie auch bei Eisenstein- und Pudowkin-Filmen) davon aus, daß die Film-Propagandisten in den Anfangsjahren der Sowjetunion ein nobles Ideal veranschaulichten, so sehr es auch in der Praxis verraten wurde. Beim Lob auf Leni Riefenstahl dagegen gibt es keine solche Zuflucht, da es bisher niemandem, nicht einmal denen, die ihre Rehabilitation in die Hand genommen haben, gelungen ist, sie auch nur liebenswert erscheinen zu lassen; und eine große Denkerin ist sie schon gar nicht.

Wichtiger noch ist die allgemeine Annahme, der Nationalsozialismus stehe für Brutalität und Terror und sonst nichts. Aber das stimmt nicht. Der Nationalsozialismus – oder allgemeiner, der Faschismus – steht auch für ein Ideal oder besser für Ideale, die heute noch unter anderer Flagge lebendig sind: das Ideal des Lebens als Kunst, den Kult der Schönheit, den Fetischismus des Mutes, die Überwindung der Entfremdung im ekstatischen Gemeinschaftsgefühl, die Ablehnung des Intellekts, die Menschheit als große Familie (mit Führern als Vater- und Mutterfiguren). Diese Ideale sind für viele Menschen lebendig und mitreißend, und es ist so unaufrichtig wie tautologisch zu sagen, man sei von

Triumph des Willens und *Olympia* beeindruckt, weil sie das Werk einer genialen Filmregisseurin seien. Leni Riefenstahls Filme üben immer noch ihre Wirkung aus, weil – neben anderen Gründen – die darin zum Ausdruck kommenden Sehnsüchte nach wie vor empfunden werden, weil der Inhalt einem romantischen Ideal entspricht, zu dem sich immer noch viele hingezogen fühlen und das seinen Ausdruck in so unterschiedlichen Erscheinungsformen kultureller Dissidenz und Propagierung neuer Formen des Zusammenlebens findet wie der Jugend-Rockkultur, der Urschrei-Therapie, der Anti-Psychiatrie, der Dritte-Welt-Bewegung oder dem Glauben ans Okkulte. Die Begeisterung für die Gemeinschaft schließt die Suche nach einem absoluten Führer nicht aus – im Gegenteil, sie kann geradewegs dahin führen. (Es überrascht nicht, daß eine beträchtliche Anzahl der jungen Leute, die sich heute vor Gurus zu Boden werfen und der groteskesten autokratischen Disziplin unterordnen, in den sechziger Jahren zur anti-autoritären und anti-elitären Bewegung gehörten.)

Leni Riefenstahls gegenwärtig betriebene Entnazifizierung und Rechtfertigung als unbezwingbare Priesterin des Schönen – zuerst als Filmregisseurin und jetzt auch als Fotografin – sprechen nicht gerade für unser scharf entwickeltes Gespür für faschistische Sehnsüchte mitten unter uns. Die Riefenstahl kann kaum zu den Ästheten oder anthropologischen Romantikern herkömmlicher Art gezählt werden. Die Kraft ihres Werkes liegt in der Kontinuität seiner politischen und ästhetischen Ideen und das eigentlich Interessante dabei ist, daß dies früher einmal soviel deutlicher erkannt wurde als es heute der Fall zu sein scheint, wenn die Menschen behaupten, sie fühlten sich zu Leni Riefenstahls Bildern hingezogen wegen deren kompositorischer Schönheit. Ohne eine historische Perspektive führt solche Art von Kennerschaft dazu, auf seltsam gedankenlose Weise Propaganda für alle möglichen destruktiven Gefühle zu akzeptieren – Gefühle, deren Implikationen die Menschen sich jedoch weigern ernst zu nehmen. Irgendwie weiß natürlich jeder, daß es bei Kunstwerken wie denen der Riefenstahl um mehr als Schönheit geht. Und deshalb gehen die Leute auf Nummer Sicher – und bewundern diese Art von Kunst wegen ihrer unbestrittenen Schönheit und fördern sie wegen ihrer scheinheiligen Propagierung des Schönen.

Zustrom erhalten diese feierlichen, wählerischen, formalistischen Würdigungen aus einem noch größeren Reservoir, nämlich der camp-Erlebnisweise, die sich um allzugroße Ernsthaftigkeit und damit verbundene Skrupel nicht schert; und die moderne Erlebnisweise beruht auf dem ständigen Kompromiß zwischen formalistischer Haltung und camp-Geschmack.

Kunst, die an die Themen faschistischer Ästhetik erinnert, ist heute populär, und für die meisten Menschen bedeutet es nicht mehr als eine Variante von camp. Vielleicht ist der Faschismus auch nur in Mode und vielleicht wird uns die Mode mit ihrer nicht zu unterdrückenden Geschmacks-Promiskuität retten. Doch die Geschmacksurteile selbst scheinen weniger harmlos zu sein. Eine Kunst, die vor zehn Jahren noch als Geschmack einer Minderheit oder Opposition so unbedingt verteidigungswert schien, kann heute, so scheint es, nicht mehr verteidigt werden, da die dadurch aufgeworfenen ethischen und kulturellen Probleme einen Grad von Bedeutung, ja sogar von Gefährlichkeit erreicht haben, wie dies damals nicht der Fall war. Es ist nicht angenehm, aber wahr: Was in einer Elitekultur zu tolerieren ist, muß noch nicht in einer Massenkultur zu tolerieren sein, was als Geschmack einer Minderheit nur harmlose ethische Fragen berührt, kann als Geschmack der breiten Masse zur Gefahr werden. Geschmack ist Kontext, und der Kontext hat sich gewandelt.

II.

Zweites Beweisstück: Ein Buch, erhältlich an Bahnhofskiosken und Buchläden »für Erwachsene«, kein teures für den Kunstliebhaber und den *bien-pensant*, kein reizvolles Geschenkbuch wie *The Last of the Nuba,* sondern ein verhältnismäßig billiges Taschenbuch. Und doch haben beide Bücher einen bestimmten moralischen Hintergrund, ein zentrales Leitthema gemeinsam: es ist das gleiche Thema auf verschiedenen Stufen der Evolution – wobei die Ideen, die dem Buch *The Last of the Nuba* seine Ausdruckskraft verleihen, weniger aus der moralischen Ecke kommen als jene drastischere, ergiebigere Idee, die dem Buch *SS-Insignien* zugrunde liegt. Obwohl *SS-Insignien* ein Sammelwerk solider britischer Herkunft ist (und über ein dreiseitiges historisches Vorwort sowie einen Anhang verfügt), weiß man sofort, daß sein Reiz nicht auf wissenschaftlichem, sondern auf sexuellem Gebiet liegt. Schon das Titelbild macht das deutlich. Quer über das große schwarze Hakenkreuz einer SS-Armbinde zieht sich ein gelber Streifen mit der Aufschrift: »Über 100 brillante Farbfotos für nur $ 2.95!« – genau nach Art jener Preisschilder, mit denen – teils aus Spottlust, teils aus Rücksicht auf die Zensur – auf der Titelseite pornographischer Magazine üblicherweise die Genitalien des Fotomodells überklebt sind.

Uniformen lösen bestimmte Phantasien aus. Sie verweisen auf Gemeinschaft, Ordnung, Identität (durch Rangabzeichen, Orden, Medaillen – Dingen, die erkennen lassen, wer der Träger ist und was er geleistet hat, also zur Anerkennung seines Wertes), Machtbefugnisse, legitime Autorität, die legitime Ausübung von Gewalt. Aber Uniformen sind nicht das gleiche wie Fotografien von Uniformen, die erotische Objekte sind, und Fotos von SS-Uniformen sind Elemente besonders starker und weitverbreiteter sexueller Phantasien. Warum gerade die SS? Weil die SS die ideale Verkörperung des offenen Anspruchs des Faschismus auf das Recht zur Gewalt als ehrbarem Mittel war, auf das Recht der unbegrenzten Macht über andere und deren Behandlung als in jeder Hinsicht Minderwertige. Gerade bei der SS schien dieser Anspruch am umfassendsten ausgeprägt, weil sie ihn auf einzigartig brutale und nachdrückliche Weise durchsetzte; und weil sie ihn ins Dramatische überhöhte, indem sie sich gewissen ästhetischen Regeln unterwarf. Die SS war zur militärischen Elite-Gemeinschaft bestimmt, die nicht nur an Gewalttätigkeit, sondern auch an Schönheit alle anderen übertreffen sollte. (Man wird wahrscheinlich kein Buch mit dem Titel *SA-Insignien* finden. Zwar waren die SA-Leute, deren Platz die SS einnahm, kaum für weniger Grausamkeit als ihre Nachfolger bekannt, aber sie sind vor allem als bullige, vierschrötige Wirtshaus-Typen in die Geschichte eingegangen, als bloße Braunhemden.)

SS-Uniformen waren elegant, gutgeschnitten, mit einem Anflug (aber eben nur einem Anflug) von Exzentrizität. Man vergleiche damit die ziemlich langweilige und nicht besonders gutgeschnittene amerikanische Armeeuniform: Rock, Hemd,

Krawatte, Hose, Socken, Schnürstiefel – im wesentlichen also Kleider eines Zivilisten, wie sehr auch immer mit Orden und Ehrenzeichen geschmückt. Zur strammsitzenden, wuchtigen, steifen SS-Uniform gehörten Handschuhe, die die Hände in eine Form zwangen und Stiefel, die Beinen und Füßen das Gefühl der Schwere, des festen Haltes gaben und ihren Träger zwangen, kerzengerade zu stehen. Auf der hinteren Umschlagseite von *SS-Insignien* wird es so formuliert: »Die Uniform war schwarz, eine Farbe mit tieferer Bedeutung in Deutschland. Die SS trug dazu als Rangabzeichen eine Vielzahl von Orden, Symbolen und Ehrenzeichen, angefangen von den SS-Runen am Kragenspiegel bis zum Totenkopf. Die äußere Erscheinung wirkte dramatisch und bedrohlich zugleich.«

Diese fast wehmütig klingende Einführung auf dem Umschlag bereitet den Leser nur mangelhaft auf die Banalität der meisten Fotos vor. Zusammen mit jenen gerühmten schwarzen Uniformen wurden die SS-Truppen mit fast amerikanisch aussehenden khakifarbenen Uniformen, Tarnumhängen und -jacken ausgerüstet. Und außer den Uniform-Bildern finden sich in dem Buch seitenweise Kragenspiegel, Ärmelstreifen, Winkel, Koppelschlösser, Erinnerungsabzeichen, Regimentsstandarten, Fanfarentücher, Feldmützen, Dienstauszeichnungen, Schulterstücke, Passierscheine und Urlaubsscheine. Das wenigste davon trägt die berüchtigten SS-Runen oder Totenköpfe, aber überall sind peinlich genau Dienstgrad, Einheit sowie Jahr und Monat der Ausstellung angegeben. Gerade die Harmlosigkeit praktisch all dieser Fotos ist es, die die Macht des Bildes beweist: Man hält das Brevier einer sexuellen Phantasie in der Hand. Denn Details erst geben der Phantasie ihre Intensität. Welche Farbe mußte zum Beispiel der Passierschein haben, den ein SS-Scharführer im Frühjahr 1944 brauchte, um von Trier nach Lübeck zu kommen? Man braucht alle dokumentarischen Beweise.

Wurde die Botschaft des Faschismus durch eine ästhetische Betrachtungsweise des Lebens neutralisiert, so ist sein Aufputz sexualisiert worden. Diese Erotisierung des Faschismus ist erkennbar in solch fesselnden und innigen Darstellungen wie Mishimas Büchern *Geständnis einer Maske* und *Sun and Steel* und in Filmen wie Kenneth Angers *Scorpio Rising* und, als neuere und weitaus langweiligere Beispiele, Viscontis *Die Verdammten* und *Der Nachtportier* von Liliana Cavani. Man muß das feierliche Erotisieren des Faschismus unterscheiden von einem intellektuellen Spiel mit kulturellen Gruselgeschichten, bei dem das Dick-Auftragen dazugehört. Das Plakat, das Robert Morris für seine kürzlich in der Castelli-Galerie veranstaltete Ausstellung entwarf, zeigt eine Fotografie des Künstlers mit nacktem Oberkörper und dunkler Brille, einem – wie es scheint – Wehrmachts-Stahlhelm auf dem Kopf und einem eisernen Nagelhalsband, an dem eine dicke Kette hängt, die er mit seinen emporgestreckten, gefesselten Händen hält. Man sagt, Morris habe dies als das einzige Bild angesehen, das noch schockieren kann – ein einzigartiger Vorzug für jene, die davon überzeugt sind, Kunst sei eine Aufeinanderfolge immer neuer Provokationen. Aber das Kernproblem des Plakates ist seine eigene Negation. Die Menschen zu schockieren bedeutet, in größerem Zusammenhang gesehen, gleichzeitig, sie abzustumpfen, da auf diese Weise Nazi-Material in das umfangreiche Repertoire der populären Ikonographie eindringt, das sich für die ironischen Pop-Art-Kommentare verwenden läßt. Und doch fasziniert der Nazismus auf eine Weise, die auf andere, von der Pop-Kultur in Beschlag genommenen ikonischen Elemente (von Mao Tse-tung bis Marilyn Monroe) nicht zutrifft. Zweifellos spielt beim allgemein wachsenden Interesse am Faschismus die Neugier eine gewisse Rolle. Für die nach 1940 Geborenen, die ihr Leben lang mit Tiraden für und gegen den Kommunismus überschüttet wurden, repräsentiert der Faschismus – zentrales Gesprächsthema der Generation ihrer Eltern – das Exotische, das Unbekannte. Dazu kommt, daß die junge Generation ganz allgemein vom Horror, vom Irrationalen fasziniert ist. Seminare über die Geschichte des Faschismus gehören neben Seminaren über das Okkulte (einschließlich Vampirismus) derzeit zu den bestbesuchten an den Colleges. Darüber hinaus scheinen bei dem zweifellos sexuellen Reiz des Faschismus, den das Buch *SS-Insignien* mit unverfrorener Deutlichkeit bezeugt, die üblichen Heilmittel der Ironie oder der intensiven Beschäftigung mit dem Thema nicht zur Ernüchterung beizutragen.

In pornographischen Büchern, Filmen und Utensilien überall auf der Welt, vor allem in den USA, England, Frankreich, Japan,

Skandinavien, Holland und Deutschland, ist »SS« zum Inbegriff sexuellen Abenteurertums geworden. Viele Phantasien der Sex-Avantgarde werden symbolisch durch Kultzeichen des Nazismus ausgedrückt. Stiefel, Leder, Ketten, Eiserne Kreuze auf glänzenden Torsos und Hakenkreuze sind zusammen mit Fleischerhaken und schweren Motorrädern die geheimen und lukrativsten erotischen Utensilien geworden. In den Sex-Shops, den einschlägigen Saunas, den Leder-Bars und den Bordellen werden solche Ausrüstungen dann hervorgeholt. Aber wieso? Wieso ist Nazi-Deutschland, eine Gesellschaft, in der alles Sexuelle unterdrückt wurde, erotisch geworden? Wie konnte ein Regime, das Homosexuelle verfolgte, zum Stimulans für Schwule werden?

Ein Anhaltspunkt liegt in der Vorliebe der faschistischen Führer selbst für sexuelle Metaphern. Wie Nietzsche und Wagner betrachtete auch Hitler Führertum als sexuelle Herrschaft über die »femininen« Massen, als Vergewaltigung. (Der Ausdruck der Menschenmengen in *Triumph des Willens* ist Ekstase, der Führer erregt die Menge, bis sie »kommt«.) Die Tendenz linker Gruppen ist meist unisex, ihre Symbole sind asexuell gewesen. Rechte Bewegungen dagegen, wie puritanisch und repressiv das von ihnen verkündete Gesellschaftssystem auch immer ist, haben nach außen hin etwas Erotisches an sich. Sicherlich ist der Nazismus in stärkerem Maße »sexy« als der Kommunismus (was kein Verdienst der Nazis ist, sondern vielmehr etwas über Natur und Grenzen sexueller Vorstellungskraft aussagt).

Natürlich drücken die meisten Menschen, die von SS-Uniformen erregt werden, damit nicht Zustimmung zu dem aus, was die Nazis taten, wenn sie überhaupt mehr als eine vage Vorstellung davon haben, was das gewesen sein könnte. Trotzdem gibt es mächtige und noch anwachsende Strömungen sexueller Empfindungen – allgemein als Sadomasochismus bezeichnet –, für die ein Spielen mit dem Nazismus erotisierend zu sein scheint. Diese sadomasochistischen Phantasien und Praktiken finden sich sowohl bei Hetero- als auch bei Homosexuellen, wenn auch die Erotisierung des Nazismus unter männlichen Homosexuellen am sichtbarsten ist. SM, nicht *swinging*, ist das große Sex-Geheimnis der letzten Jahre.

Zwischen Sadomasochismus und Faschismus gibt es ein natürliches Bindeglied. »Faschismus ist Theater«, wie Genet sagte[5] – genau wie sadomasochistische Sexualität: bei sadomasochistischen Aktivitäten mitzutun heißt mitwirken in einem sexuellen Schauspiel, einer Inszenierung der Sexualität. Sadomasochistische Profis sind Experten sowohl als Verkleidungskünstler und Choreographen als auch als Darsteller in einem Drama, das für gewöhnliche Sterbliche verboten und deshalb nur um so erregender ist. Sadomasochismus verhält sich zu Sex wie Krieg zu Zivilleben: Es ist die Erfahrung des Außergewöhnlichen. (Leni Riefenstahl drückte es so aus: »Was lediglich realistisch ist, aus dem Leben gegriffen, durchschnittlich, alltäglich, das interessiert mich nicht.«) So, wie gesellschaftliche Übereinkünfte verglichen mit dem Krieg fade erscheinen, so erscheinen dann auch Ficken und Blasen lediglich als ganz nett und deshalb langweilig. Tendenziell läuft alle sexuelle Erfahrung letztlich auf Schändung, auf Blasphemie hinaus, worauf Bataille ein Leben lang in seinen Werken hinwies. »Nett« sein im Sinne von zivilisiert bedeutet Entfremdung von dieser primitiv-brutalen Erfahrung – die reines Theater ist.

Sadomasochismus bedeutet natürlich nicht nur, daß Menschen ihren Sexualpartnern Schmerzen zufügen; das hat es immer schon gegeben – und bedeutete meist, daß Männer Frauen schlugen. Der klassische betrunkene russische Bauer, der seine Frau verprügelt, tut nur etwas, zu dem er gerade aufgelegt ist (weil er unglücklich

5 Es war Genet, der, in seinem Roman *Das Totenfest,* als einer der ersten die erotische Anziehungskraft beschrieb, die der Faschismus auf einen Nichtfaschisten ausübte. Eine andere Beschreibung stammt von Sartre, von dem kaum anzunehmen ist, er habe diese Gefühle selbst empfunden, und der durch Genet davon erfahren haben könnte. In *Der Pfahl im Fleische* (1949), dem dritten Buch seines vierteiligen Werkes *Die Wege der Freiheit,* beschreibt Sartre die Gefühle eines seiner Protagonisten beim Einmarsch der deutschen Wehrmacht 1940 in Paris: »[Daniel] hatte keine Angst, er überließ sich vertrauensvoll diesen vielen tausend Augen, er dachte: ›Unsere Sieger!‹ und wurde von Entzücken förmlich eingewickelt. Er erwiderte kühn ihren Blick, er konnte sich nicht satt sehen an diesem blonden Haar, an diesen sonnverbrannten Gesichtern, in denen die Augen wie gefrorene Seen standen, an diesen schlanken Hüften, an diesen unglaublich langen, muskulösen Oberschenkeln. Er flüsterte: ›Wie schön sie sind!‹ ... Irgend etwas sank vom Himmel hernieder: das antike Gesetz. Fort war die Gesellschaft der Richter, ausgelöscht der Urteilsspruch; auf wilder Flucht die schrecklichen kleinen Khaki-Soldaten, die Verfechter der Menschen- und der Bürgerrechte ... Eine unerträgliche köstliche Verwirrung stieg ihm von den Oberschenkeln zu den Schläfen auf; er sah nicht mehr ganz klar, er wiederholte sich ziemlich schwer atmend: ›Wie in Butter – sie dringen in Paris ein wie in Butter.‹ ... Er hätte eine Frau sein mögen, um ihnen Blumen zuzuwerfen.«

ist, unterdrückt, abgestumpft; und weil Frauen bequeme Opfer sind). Der klassische Engländer jedoch durchlebt bei der Auspeitschung im Bordell eine frühere Erfahrung. Er bezahlt eine Hure, um ein Theaterstück mit ihr aufzuführen, um die Vergangenheit nochmals durchzuspielen oder wiedererstehen zu lassen – Erfahrungen seiner Kindergarten- oder Schulzeit, die nun für ihn eine unerschöpfliche Quelle sexueller Energien darstellen. Heute mag es die Nazi-Vergangenheit sein, deren Geist die Menschen bei der Inszenierung der Sexualität heraufbeschwören, weil sie sich von jenen Bildern (und weniger von jenen Erinnerungen) eine Quelle sexueller Energien versprechen, die sie anzapfen können. Das, was die Franzosen »das englische Laster« nennen, könnte man jedoch als so etwas wie eine raffinierte Betonung der Individualität bezeichnen: Das aufgeführte Stück bezog sich ja schließlich auf die persönliche Lebensgeschichte des Klienten. Die modische Spielerei mit Nazi-Insignien weist jedoch in eine ganz andere Richtung: Sie ist die Reaktion auf eine bedrückende Freiheit auf sexuellem Gebiet (und in anderen Bereichen), auf ein unerträgliches Maß individueller Entscheidungsfreiheit; sie ist mehr die Wiederholung der Unterwerfung als ihre Neuinszenierung.

Die Rituale von Herrschaft und Unterwerfung, die mehr und mehr zelebriert werden, und der künstlerische Aufwand, der mehr und mehr zur Beschaffung entsprechender Themen betrieben wird, sind möglicherweise nur die logische Fortsetzung der Tendenz einer Überflußgesellschaft, jeden Teil des menschlichen Lebens in eine Geschmacksfrage, eine Wahlmöglichkeit zu verwandeln; die Menschen zu ermuntern, ihr persönliches Leben als (Lebens-)Stilfrage zu begreifen. In allen bisherigen Gesellschaften ist Sex vor allem eine Handlung gewesen (etwas, was man tut, ohne darüber nachzudenken). Wenn aber Sex erst einmal zur Geschmacksfrage wird, so ist vielleicht schon der Anfang gemacht für eine vom persönlichen Bewußtsein beeinflußte Form von Theater, also genau das, um was es beim Sadomasochismus geht: eine Form der Befriedigung, die sowohl gewalttätig ist als auch indirekt – sehr stark über den Intellekt vollzogen.

Sadomasochismus ist immer schon das Äußerste im sexuellen Erlebnisbereich gewesen: wenn Sex zum bloßen Sex wird, das heißt abgelöst von der Person, von tieferen Beziehungen, von

Liebe. Man sollte eigentlich nicht überrascht sein, daß er in den letzten Jahren mit Nazi-Symbolen in Verbindung gebracht wurde. Nie zuvor ist die Beziehung zwischen Herren und Sklaven so bewußt ästhetisiert worden. De Sade mußte sein Theater der Bestrafung und der Wollust noch aus dem Nichts schaffen, Bühnenbild, Kostüme und blasphemische Riten improvisieren. Jetzt gibt es ein Patentrezept, das jedermann zur Verfügung steht: die Farbe ist schwarz; das Material ist Leder; der Anreiz ist Schönheit; die Rechtfertigung ist Ehrlichkeit; das Ziel ist Ekstase; die Phantasie ist der Tod.

(1974)

Im Zeichen des Saturn

Auf den meisten Porträtfotos geht sein Blick nach unten; mit der Rechten stützt er den Kopf. Das früheste Bild, das ich kenne, zeigt ihn im Jahr 1927 – er ist fünfunddreißig Jahre alt – mit dunklem lockigem Haar über einer hohen Stirn, mit Bart über einer vollen Unterlippe: jugendlich, fast schön. Durch die Neigung seines Kopfes scheinen die hochgezogenen Schultern hinter seinen Ohren zu beginnen; sein Daumen ruht am Kiefer, der Rest der Hand, die Zigarette zwischen dem gekrümmten Zeige- und Mittelfinger, bedeckt sein Kinn. Der nach unten gerichtete Blick durch seine Brille – jener sanfte Tagträumerblick der Kurzsichtigen – scheint sich in der unteren linken Hälfte der Fotografie zu verlieren.

Auf dem Bild aus den späten Dreißigern ist das lockige Haar noch kaum gelichtet, aber da ist keine Spur mehr von Jugendlichkeit oder Schönheit; das Gesicht ist dicker geworden, und der Oberkörper erscheint nicht nur mächtig, sondern klobig und unbeweglich. Der buschiger gewordene Schnurrbart und die dickliche gebogene Hand mit dem eingewinkelten Daumen verdecken seinen Mund. Der Blick ist verschleiert, oder auch nur mehr nach innen gekehrt – als ob er nachdenke oder zuhöre. (»Wer angestrengt zuhört, sieht nichts mehr«, schrieb Benjamin in seinem Kafka-Essay.) Hinter seinem Kopf stehen Bücher.

Auf einer Fotografie vom Sommer 1938, beim letzten von mehreren Besuchen bei Brecht im dänischen Exil nach 1933, steht er vor Brechts Haus, ein alter Mann mit sechsundvierzig Jahren, im weißen Oberhemd, Krawatte, an der Hose die Uhrkette: eine erschlaffte, korpulente Gestalt, die unfreundlich in die Kamera blickt.

Ein anderes Bild aus dem Jahr 1937 zeigt Benjamin in der Bibliothèque Nationale in Paris. Zwei Männer, deren Gesichter man nicht sieht, teilen sich einen Tisch in einiger Entfernung hinter ihm. Benjamin sitzt rechts im Vordergrund, vielleicht macht er sich Notizen für das Buch über Baudelaire und das Paris des 19. Jahrhunderts, an dem er über zehn Jahre lang schrieb. Er schlägt in einem Buch nach, das er mit seiner linken Hand offen auf dem Tisch hält – seine Augen kann man nicht sehen – vielleicht schaut er in die untere rechte Bildecke.

Sein enger Freund Gershom Scholem hat seinen ersten flüchtigen Eindruck von Benjamin im Berlin des Jahres 1913 beschrieben, anläßlich einer Zusammenkunft zwischen einer zionistischen Jugendgruppe und jüdischen Mitgliedern der Freien Deutschen Studentenschaft, deren Vorsitzender der einundzwanzigjährige Benjamin war. »Ohne die Anwesenden anzuschauen, sprach er mit großer Intensität und durchaus druckfertig in eine obere Ecke des Saales hinein, die er die ganze Zeit über unverwandt fixierte.«[1]

Er war, was die Franzosen *un triste* nennen. In seiner Jugend schien er, wie Scholem schrieb, von einer »tiefen Traurigkeit« gezeichnet. Sich selbst verstand er als Melancholiker, die modernen psychologischen Zuordnungen ignorierte er und beschwor das alte astrologische System herauf: »daß ich unterm Saturn zur Welt kam – dem Gestirn der langsamsten Umdrehung, dem Planeten der Umwege und der Verspätungen«. Seine wichtigsten Werke, das 1928 veröffentlichte Buch *Ursprung des deutschen Trauerspiels* und die unvollendete Arbeit über *Paris, die Hauptstadt des 19. Jahrhunderts,* kann man nur wirklich verstehen, wenn man begreift, wie weitgehend sie auf einer Theorie der Melancholie beruhen.

Benjamin projizierte sich selbst, sein Wesen, in alle seine wichtigen Schriften, und sein Wesen bestimmte, worüber er schrieb. Er sah es in den barocken Trauerspielen des siebzehnten Jahrhunderts (die verschiedene Varianten der saturnischen Acedia abbilden) und in den Schriftstellern, über deren Werke er so wunderbar schrieb: Baudelaire, Proust, Kafka, Karl Kraus. Er sah das Saturnische sogar bei Goethe. Denn trotz der Polemik im Wahlverwandtschaften-Essay gegen eine rein biographische Interpretation von Werken benutzte er selbst in seinen tiefgreifendsten Textinterpretationen biographische Fakten, die immer den

1 Siehe dazu Gershom Scholem, *Walter Benjamin – Die Geschichte einer Freundschaft,* Bibliothek Suhrkamp 467, Frankfurt/Main 1975. Anm. d. Übers.

Melancholiker, den Vereinsamten erscheinen lassen. (So beschreibt er Prousts Einsamkeit, die in ihrem Strudel die Welt mit hinunterzieht; er erklärt, wieso Kafka und Klee Vereinsamte waren; er zitiert die Angst des Schweizer Autors Robert Walser vor dem Erfolg im äußeren Leben.) Man kann das Leben nicht zur Interpretation des Werkes heranziehen. Aber man kann mit dem Werk das Leben interpretieren.

Zwei kleine Bücher mit Erinnerungen an seine Berliner Kindheit und die Studienzeit, geschrieben in den frühen dreißiger Jahren und zu Lebzeiten nicht veröffentlicht, enthalten das am detailliertesten ausgeführte Selbstporträt Benjamins. Dem angehenden Melancholiker erschien, sei es in der Schule oder auf Spaziergängen mit der Mutter, die Einsamkeit als die einzige dem Menschen gemäße Existenzform. Benjamin meint damit nicht das Alleingelassensein in einem Zimmer – als Kind ist er oft krank gewesen –, sondern die Einsamkeit in der Großstadt, die Beschäftigung des Müßiggängers, der frei in den Tag hineinträumt, beobachtet, nachdenkt, umherschlendert. Das Denken, das hier eng an die Sensibilität des 19. Jahrhunderts für die Figur des Flaneurs anknüpft, personifiziert in dem sich seiner Melancholie sehr bewußten Baudelaire, gewann vieles der eigenen Wahrnehmungsfähigkeit aus seiner phantastischen, scharfsichtigen und subtilen Beziehung zu Städten. Die Straße, die Passage, die Arkaden und das Labyrinth sind ständig wiederkehrende Motive in seinen literarischen Essays und, natürlich, in dem geplanten Buch über das Paris des 19. Jahrhunderts, aber auch in seinen Reisebildern und Erinnerungen. (Über Robert Walser, für den der Spaziergang das Zentrum seines zurückgezogenen Lebens und seiner wundervollen Bücher war, hätte man sich von Benjamin einen längeren Essay gewünscht.) Das einzige diskret autobiographische Buch, das noch zu seinen Lebzeiten veröffentlicht wurde, trug den Titel *Einbahnstraße*. Erinnerungen an sich selbst sind Erinnerungen an Orte und daran, wie er sich in ihnen bewegt.

»Sich in einer Stadt nicht zurechtfinden heißt nicht viel« – so lautet der erste Satz der *Berliner Kindheit um Neunzehnhundert*. »In einer Stadt sich aber zu verirren, wie man in einem Walde sich verirrt, braucht Schulung ... Diese Kunst habe ich spät erlernt; sie hat den Traum erfüllt, von dem die ersten Spuren Labyrinthe auf den Löschblättern meiner Hefte waren.« Diese Passage kehrt wieder in der *Berliner Chronik*, nachdem er angedeutet hat, wieviel Übung es erfordert, sich zu verirren, falls man einen ursprünglichen Sinn für die Ohnmacht angesichts der Stadt hat. Sein Ziel war, Stadtpläne so lesen zu können, daß er sich mit Sicherheit verirrte. Und sich wiederzufinden auf einem imaginären Plan. An einer Stelle in der *Berliner Chronik* berichtet Benjamin von seiner jahrelangen Idee, »den Raum des Lebens-Bios-graphisch in einer Karte zu gliedern... Ich habe mir ein Zeichensystem ausgedacht und auf dem grauen Grund solcher Karten ginge es bunt zu, wenn die Wohnungen meiner Freunde und Freundinnen, die Versammlungsräume der mancherlei Kollektiva von den ›Sprechsälen‹ der Jugendbewegung bis zu den Versammlungsorten der kommunistischen Jugend, die Hotel- und die Hurenzimmer, die ich für eine Nacht kannte, die entscheidenden Tiergartenbänke, die Schulwege und die Gräber, deren Füllung ich beiwohnte, die Stellen, an denen Cafés prangten, deren Namen heute verschollen sind und uns täglich über die Lippen kamen, die Tennisplätze, auf denen heut leere Mietshäuser und die gold- und stuckverzierten Säle, die die Schrecken der Tanzstunden beinah Turnsälen gleichmachten, wenn all das dort deutlich unterscheidbar eingetragen würde.« Einmal, so berichtet Benjamin, saß er im Café des Deux Magots in Paris und wartete auf jemanden; da kam »mit zwingender Gewalt der Gedanke über mich, ein graphisches Schema meines Lebens zu zeichnen«: ihm glich es einem Labyrinth, und jede wichtige Bekanntschaft mit einem Menschen erschien ihm als ein neuer Eingang.

Die häufig wiederholten Metaphern von Plänen und Diagrammen, Erinnerungen und Träumen, Labyrinthen und Arkaden, Passagen und Panoramen lassen eine klare Vorstellung von Städten erkennen, aber auch eine bestimmte Lebensform. Paris, so schreibt Benjamin, habe ihn die Kunst des Verirrens gelehrt. Die Offenbarung des wahren Wesens der Städte kam ihm nicht in Berlin, sondern in Paris, wo er sich während der Weimarer Republik häufig aufhielt und als Emigrant von 1933 bis zu seinem Selbstmord 1940 lebte – genauer gesagt: in jenem Paris, wie es in den Werken der Surrealisten erscheint (Bretons *Nadja*, Aragons

Le Paysan de Paris). Mit seinen Metaphern deutet er auf ein allgemeiner verbreitetes Orientierungsproblem, und er erreicht zugleich höchste Komplexität. (Ein Labyrinth ist der Ort, an dem man sich verliert.) Er erweckt auch eine Vorstellung des Verbotenen, und wie man zu ihm Zugang gewinnt: durch einen Willensakt, der ebenso schwer ist wie eine wirkliche Tat. Ganze Straßenzüge habe er im Zeichen der Prostitution entdeckt, schreibt Benjamin in der *Berliner Chronik*, die mit der Anrufung einer Ariadne beginnt, der Hure, die diesen Sohn reicher Eltern zum erstenmal über die Schwelle seiner eigenen Klasse führte. Das Bild vom Labyrinth sagt auch einiges über die Hindernisse, die sich Benjamins Charakter selbst in den Weg legte.

Der Einfluß des Saturn macht die Menschen apathisch, zögernd und langsam, schreibt er im *Ursprung des deutschen Trauerspiels*. Bedächtigkeit ist eine der Charakteristiken des Melancholikers. Etwas zu verfehlen, ist ein weiteres Merkmal, weil man zu viele Möglichkeiten in Betracht zieht und die nächstliegende praktische Möglichkeit nicht sieht. Und Beharrlichkeit, weil man besser sein will, als man es ist. Benjamin erinnert sich seiner Beharrlichkeit auf den Kindheitsspaziergängen mit seiner Mutter, die aus den kleinsten Handreichungen Tests zu seiner Eignung für das praktische Leben machen wollte und damit das Gegenteil erreichte (»Ihr gebe ich die Schuld, daß ich noch heute mir keine Tasse Kaffee kochen kann«). »Langsamer, ungeschickter, blöder zu scheinen als ich es war, diese Gewohnheit nahm ich auf solchen gemeinsamen Gängen an und sie hat die große Gefahr, sich schneller, geschickter, schlauer zu glauben als man es ist.« Durch solche Resistenz bekommt er einen Blick, »der nicht den dritten Teil von dem, was er auffaßt, zu sehen scheint«.

In seinem Buch *Einbahnstraße* sind Benjamins Erfahrungen als Autor und Liebender konzentriert (es ist Asja Lacis gewidmet, die diese Straße »als Ingenieur im Autor durchgebrochen hat«[2]),

2 Asja Lacis und Benjamin trafen sich auf Capri im Sommer 1924. Sie war eine lettische Kommunistin, Revolutionärin und Leiterin eines Theaters. Benjamin schrieb 1925 »Neapel« mit ihr und für sie das »Programm eines proletarischen Kindertheaters«. Es war Asja Lacis, die Benjamin im Winter 1926/27 nach Moskau einlud und ihn 1929 mit Brecht bekannt machte. Benjamin hoffte, sie zu heiraten, nachdem er endlich 1930 von seiner Frau geschieden war. Aber sie kehrte nach Riga zurück; später mußte sie zehn Jahre in einem sowjetischen Lager verbringen.

Erfahrungen, die man erraten kann aus dem Anfangsabschnitt über die Situation als Schriftsteller und aus dem Ende *Zum Planetarium,* einem Päan auf die technologische Brautwerbung um den Kosmos und auf den sexuellen Rausch. Benjamin konnte unmittelbarer von sich schreiben, wenn er von Erinnerungen, nicht von zeitgenössischen Erfahrungen ausging, wenn er von sich als Kind schreibt. Aus dieser Distanz der Kindheit konnte er sein Leben überblicken als einen Raum, der ausgemessen werden kann. Die Aufrichtigkeit und Eindringlichkeit schmerzlicher Gefühle in der *Berliner Kindheit* und *Berliner Chronik* entstammen diesem ordnenden, analytischen Verhältnis zu seiner Vergangenheit. Er beschwört Anlässe für die Reaktion auf diese Anlässe, Plätze für die Gefühle, die mit diesen Plätzen verbunden sind, andere Menschen für das Zusammentreffen mit dem eigenen Ich und Verhaltensweisen für die Andeutung künftiger Leiden und Fehlschläge, die in ihnen enthalten sind. Gespensterphantasien in der weitläufigen Wohnung, während seine Eltern ihre Gäste bewirten, deuten voraus auf seine Abkehr von der eigenen Klasse; der Traum, so lange schlafen zu dürfen, wie er möchte, anstatt früh aufzustehen und zur Schule zu gehen, wird erfüllt – nachdem sein Trauerspielbuch ihm keine Dozentenstelle eingebracht hatte –, als er einsehen muß, daß »noch jedesmal die Hoffnung, die ich auf Stellung und ein sicheres Brot gehegt hatte, umsonst gewesen war«; seine Art, hinter der Mutter herzugehen, mit peinlicher Genauigkeit immer einen halben Schritt hinter ihr, deutet voraus auf sein Sabotieren der wirklichen, gesellschaftlichen Existenz.

Benjamin betrachtet alles, was er aus der Vergangenheit heraufholt, als vorwärtsweisend in die Zukunft, weil die Gedächtnisarbeit (sich selbst rückwärts lesen, nannte er es) die Zeiten aufbrechen läßt. In seinen Erinnerungen, die er ausdrücklich nicht eine »Autobiographie« nannte, gibt es keine chronologische Ordnung, denn die Zeit ist irrelevant. (»Die Autobiographie«, schreibt er in der *Berliner Chronik,* »hat es mit der Zeit, dem Ablauf und mit dem zu tun, was den stetigen Fluß des Lebens ausmacht. Hier aber ist von einem Raum, von Augenblicken und vom Unstetigen die Rede.«) Der Proust-Übersetzer Benjamin schrieb Fragmente eines Werkes, das man *A la Recherche des espaces perdus* nennen könnte. Das Gedächtnis, das die Vergangenheit auf seine Bühne bringt, läßt den Ablauf der Ereignisse in einem Tableau erstarren. Benjamin versucht nicht, die Vergangenheit zu beherrschen, sondern sie zu verstehen: sie auf ihren warnenden Nenner zu bringen.

Bei den barocken Dramatikern, so schreibt er im *Ursprung des deutschen Trauerspiels*, wird der zeitliche Ablauf begriffen und analysiert in einem räumlichen Bild. Das Trauerspielbuch ist nicht nur Benjamins erster Beleg für die Umwandlung von Zeit in Raum; er erklärt dort auch sehr deutlich, welchen Gefühlen diese Bewegung unterliegt. Treibend im melancholischen Bewußtsein von der trostlosen Chronik der Weltgeschichte, einem unaufhaltsamen Verfallsprozeß, suchen die barocken Dramatiker ein Entkommen aus der Geschichte und restaurieren die »Zeitlosigkeit« des Paradieses. Zur barocken Sensibilität des siebzehnten Jahrhunderts gehört ihre »panoramatische« Geschichtsauffassung: die Geschichte geht ein in die Erstarrung. In der *Berliner Kindheit* und der *Berliner Chronik* läßt Benjamin sein Leben so gerinnen. In der Nachfolge des barocken Bühnenbilds steht die surrealistische Stadt: die metaphysische Landschaft, in deren traumgleichen Räumen die Menschen eine so kurze, schattenhafte Existenz führen wie der neunzehnjährige Dichter, dessen Freitod, die große Bedrückung der Studentenjahre Benjamins, eingewoben bleibt in die Erinnerung an die Zimmer, die der tote Freund bewohnte.

Benjamins wiederkehrende Themen heben charakteristischerweise die Dinge in die Räumlichkeit: zum Beispiel seine Bemerkung über Ideen und Erfahrungen als Ruinen. Etwas verstehen heißt: es in seiner Räumlichkeit zu erfassen, zu wissen, wie es zu ermessen ist. Und wie es verlorengeht.

Für den unterm Saturn Geborenen ist Zeit das Medium des Zwanges, der Unangemessenheit, der Wiederholung, der bloßen Erfüllung. In der Zeit ist man nur, was man ist und immer war. Im Raum kann man jemand anderer sein. Benjamins mangelnder Orientierungssinn und seine Unfähigkeit, einen Stadtplan zu lesen, wandeln sich so zu seiner Reiselust und seiner Meisterschaft in der Kunst des Verirrens. Zeit gibt einem keinen Freiraum: sie stößt uns von hinten nach vorne, sie treibt uns durch den engen Trichter der Gegenwart in die Zukunft. Der Raum aber ist weit; da wimmelt es von Möglichkeiten, Standorten, Kreuzungen, Passagen, Abwegen, Unterführungen, Sackgassen und Einbahnstraßen. Zu viele Möglichkeiten, allerdings. Da das Saturnische Temperament so langsam ist und zur Entscheidungslosigkeit neigt, hat schon mancher den Weg des anderen mit dem Messer abzuschneiden versucht. Manchmal auch endete einer, indem er das Messer gegen sich selbst richtete.

Das Charakteristikum des Saturnikers ist eine bewußte und unverlierbare Beziehung zu seinem eigenen Ich, das aber nie als selbstverständlich angenommen werden kann. Das Ich ist ein Text – er muß entziffert werden. (Von daher eignet sich der Saturniker zum Intellektuellen.) Das Ich ist ein Entwurf, etwas, das geplant werden will. (Dies macht die Eignung zum Künstler und Märtyrer, die um die Reinheit und Schönheit des Scheiterns werben, wie Benjamin von Kafka sagt.) Und der Aufbau des Ich geht immer zu langsam voran. Man ist sich gegenüber immer im Rückstand.

Dinge erscheinen in einer Distanz, kommen langsam näher. In der *Berliner Kindheit* spricht er von seiner »Neigung, alles, woran mir liegt, von weitem sich nur nahen zu sehen« – die Art, wie er, als Kind häufig krank, die Stunden seinem Krankenbett nahen sieht. »Daher stammt vielleicht, was andere als Geduld an mir bezeichnen, in Wahrheit aber keiner Tugend ähnelt.« (Natürlich mußten andere es als Geduld, als Tugend mißverstehen. Scholem beschrieb ihn als den geduldigsten Menschen, den er je kennenlernte.)

Aber etwas wie Geduld ist nötig bei den Entzifferungsarbeiten des Melancholikers. Proust war, wie Benjamin bemerkt, höchst angetan von der »Geheimsprache der Salons«; er selbst fühlte sich zu noch hermetischeren Codes hingezogen. Er sammelte Emblembücher, liebte es, Anagramme zu entwerfen und spielte mit Pseudonymen. Sein Hang zu Pseudonymen weist voraus auf den Zwang, als deutsch-jüdischer Flüchtling von 1933 bis 1936 noch Beiträge für deutsche Zeitungen schreiben zu müssen. Sie erschienen unter dem Namen Detlef Holz, den er auch für sein letztes zu Lebzeiten publiziertes Buch *Deutsche Menschen* verwendete; es erschien 1936 in der Schweiz. In dem 1933 auf

Ibiza geschriebenen erstaunlichen Text *Agesilaus Santander* spricht Benjamin von seinem geheimen Namen. Der Name, der sich auf die Gestalt der Zeichnung von Klee bezieht, die er besaß, ist, wie Scholem herausgefunden hat, ein Anagramm von »Der Angelus Satanas«. Benjamin war nach Mitteilung Scholems auch ein außergewöhnlicher Graphologe, obwohl er später diese Begabung eher verheimlichte.

Heimlichkeiten und Verstellung scheinen für den Melancholiker notwendig zu sein. Er hat komplizierte, oft verschleierte Beziehungen zu anderen Menschen. Diese Gefühle der Überlegenheit, der Unangemessenheit, der vereitelten Pläne, der Unmöglichkeit, den Erwartungen der anderen zu entsprechen oder nur der Treue zu sich selbst – diese Gefühle können und müssen verborgen werden durch Freundlichkeit oder durch skrupulöse Manipulationen. Ein Wort über Kafka von dessen Freunden aufgreifend, spricht Scholem von einer »geradezu chinesischen Höflichkeit«, die Benjamins Umgang mit anderen Menschen bestimmte. Aber man ist auch nicht überrascht, wenn man erfährt, daß der Mann, der Prousts Einwände gegen Freundschaften teilte, auch Freunde kaltblütig fallenlassen konnte, wie er es bei seinen Mitstreitern aus der Jugendbewegung tat, wenn sie ihn nicht länger interessierten. Man ist auch nicht überrascht, wenn man erfährt, daß dieser wählerische, intransigente und grausam ernste Mann auch Leuten schmeicheln konnte, die er für nicht ebenbürtig hielt, daß er sich selbst »ködern« ließ (sein eigener Ausdruck) und sich zu Brecht herabließ bei seinen Besuchen in Dänemark. Dieser Fürst des intellektuellen Lebens konnte auch ein Höfling sein.

Benjamin analysiert beide Rollen im *Ursprung des deutschen Trauerspiels* anläßlich der Theorie der Melancholie. Bestimmend für den saturnischen Charakter ist die Langsamkeit: »An der Trägheit des Herzens geht der Tyrann zugrunde. Wie hierin die Gestalt des Tyrannen, so ist durch die Treulosigkeit – einen anderen Zug des Saturnmenschen – die Figur des Höflings betroffen.« Benjamin schreibt, daß sein Element »der Verrat« sei, zu einem Teil deutlich als »Gesinnungslosigkeit«, »zu einem anderen aber (als) trostloser und schwermütiger Anheimfall an eine für undurchdringlich erachtete Ordnung unheilvoller Konstellationen, welche einen geradezu dinglichen Charakter annimmt«. Nur jemand, der sich mit seiner Ahnung historischer Katastrophen, seiner Verzagtheit, identifiziert, kann erklären, warum der Höfling nicht verächtlich ist. Seine Treulosigkeit gegen die Gefährten, sagt Benjamin, korrespondiert mit der tieferen, nachdenklicheren Treue, die er der Dingwelt hielt.

Was Benjamin beschreibt, könnte man als eindeutiges Krankheitsbild verstehen: die Neigung des Melancholikers, seine innere Erstarrung nach außen zu projizieren als die Unveränderbarkeit des Unglücks, das übermächtig und den Dingen gleich empfunden wird. Aber seine Begründung reicht noch weiter: er erkennt, daß die tiefen Beziehungen des Melancholikers mit der Außenwelt sich immer in den Dingen vermitteln (häufiger jedenfalls als in den Menschen); auch er glaubt, daß dies die einzig wirklichen Beziehungen voll aufschlußreicher Bedeutung sind. Gerade weil der Melancholiker vom Gedanken des Todes heimgesucht ist, weiß er am besten die Welt zu deuten. Oder besser: Die Welt selbst bietet sich dem prüfenden Blick des Melancholikers dar, wie sie es vor keinem anderen täte. Je weniger Leben in den Dingen ist, desto mehr erstarkt das geniale Bewußtsein, das ihnen nachsinnt.

Wenn der Melancholiker gegen Menschen treulos ist, so hat er einen guten Grund, der Dingwelt die Treue zu halten. Diese Treue zeigt sich in der Ansammlung von Dingen, die meist als Fragmente oder Ruinen erscheinen. (Es sei in der barocken Literatur allgemein üblich, schreibt Benjamin, Bruchstücke unaufhörlich aufeinander zu türmen.) Der barocke und der surrealistische Geist – mit beiden fühlt sich Benjamin zutiefst einig – sehen die Realität als Dingwelt. Benjamin beschreibt das barocke Zeitalter als eine Welt der Dinge (Embleme, Ruinen) und der ins Räumliche umgesetzten Ideen (Allegorien sind im Königreich der Gedanken, was Ruinen im Reich der Dinge sind, schreibt er). Der Geist des Surrealismus mußte mit übersprudelnder Spontaneität den barocken Ruinenkult verallgemeinern und erkennen, daß die negierenden Kräfte der Moderne alles zu Ruinen oder Fragmenten machen – und damit zu Sammlerstücken. Eine Welt, deren Vergangenheit obsolet geworden ist, und deren Gegenwart moderne Altertümer auswirft, lädt Kustoden ebenso ein wie Forscher und Sammler.

Als eine Art Sammler bewahrte Benjamin den Dingen als Dinge die Treue. Folgt man Scholem, so war der Ausbau seiner Bibliothek, die viele Erstausgaben und Raritäten barg, seine lebenslange Leidenschaft. Während er angesichts der dinglichen Verheerung unbewegt bleibt, ist der Melancholiker von den durch einzigartige Objekte geweckten Leidenschaften gleichsam elektrisiert. Seine Bücher waren nicht zum Gebrauch bestimmt, kein Handwerkszeug; sie waren Objekte der Kontemplation, Stimulanzien der Träume. Seine Bibliothek ruft Erinnerungen in ihm wach: »Erinnerungen an die Städte, in denen ich so vieles gefunden habe: Riga, Neapel, München, Danzig, Moskau, Florenz, Basel, Paris ... Erinnerungen an die Stuben, wo diese Bücher gestanden haben ...« Die Jagd nach Büchern, der Liebesjagd ähnlich, vergrößert die Landkarte der Vergnügungen – ein weiterer Grund, in der Welt umherzuschlendern. Als Sammler gewann Benjamin seine Erfahrung der Klugheit und des Erfolges, seines Scharfsinns und seiner furchtlosen Leidenschaft. »Sammler sind Menschen mit taktischem Instinkt« – wie Höflinge.

Außer auf Erstausgaben und barocke Emblembücher spezialisierte sich Benjamin auf Kinderbücher und Literatur von Geisteskranken. Scholem berichtet, daß neben den großen Werken, die ihm so viel bedeuteten, in bizarrer Ordnung die ausgefallensten Schriften und Kuriosa standen. Diese seltsame Ordnung der Bibliothek entspricht der Strategie des Benjaminschen Werks, in dem ein von den Surrealisten inspiriertes Auge die wahren Schätze im Nebensächlichen, Abgetanen und Vernachlässigten entdeckt, im Einklang mit seiner Treue zum traditionellen Kanon des gelehrten Geschmacks.

Er liebte es, Dinge zu finden, wo niemand suchte. Er zog aus dem unbekannten, wenig geschätzten deutschen Barockdrama Elemente des modernen (und seines eigenen, muß man sagen) Geistes: die Vorliebe für Allegorien, surrealistische Schockeffekte und unzusammenhängende Erscheinungen, auch das Gespür für die historische Katastrophe. Diese Steine waren das Brot meiner Phantasie, schrieb er über Marseille – dieser seiner Phantasie widerstrebendsten Stadt, auch wenn er mit einer Prise Haschisch nachhalf. Manche eigentlich zu erwartenden Hinweise fehlen in Benjamins Werk – er las nicht gern, was jeder las. Er zog als psychologische Theorie die Lehre von den vier Temperamenten Freud vor. Er zog es auch vor, Kommunist zu sein – oder versuchte es –, ohne Marx zu lesen. Dieser Mann, der eigentlich alles las und fünfzehn Jahre lang mit dem revolutionären Kommunismus sympathisierte, hatte bis in die späten dreißiger Jahre kaum einen Blick in Marx' Werk geworfen. (Den *Achtzehnten Brumaire* las er bei seinem Besuch bei Brecht in Dänemark im Sommer 1938.)

Sein Sinn für Strategie war für ihn einer der Identifikationspunkte mit Kafka, einem verwandten Möchtegerntaktiker, der »Vorsorge gegen die Auslegung seiner Texte getroffen hatte«. Benjamin beweist, daß der eigentliche Kern Kafkascher Geschichten darin liegt, daß sie *keine* endgültige über sie hinausweisende Bedeutung haben. Und er war fasziniert von der sehr unterschiedlichen unjüdischen Listigkeit Brechts, dem Anti-Kafka seiner Phantasie. (Wie vorauszusehen gefiel Brecht Benjamins großer Essay über Kafka überhaupt nicht.) Brecht, auf dessen Tisch ein kleiner hölzerner Esel stand mit einem Schild um den Hals: »Auch ich muß es verstehen«, repräsentierte für Benjamin, den Bewunderer esoterischer, heiliger Texte, einen Typ des Listigen, der alle Verwicklungen auf ihren Kern reduziert und alles ganz einfach macht. Benjamins »masochistische« (das Wort fällt bei Siegfried Kracauer) Beziehung zu Brecht, die die meisten seiner Freunde beklagten, zeigt, wieweit er von dieser Möglichkeit angetan war.

Benjamins Neigung geht gegen die gewohnten Interpretationen. »Alle entscheidenden Schläge werden mit der linken Hand geführt werden«, so schreibt er in der *Einbahnstraße*. Gerade weil er sah, »daß alles menschliche Wissen ... die Form der Interpretation haben muß« (Brief an Florens Christian Rang, 9. 12. 1923), erkannte er die Notwendigkeit, sich allzu offensichtlichen Interpretationen zu widersetzen. Seine höchst einleuchtende Methode nimmt den Dingen ihre Symbolik, etwa den Geschichten Kafkas oder Goethes *Wahlverwandtschaften* (Texte, von deren Symbolik jeder überzeugt ist), und läßt sie in andere einfließen, wo niemand ihre Existenz vermuten würde (so bei den deutschen Barockdramen, die er als Allegorien des historischen Pessimismus liest). Jedes Buch, so schrieb er, besteht aus Taktik. In einem Brief an einen Freund beansprucht er, nur halb scherzhaft, für seine

Schriften die neunundvierzig Bedeutungsstufen. Für Zeitgenossen wie für Kabbalisten gilt: nichts ist eindeutig; am Ende ist alles schwierig. Die Zweideutigkeit tritt an die Stelle der Echtheit in allen Dingen, hatte er in der *Einbahnstraße* geschrieben. Am fremdesten ist Benjamin die Unbefangenheit: für ihn wird der offene Blick zur Lüge.

Vieles von der Einzigartigkeit Benjaminscher Gedanken stammt aus seinem mikroskopischen Blick (wie sein Freund und Schüler Adorno es nannte), der mit unermüdlichen theoretischen Bemühungen gepaart war. Scholem schreibt, daß es gerade die kleinsten Dinge waren, die ihn am meisten anzogen. Er liebte alte Spielsachen, Briefmarken, Bildpostkarten und jene verspielten Miniaturwelten wie die Winterlandschaft in einer Glaskugel, in der es schneit, wenn man sie schüttelt. Auch seine eigene Handschrift war mikroskopisch, und sein nie erreichtes Ziel, von dem Scholem berichtet, war es, hundert Zeilen auf einer Seite unterzubringen. (Dies gelang Robert Walser, dessen Manuskripte Mikrogramme in wirklich mikroskopischer Schrift sind.) Scholem erzählt, daß ihn Benjamin bei seinem Besuch in Paris im August 1927 (das erste Wiedersehen der Freunde seit der Emigration Scholems nach Palästina 1923) in eine Ausstellung jüdischer Kultgegenstände im Musée Cluny geschleppt habe, um ihm zwei Weizenkörner zu zeigen, in die das Schema der zwölf Stämme Israels eingraviert war.[3]

Etwas zu miniaturisieren heißt, es handlich zu machen – die ideale Form, Dinge zu besitzen, ideal für Ziellose und Flüchtlinge. Benjamin war natürlich beides: ein Wanderer, immer in Bewe-

3 Siehe auch Benjamins Brief an Scholem vom 29. Mai 1926, in dem es gegen Ende heißt: »Mit diesem Brief kann ich keinen liliputanischen Staat machen. Dafür will ich Dir aber erzählen, daß ich in der hebräischen Abteilung des Musée Cluny das Buch Esther auf ein Blatt geschrieben entdeckte, welches nicht ganz die Hälfte des Vorliegenden mißt. Vielleicht beeilt dies doch deinen Besuch in Paris.« Scholem vermutet, daß Benjamins Vorliebe für die Miniatur seinem Hang zu kurzen literarischen Produkten, wie etwa in der *Einbahnstraße*, zugrundeliegt. Mag sein, aber solche Bücher waren in den zwanziger Jahren nicht ungewöhnlich. Die *Einbahnstraße* präsentierte ihre kurzen, in sich geschlossenen Texte in einer typischen surrealistischen Montagetechnik. Sie wurde bei Rowohlt in Berlin veröffentlicht; beabsichtigt war durch Form und Typographie ein Schockeffekt. Der Umschlag war eine Fotomontage reißerischer Worte in Großbuchstaben aus Zeitungsmeldungen und anderem. Die Eingangspassage, in der Benjamin die »prompte Sprache« begrüßt und »die anspruchsvolle universale Geste des Buches« ablehnt, bleibt ziemlich unverständlich, wenn man nicht weiß, welche Art Buch die *Einbahnstraße* sein sollte.

gung, und ein Sammler, niedergebeugt von den Dingen und zu ihnen. Verkleinern bedeutet verbergen. Benjamin war zu dem extrem Kleinen hingezogen, wie er es zu allem war, was entziffert werden mußte: Embleme, Anagramme, Handschriften. Verkleinern bedeutet, etwas dem Gebrauch entziehen. Denn was so grotesk reduziert ist, das ist in gewissem Sinn auch befreit von seiner Bedeutung – es ist zwar ganz vorhanden, aber auch, so klein und im falschen Maßstab, ein Fragment. Es wird zum Objekt zweckfreier Kontemplation oder Träumerei. Die Liebe zum Kleinen ist ein Kindergefühl; eines, das vom Surrealismus übernommen wurde. Das Paris der Surrealisten ist, wie Benjamin bemerkt, »eine kleine Welt«; so entdeckten auch die Surrealisten die Fotografie, über die Benjamin so einzigartig schrieb, eher als rätselvolles, sogar verkehrtes, denn als verständliches oder schönes Objekt. Während der Melancholiker sich bedroht fühlt vom Gewicht der Dinge, spottet der Surrealist über solche Schrecken. Das große Geschenk des Surrealismus an die Welt der Gefühle war die Aufheiterung der Melancholie.

Das einzige Vergnügen, das der Melancholiker sich erlaubt, schrieb Benjamin im *Ursprung des deutschen Trauerspiels,* ist die Allegorie. Tatsächlich ist die Allegorie, heißt es weiter, eine Methode, die Welt mit der Brille der Melancholie zu lesen, und er zitiert Baudelaire: »Alles wird für mich zur Allegorie.« Der Vorgang, der die Bedeutungen aus dem Versteinerten und Unscheinbaren hervorlockt – die Allegorie – ist die charakteristische Methode des deutschen Barockdramas und Baudelaires, Benjamins wichtigsten Themen; eingehend in die philosophische Darlegung und die mikroskopische Analyse der Dinge ist sie auch Benjamins eigene Methode.

Der Melancholiker sieht selbst die Welt zum Ding werden: Zuflucht, Trost und Verzauberung. Kurz vor seinem Tod plante Benjamin noch einen Essay über die Verkleinerung als einen Trick der Phantasie. Es scheint die Fortsetzung des alten Vorhabens gewesen zu sein, über Goethes »Neue Melusine« (im *Wilhelm Meister*) zu arbeiten. Die »Neue Melusine« handelt von einem Mann, der sich in eine Frau verliebt, die eigentlich ganz winzig ist, aber zeitweise normales Format annimmt, und der, ohne es zu wissen, eine Schachtel mit sich herumträgt, die das Miniaturkönigreich, dessen Prinzessin sie ist, enthält. In Goethes Märchen ist die Welt reduziert auf einen sammelbaren Gegenstand, ein Ding im buchstäblichsten Sinn.

Wie die Schachtel in Goethes Märchen ist auch ein Buch nicht nur ein Teil der Welt, sondern selbst eine kleine Welt. Das Buch ist die verkleinerte Welt, die der Leser bewohnt. In der *Berliner Chronik* erinnert sich Benjamin an die Begeisterung seiner Kindheit: Er las die Bücher nicht, sondern weilte und verharrte zwischen ihren Zeilen. Zum Lesen, dem Kindheitstraum, kam dann das Schreiben, der Alptraum des Erwachsenen. Die ehrenvollste Art des Bucherwerbs sei es, sie zu schreiben, bemerkt Benjamin in *Ich packe meine Bibliothek aus*. Und die beste Art, sie zu verstehen, ist, sich mit ihnen einzulassen: Nur der versteht ein Buch wirklich, sagt er in der *Einbahnstraße*, der es einmal abgeschrieben hat, wie einer eine Landschaft nicht beim Überfliegen versteht, sondern nur, wenn er sie erwandert.

Im *Ursprung des deutschen Trauerspiels* heißt es an einer Stelle, daß die Summe der Bedeutung in einem genauen Verhältnis zur Gegenwart des Todes und der Gewalt des Untergangs stehe. Nur dadurch wird es möglich, die Bedeutung im eigenen Leben zu erkennen, in den abgestorbenen Ereignissen der Vergangenheit, die man euphemistisch Erfahrungen nennt. Nur durch ihren Tod wird die Vergangenheit deutbar; nur durch die Fetischisierung der Geschichte im Gegenstand wird sie verständlich. Weil ein Buch eine Welt darstellt, kann man sie betreten. Das Buch war für ihn eine zweite Welt, in der er sich umtun konnte. Wenn der unterm Saturn Geborene sich beobachtet fühlt, schlägt er die Augen nieder oder blickt in eine Ecke. Oder besser: er beugt seinen Kopf über seine Notizen. Oder er verbirgt seinen Kopf hinter einem Bücherwall.

Der Saturniker schiebt charakteristischerweise die Schuld am Maelstrom seiner Verinnerlichung auf seine Willenskraft. In der Überzeugung, daß der Wille schwach ist, unternimmt der Melancholiker extravagante Anstrengungen, um ihn zu entwikkeln. Falls sie Erfolg haben, nimmt die daraus resultierende Übersteigerung des Willens meistens die Form einer zwanghaften Hingabe an die Arbeit an. So beendete Baudelaire, der ständig an der »Trägheit, der Krankheit der Affen« litt, viele Briefe und seine *Intimen Tagebücher* mit den leidenschaftlichsten Versprechen, mehr zu arbeiten, ohne Pause zu arbeiten, nichts anderes zu tun als zu arbeiten. (Verzweiflung über »jede Niederlage der Willenskraft« – nochmals Baudelaires Worte – ist eine typische Klage moderner Künstler und Intellektueller, besonders bei denen, die beides sind.) Man ist zur Arbeit verdammt; andernfalls dürfte man überhaupt nichts mehr tun. Selbst die Verträumtheit des Melancholikers ist ins Arbeitsjoch gespannt, nur so darf er seine Phantasmagorien pflegen oder die Pforten konzentrierter Wahrnehmung suchen, wie sie Drogen anbieten. Der Surrealismus drückt Baudelaires schlechten Erfahrungen einfach seinen positiven Stempel auf: er beklagt die Verzagtheit der Willenskraft nicht, sondern erhebt sie zu seinem Ideal, indem er behauptet, daß die Traumwelt mit allem Material ausgestattet sei, das man zur Arbeit braucht.

Der ständig arbeitende und zu immer noch mehr Arbeit entschlossene Benjamin verbrachte einen guten Teil seiner Zeit damit, über die alltägliche Situation des Schriftstellers nachzudenken. In der *Einbahnstraße* gibt es einige Abschnitte mit Arbeitsrezepten: über die besten Voraussetzungen, Planungen und Utensilien. Zum Teil begründet sich der Antrieb zu der von ihm geführten umfangreichen Korrespondenz in dem Willen, etwas festzuhalten, zu berichten und die Existenz seiner Arbeit zu bestätigen. Sein Sammlerinstinkt leistete ihm gute Dienste. Lernen war eine Form des Sammelns – so bei den Exzerpten und Zitaten seiner täglichen Lektüre, die Benjamin in seinen Notizbüchern sammelte, die er ständig bei sich trug und aus denen er Freunden vorlas. Auch das Denken war eine Form des Sammelns, wenigstens in seinem Anfangsstadium. In seinem Bewußtsein archivierte er einzelne Ideen, entwickelte in Briefen an Freunde Mini-Essays, überarbeitete Pläne für zukünftige Arbeiten, notierte seine Träume (einige erzählt er in der *Einbahnstraße*), und er legte eine Nummernliste seiner gelesenen Bücher an. (Scholem erinnert sich, bei seinem zweiten und letzten Besuch bei Benjamin in Paris 1938 eine Lektüreliste gesehen zu haben, in die Marx' *Achtzehnter Brumaire* als Nr. 1649 eingetragen war).

Wie wird der Melancholiker zum Willenshelden? Durch die

Tatsache, daß die Arbeit zur Droge, zum Zwang werden kann. (Daß Denken ein wichtiges Narkotikum sei, hatte Benjamin in seinem Surrealismus-Essay geschrieben.) Tatsächlich geben Melancholiker die besten Süchtigen ab, denn die echte Rauscherfahrung ist immer eine einsame. Aber die Haschischsitzungen in den späten zwanziger Jahren, die von einem befreundeten Arzt überwacht wurden, waren überlegte Kabinettstückchen, kein Akt der Selbstüberwindung; sie waren Arbeitsmaterial für den Schriftsteller, keine Flucht vor den ungebührlichen Forderungen seines Willens. (Benjamin hielt sein geplantes Buch über Haschisch für eines seiner wichtigsten Projekte.)

Das Bedürfnis der Einsamkeit – und die Verbitterung darüber – ist charakteristisch für den Melancholiker. Um zu arbeiten, muß er einsam sein, oder wenigstens nicht durch eine dauerhafte Beziehung gebunden. Benjamins negative Einstellung zur Ehe kommt im Wahlverwandtschaften-Essay deutlich zum Ausdruck. Seine Leitfiguren – Kierkegaard, Baudelaire, Proust, Kafka, Kraus – waren nie verheiratet; Scholem berichtet, daß Benjamin seine Ehe als Unglück für ihn ansah. (Er heiratete 1917; die Entfremdung von seiner Frau begann nach 1921, geschieden wurde er 1930.) Die natürliche Welt und ihre natürlichen Beziehungen sind für den Melancholiker alles andere als verführerisch. Das Selbstporträt in der *Berliner Kindheit* und *Berliner Chronik* zeigt einen gänzlich entfremdeten Sohn; als Ehemann und Vater (sein 1918 geborener Sohn emigrierte Mitte der dreißiger Jahre mit seiner Mutter nach England) scheint er kaum gewußt zu haben, was er mit diesen Bindungen anfangen sollte. Für den Melancholiker geht das Natürliche in Form der Familie ein ins schlechte Subjektive, ins Sentimentalische; es bedeutet eine Einbuße seiner Entschlußkraft, seiner Unabhängigkeit, seiner Freiheit, sich dem Werk zu widmen. Es ist auch eine Herausforderung an seine eigene Natur, von der der Melancholiker weiß, daß er sich ihr immer weniger adäquat verhalten wird.

Der Stil des melancholischen Werks ist Versenkung, vollständige Konzentration. Man versinkt oder die Aufmerksamkeit schwindet. Als Schriftsteller war Benjamin zu außerordentlicher Konzentration fähig. Er konnte *Ursprung des deutschen Trauerspiels* in nur zwei Jahren recherchieren und niederschreiben;

manche Teile davon, so bekennt er in der *Berliner Chronik*, entstanden in langen Nächten im Café, in unmittelbarer Nähe der Jazzkapelle. Aber obwohl Benjamin leicht und viel schrieb – zuzeiten produzierte er wöchentliche Beiträge für deutsche Zeitungen und Zeitschriften – erwies es sich für ihn als unmöglich, noch ein weiteres Buch zu schreiben. In einem Brief aus dem Jahr 1935 spricht er vom »saturnischen Tempo« anläßlich der Arbeit an *Paris, die Hauptstadt des 19. Jahrhunderts,* die er 1927 begonnen hatte und von der er dachte, sie in zwei Jahren bewältigen zu können. Seine typische Form blieb der Essay. Die Anstrengung des Melancholikers und die Erschöpfung seiner Aufmerksamkeit setzten Benjamins Ausführungen seiner Ideen natürliche Grenzen. Seine großen Essays scheinen gerade rechtzeitig zu enden, bevor sie sich selbst zerstören.

Seine Sätze scheinen nicht auf normale Weise entstanden zu sein; sie führen nicht weiter. Jeder Satz ist so geschrieben, als wäre er der erste oder der letzte. (In der Vorrede zum Trauerspielbuch sagt er, daß man beim Schreiben bei jedem neuen Satz anhalten und wieder neu beginnen muß.) Geistige und historische Prozesse sind dargestellt als begriffliches Gesamtbild; Ideen sind in Extreme übersetzt und die intellektuellen Perspektiven sind schwindelerregend. Die Art seines Denkens und Schreibens, die unrichtig »aphoristisch« genannt wurde, könnte man eher als erstarrtes Barock bezeichnen. Dieser Stil sollte Foltern vollstrekken. Es war, als ob jeder Satz das Ganze aussagen sollte, bevor der nach innen gerichtete Blick vollständiger Konzentration den Gegenstand vor seinen Augen auflöst. Benjamin hat wahrscheinlich nicht übertrieben, als er Adorno sagte, daß jeder Gedanke in seinem Buch über Baudelaire und das Paris des neunzehnten Jahrhunderts »eigentlich einem Bereich entrissen werden müßte, in dem der Wahnsinn regiert«[4].

Etwas wie die Angst, vorzeitig aufgehalten zu werden, liegt hinter diesen Sätzen, die so gesättigt sind von Ideen wie in die barocken Gemälde eine Überfülle an Bewegung gepreßt ist. In

4 In einem Brief Adornos an Benjamin, New York, 10. November 1938. Benjamin und Adorno hatten sich 1923 kennengelernt (Adorno war zwanzig Jahre alt), und ab 1935 erhielt Benjamin eine geringe finanzielle Unterstützung durch Max Horkheimers Institut für Sozialforschung, dessen Mitglied Adorno war.

einem Brief an Adorno beschreibt Benjamin seine Empfindungen, als er zum erstenmal das Buch las, das ihn zu seiner Arbeit *Paris, die Hauptstadt des 19. Jahrhunderts* inspirierte – Aragons *Le Paysan de Paris,* »von dem ich abends im Bett nie mehr als zwei bis drei Seiten lesen konnte, weil mein Herzklopfen dann so stark wurde, daß ich das Buch aus der Hand legen mußte. Welche Warnung!« Herzversagen ist die metaphorische Grenze von Benjamins Bemühungen und Leidenschaften. (Er war herzkrank.) Und ein starkes Herz ist die von ihm genannte Metapher für die Leistung eines Schriftstellers. In seinem Essay zu Ehren von Karl Kraus schreibt Benjamin: »Wenn Stil die Macht ist, in den Längen und Breiten des Sprachdenkens sich zu ergehen, ohne darum ins Banale zu fallen, so erwirbt ihn zumeist die Herzkraft großer Gedanken, welche das Sprachblut durchs Geäder der Syntax in die abgelegensten Glieder treibt.« Denken und Schreiben sind letztlich Fragen der Ausdauer. Im Bewußtsein seiner Willensschwäche wird der Melancholiker daran erinnert, daß er alle aufbietbaren destruktiven Energien braucht.

Im *Ursprung des deutschen Trauerspiels* hat Benjamin geschrieben, daß die Wahrheit im Königreich des Wissens überlebe. Seine dichte Sprache zeigt solch Überleben im Widerstand und läßt keinen Raum für Angriffe gegen die Lügenverbreiter. Für Benjamin steht die Polemik unter der Würde eines wahrhaft philosophischen Stils, statt dessen war er auf der Suche nach der Erfüllung der Vollkommenheit – der Essay über Goethes *Wahlverwandtschaften* mit seiner vernichtenden Zurückweisung des Goethebiographen Friedrich Gundolf ist unter seinen Hauptwerken eine Ausnahme von dieser Regel. Aber sein Bewußtsein von einem ethischen Nutzen der Polemik ließ ihn Karl Kraus, diese öffentliche Wiener Ein-Mann-Institution, recht hoch schätzen, einen Schriftsteller, dessen Leichtigkeit und Härte, seine Neigung zu Aphorismen und die ständige Polemik ihn Benjamin so unähnlich machen.

Dieser Essay über Karl Kraus ist Benjamins engagierteste und vertrackteste Verteidigung des rein geistigen Lebens. »Der perfide Vorwurf des Übergescheiten hat ihn sein Leben lang verfolgt«, schrieb Adorno. Benjamin verteidigte sich gegen diese philiströse Diffamierung, indem er mutig die Fahne der »Unmenschlichkeit«

des Intellekts hochhielt. Er hatte gesagt, daß das Leben der Gedanken eine Existenz unter der Herrschaft des reinen Geistes sei, wie die Prostitution eine Existenz unter der Herrschaft der puren Sexualität. Beides ist zu achten: die Prostitution – wie Kraus es tat, da die pure Sexualität diese in ihrem ursprünglichen Zustand ist – und das Leben der Gedanken – wie Benjamin es unter Heranziehung des ihm ungleichen Karl Kraus tat, weil es die eigentliche und dämonische Funktion des reinen Geistes sei, den Frieden zu stören, wie er schrieb. Die ethische Aufgabe des modernen Autors ist es, kein Schöpfer, sondern ein Zerstörer zu sein – ein Zerstörer seichter Innerlichkeit, jenes tröstenden Begriffs des allzu menschlichen dilettantischen Schöpfertums und seiner leeren Phrasen.

Den Schriftsteller als Geißel und Vernichter porträtierte er in der Gestalt von Kraus; knapper, aber auch eindringlicher skizzierte er ihn in dem ebenfalls 1931 entstandenen Text *Der destruktive Charakter*. Das Datum ist bezeichnend: Scholem schrieb, daß Benjamin zum erstenmal im Sommer 1931 einen Selbstmord erwog. Das zweite Mal war es im nächsten Sommer, als er *Agesilaus Santander* schrieb. Ein »apollinisches Zerstörerbild« nennt Benjamin den destruktiven Charakter, der »immer frisch bei der Arbeit« ist, »wenig Bedürfnisse« hat und »gar nicht daran interessiert (ist), verstanden zu werden«. »Der destruktive Charakter ist jung und heiter« und »lebt nicht aus dem Gefühl, daß das Leben lebenswert sei, sondern daß der Selbstmord die Mühe nicht lohnt.« Es ist eine Art Beschwörung, ein Versuch von Benjamin, aus seinem eigenen saturnischen Charakter die destruktiven Elemente herauszuziehen, damit sie nicht selbstzerstörerisch wirken können.

Benjamin spricht nicht nur über seine eigene Destruktivität. Er war davon überzeugt, daß es eine eigentümliche moderne Versuchung zum Selbstmord gab. In seinem Text *Das Paris des Second Empire bei Baudelaire* schrieb er: »Die Widerstände, die die Moderne dem natürlichen produktiven Elan des Menschen entgegensetzt, stehen im Mißverhältnis zu seinen Kräften. Es ist verständlich, wenn er erlahmt und in den Tod flüchtet. Die Moderne muß im Zeichen des Selbstmords stehen, der das Siegel unter ein heroisches Wollen setzt... Er ist *die* Eroberung der

Moderne im Bereiche der Leidenschaften.« Selbstmord wird als eine Antwort des heroischen Wollens auf die Niederlage des Willens verstanden. Die einzige Möglichkeit, einen Selbstmord zu vermeiden, liegt jenseits des Heroismus, jenseits der Willenskraft. Der destruktive Charakter kann sich nicht in die Enge getrieben fühlen, denn er sieht »überall Wege... Weil er aber überall einen Weg sieht, hat er auch überall aus dem Weg zu räumen. Nicht immer mit roher Gewalt, bisweilen mit veredelter. Weil er überall Wege sieht, steht er selber immer am Kreuzweg.«

Benjamins Darstellung des destruktiven Charakters könnte eine Art »Siegfried des Geistes« erstehen lassen – ein hochgeistiges, kindähnliches Scheusal mit göttlichem Schutz –, wenn dieser apokalyptische Pessimismus nicht bedingt wäre durch die immer im Saturniker angelegte Ironie. Ihren Namen gibt der Melancholiker seiner Einsamkeit, seinen antisozialen Entscheidungen. In der *Einbahnstraße* schreibt Benjamin zustimmend, daß die Ironie den Individuen erlaubt, ihr Leben unabhängig von der Gemeinschaft zu führen. »Das europäischste aller Güter, jene mehr oder minder deutliche Ironie, mit der das Leben des einzelnen disparat dem Dasein jeder Gemeinschaft zu verlaufen beansprucht, in die er verschlagen ist, ist den Deutschen gänzlich abhanden gekommen.« Benjamins Neigung zur Ironie und zur Selbstreflexion entfernte ihn vom Großteil des modernen deutschen Kulturlebens: Er verabscheute Wagner, verachtete Heidegger und hielt auch nichts von den lautstarken Moderichtungen wie dem Expressionismus.

Voller Überzeugung, aber auch selbstironisch, sieht Benjamin seinen Platz an den offenen Kreuzwegen. Es war ihm wichtig, sich seine vielen »Positionen« offenzuhalten: die theologische, die surrealistisch-ästhetische, die kommunistische. Eine Position korrigiert die nächste; er brauchte sie alle. Entscheidungen freilich können das empfindliche Gleichgewicht der Positionen stören; nur das Schwanken hält alles ruhig. Als Grund für sein Zögern, Frankreich zu verlassen, gab er bei der letzten Begegnung mit Adorno im Frühjahr 1938 an, er habe hier noch »Positionen zu verteidigen«.

Benjamin hielt den freischaffenden Intellektuellen überhaupt für eine aussterbende Rasse, von der kapitalistischen Gesellschaft ebenso zum Ruin getrieben wie vom revolutionären Kommunismus; tatsächlich ahnte er, daß er in einer Zeit lebte, in der das einzig Wertvolle zugleich das jeweils Letzte seiner Art war. Den Surrealismus hielt er für den letzten Geistesblitz der europäischen Intelligentsia, eine entsprechend destruktive, nihilistische Spielart des Intellektuellen. In seinem Essay über Kraus stellt Benjamin die rhetorische Frage, ob Kraus an der Schwelle einer neuen Zeit steht: »Ach, durchaus nicht. – Er steht nämlich an der Schwelle des Weltgerichts.« Benjamin denkt dies über sich. Vor dem Weltgericht wird der letzte Intellektuelle – dieser saturnische Held der Moderne mit seinen Ruinen, seinen abwegigen Visionen, seinen Träumereien, seiner undurchdringlichen Melancholie, seinem gesenkten Blick – erklären, daß er viele »Positionen« innehatte und daß er das Leben der Ideen bis zum bitteren Ende verteidigte, so gerecht und unmenschlich er nur konnte.

(1978)

Syberbergs Hitler

> Wer nicht von dreitausend Jahren
> Sich weiß Rechenschaft zu geben,
> Bleib im Dunkeln, unerfahren,
> Mag von Tag zu Tage leben.
>
> Goethe

Große Kunst verstanden die Romantiker als eine Erscheinungsform des Heroischen, als ein Durchbrechen oder Überschreiten. In ihrer Nachfolge formulierten Adepten der Modernität für das Meisterwerk die Bedingung, daß es immer und in jedem Fall ein Grenzfall zu sein habe, Endpunkt oder Prophetie, oder beides. Kennzeichnend für die modernistische Einstellung ist Walter Benjamins Bemerkung (in einem Aufsatz über Proust), »daß alle großen Werke der Literatur eine Gattung gründen oder sie auflösen«. Das wahrhaft große Werk mag noch so viele Vorläufer haben, es muß mit dem Anspruch auftreten, mit einer alten Ordnung zu brechen, und es ist in der Tat ein – sei's auch heilsamer – Akt der Zerstörung. Es erweitert den Spielraum der Kunst, aber zugleich kompliziert und belastet es das Unternehmen des Künstlers mit neuen Maßstäben des Selbstbewußtseins. Es stimuliert die Phantasie und lähmt sie zugleich.

In jüngster Zeit hat das Verlangen nach wahrhaft großen Werken etwas nachgelassen. Deshalb wirkt Hans-Jürgen Syberbergs *Hitler – ein Film aus Deutschland* nicht nur einschüchternd durch sein Höchstmaß an Vollendung, sondern störend wie unerwünschtes Kind im Zeitalter des Bevölkerungswachstums Null. Jener Modernismus, der künstlerische Vollendung an den grandiosen Zielen der Romantik maß (Kunst als Weisheit – Erlösung – Subversion der Kultur, Kulturrevolution), wurde überrundet von einer gemeineren Eigenvariante, die modernistischem Geschmack den Weg zur Massenverbreitung ungeahnten Ausmaßes öffnete. Seiner heroischen Dimension, seines Anspruchs als Widerstandsform der Sensibilität entkleidet, erwies sich Modernismus als höchst verträglich mit dem Ethos der fortgeschrittenen Konsumgesellschaft. Kunst bezeichnet heute eine ungeheure Vielfalt von Wunscherfüllungen, die schrankenlose Wucherung – und Entwertung – der Wunscherfüllung als solcher. Wo so viele kleine Befriedigungen so wohlfeil zu haben sind, muß es als antiquiertes Tun, als naive Form von Künstlertum erscheinen, ein Meisterwerk zu schaffen. War das Große Werk schon immer unbegreiflich (so unbegreiflich wie berechtigte Megalomanie), so ist es heute ein regelrechtes Kuriosum. Es zielt auf Wunscherfüllungen, die mit Unermeßlichkeit, Würde und Konzentration verbunden wären. Es hält daran fest, daß Kunst wahr zu sein habe – nicht bloß interessant; eine Notwendigkeit – kein bloßes Experiment. Es läßt andere Hervorbringungen neben sich unbedeutend erscheinen und stellt den flinken Eklektizismus des zeitgenössischen Geschmacks in Frage. Es stürzt den Bewunderer in eine Krise.

Daß sowohl seine Kunst (*die* Kunstform des zwanzigsten Jahrhunderts: der Film) wie sein Thema (*das* Thema des zwanzigsten Jahrhunderts: Hitler) von Wichtigkeit sind, setzt Syberberg voraus. Eine gängige, schlichte, einleuchtende Voraussetzung. Sie läßt freilich kaum ahnen, in welchem Umfang und mit welchem Kunstaufwand er letzte Dinge beschwört: die Hölle, das verlorene Paradies, die Apokalypse, die letzten Tage der Menschheit. Indem er romantische Grandiosität mit der Hefe modernistischer Ironie durchsetzt, gibt er ein Spektakel vom Spektakel, inszeniert er die »show of the shows«, Geschichte, in einer Vielzahl dramatischer Stile – Märchenspiel, Zirkus, Moralität, Allegorie, magische Zeremonie, philosophischer Dialog, Totentanz –, mit einer nach Millionen und Abermillionen zählenden imaginären Besetzung und mit dem Teufel persönlich als Hauptfigur.

Die Syberbergs Denken so artverwandten romantischen Maximalvorstellungen, etwa vom grenzenlosen Genie, vom absoluten Sujet oder von der einen allumfassenden Kunstform – derlei Ideen schaffen ein quälendes Möglichkeitsbewußtsein. Syberbergs Zuversicht, daß seine Kunst der Bedeutung seines Sujets angemessen sei, entspringt seiner Vorstellung vom Kino als einer Erkenntnisweise, die das Denken zur Selbstreflexion anregt. Hitler wird dargestellt anhand einer Untersuchung unseres Verhältnisses zu ihm (das Thema lautet »unser Hitler« oder »Hitler in uns«), so wie die aus gutem Grund nicht assimilierbaren NS-Greuel in Syberbergs Film als Bilder oder Zeichen vergegenwärtigt sind. (Der Titel lautet nicht *Hitler*, sondern eben *Hitler – ein Film...*)

Mit der überzeugenden Nachstellung von Greueltaten läuft man Gefahr, das Publikum abzustumpfen, gedankenlose Stereotypen zu nähren, Distanz zu schaffen oder Faszination zu bewirken. Seine Überzeugung, daß der Filmemacher sich auf moralisch (wie ästhetisch) stimmige Art und Weise mit dem Nazismus auseinanderzusetzen habe, verbietet es Syberberg, sich irgendeiner der stilistischen Konventionen der Fiktion zu bedienen, die gemeinhin als Realismus gelten. Ebensowenig kann er auf dokumentarisches Material zurückgreifen, um etwa zeigen zu wollen, wie es »wirklich« war. Wie mit deren Nachbildung in der Fiktion läuft man auch mit der Zurschaustellung von Greueltaten auf authentischem Filmmaterial Gefahr, heimliche Pornographie zu treiben. Überdies vermittelt solches Material unkommentiert nur dürftige Wahrheiten über die Vergangenheit. Filmausschnitte aus der NS-Zeit können nicht für sich sprechen; man muß ihnen eine – erläuternde, kommentierende, deutende – Stimme leihen. Doch der Zusammenhang zwischen Filmdokument und Kommentar ist, wie der zwischen Bildunterschrift und Fotografie, ein äußerlicher: eins ist dem andern nur angehängt. Im Gegensatz zur Pseudoobjektivität der Sprecherstimmen in den meisten Dokumentarfilmen bringen die beiden Stimmen, die grübelnd, meditierend, sinnierend Syberbergs Film untermalen, unentwegt Qual, Bedrückung und Entsetzen zum Ausdruck.

Statt sich ein Schauspiel im Imperfekt vorzunehmen – sei's indem er die »nicht wiederholbare Wirklichkeit« (Syberberg) nachzustellen sucht, sei's indem er sie in fotografischen Dokumenten herzeigt –, hat Syberberg es auf ein Schauspiel im Präsens abgesehen: auf »Abenteuer des Kopfes«. Natürlich ist für einen so rigorosen Verfechter eines ästhetischen Anti-Realismus die historische Wirklichkeit *per definitionem* nicht wiederholbar. Wirklichkeit läßt sich nur indirekt fassen, in spiegelbildlicher Wahrnehmung, inszeniert auf der Bühne des Bewußtseins. Syberbergs dramatisches Panorama ist von radikaler Subjektivität, ohne deswegen solipsistisch zu sein. Ein gespenstischer Film: Syberbergs große Vorbilder (Méliès, Eisenstein) und Negativ-Vorbilder (Leni Riefenstahl, Hollywood) aus der Kinogeschichte gehen darin als Gespenster um, auch die deutsche Romantik und, vor allem, die Musik Wagners und der Fall Wagner. Ein historischer Nachzügler, hineingeboren in eine Kinoepoche der beispiellosen Mittelmäßigkeit – ein Film voller Cinéastenmythen vom Kino als idealem Raum der Phantasie und von der Kinogeschichte als der exemplarischen Geschichte des zwanzigsten Jahrhunderts (Eisensteins Martyrium unter Stalin, Stroheims Verstoßung aus Hollywood), auch voll cinéastischer Hyperbeln: von Leni Riefenstahls *Triumph des Willens* heißt es einmal, er sei Hitlers »einziges Denkmal, neben den Wochenschauen seines Krieges«. In einer der kühnen Metaphern des Films wird Hitler, der nie die Front besuchte und das Kriegsgeschehen allabendlich auf Wochenschaustreifen verfolgte, als eine Art Filmemacher präsentiert. Deutschland, ein Film von Hitler.

Syberberg hat seinen Film in der besinnlich-sinnlichen Form einer Phantasmagorie gestaltet, wie Wagner sie liebte: sie zerdehnt die Zeit und bedingt Werke, die dem weniger leidenschaftlich entflammten Zuschauer viel zu lang vorkommen. Der Film ist, wie angemessen, von erschöpfender Länge – er dauert sieben Stunden; und er ist eine Tetralogie, wie der *Ring*. Die Titel der vier Teile lauten: *Hitler – ein Film aus Deutschland / Ein deutscher Traum / Das Ende eines Wintermärchens / Wir Kinder der Hölle.* Ein Film, ein Traum, ein Märchen. Die Hölle.

Im Gegensatz zu der aufwendigen Kolossalschinken-Dekoration, die Wagner für seine Tetralogie vorschwebte, ist Syberbergs Film ein preiswerter Abstecher in die Welt der Phantasie. Das geräumige Aufnahmestudio in München, wo er im Jahr 1977 (innerhalb von zwanzig Tagen, nach vierjähriger Vorarbeit) abgedreht wurde, ist als surreale Szenerie hergerichtet. Die große Studio-Totale zu Beginn des Films läßt schon viele der bescheidenen Requisiten erkennen, die später in verschiedenen Sequenzen wieder auftauchen werden, und deutet an, auf welch vielfache

Weise Syberberg diesen Raum verwenden wird: als einen Raum der grüblerischen Meditation (Korbsessel, einfacher Tisch, Kerzenleuchter); als Raum dramatischer Aussage (Regiestuhl, riesiges schwarzes Megaphon, umgedrehte Masken); als emblematischen Raum (Nachbildungen des Polyeders aus Dürers *Melencolia I* und der Weltesche aus dem Bühnenbild der Erstinszenierung der *Walküre*); als Raum moralischen Gerichts (der große Globus, die lebensgroße Sexpuppe); als Ort der Melancholie (das Laub auf dem Boden).

Diese mit allegorischem Zeichenabfall übersäte Wüste soll (als Vorhölle, als Mondlandschaft) Massen von Menschen in ihrer heutigen, das heißt postumen Gestalt beherbergen. Es ist in Wahrheit das Reich der Toten, ein Kino-Walhall. Da sämtliche Darsteller des NS-Katastrophen-Melodrams tot sind, sehen wir sie als Geister – als Puppen, Gespenster, Karikaturen ihrer selbst. Jahrmarktsauftritte wechseln ab mit Arien und Monologen, Berichten, Traumphantasien. Mit Aufzählungen, Verurteilungen, Fragen, historischen Anekdoten ebenso wie mit mannigfachen Erläuterungen des Films und des Bewußtseins, das dahinter steht, halten die zwei grübelnden, meditierenden Vertreter der Gegenwart (André Heller und Harry Baer) auf der Szene oder aus dem Off eine endlose intellektuelle Begleitmusik in Gang.

Über Syberbergs historischem Epos waltet als Muse das Kino selbst (»Welten entstehen als Projektionen. In dir.«), in der Wüsten-Dekoration vertreten durch das »Black Maria«, das erste Filmstudio der Welt, einen Teerpappe-Schuppen, der 1893 für Thomas Edison gebaut wurde. Indem er das Kino in Gestalt des Black Maria zitiert, das heißt an die handwerkliche Schlichtheit seiner Ursprünge erinnert, verweist Syberberg auf seine eigene Leistung. Trotz kleinem Mitarbeiterstab und Terminbedingungen, die in vielen Fällen langdauernder und komplizierter Einstellungen nur eine einzige Aufnahme gestatteten, gelang es diesem kunstfertigen Erfinder von Phantasie, praktisch sein gesamtes Vorhaben in der Form zu realisieren, wie es ihm vorgeschwebt hatte; alle seine Visionen finden sich auf der Leinwand wieder. (Vielleicht vermag nur eine so unterdotierte Produktion wie diese – sie kostete knapp eine Million Mark –, sich den Ideen und Improvisationen eines einzelnen Autors vollständig anzupassen.) Diese asketische Art des Filmemachens mit ihren bewußt naiven Gestaltungsformen hat Syberberg zu einem ebenso üppigen wie kargen, sinnlicher Anschauung wie diskursivem Denken gleichermaßen Raum gebenden Filmwerk ausgemünzt.

Sinnlichen Anschauungsreichtum entlockt Syberberg seinen bescheidenen Mitteln, indem er Schlüsselelemente so oft wie möglich vervielfacht und wiederverwendet. Ein Aspekt dieser Ästhetik der multiplen Verwendungsweise ist die von Brecht inspirierte Gepflogenheit, ein und denselben Schauspieler in mehreren Rollen auftreten zu lassen. Viele Dinge kommen in dem Film mindestens zweimal vor – in Originalgröße und in verkleinerter Gestalt –, so zum Beispiel erst dies oder jenes Ding und dann ein Foto davon; sämtliche NS-Größen treten sowohl in der Verkörperung durch einen Schauspieler wie auch als Puppen auf. Edisons Black Maria, das Ur-Filmstudio, wird in vierfacher Gestalt gezeigt: als Bau in Originalgröße, aus dem die Schauspieler auftreten und in dem sie dann wieder verschwinden (als solcher ist es das wichtigste Stück in der Hauptdekoration); in Gestalt zweier Spielzeugmodelle unterschiedlicher Größe – das kleinere in einer Schneelandschaft in einer Glaskugel, die vom Schauspieler in die Hand genommen, geschüttelt und zum Ausgangspunkt grüblerischer Betrachtungen gemacht werden kann; und schließlich in einer vergrößerten Hintergrundprojektion dieser Kugel.

Syberberg bedient sich vielfältiger Perspektiven, vielfältiger Stimmen. Das Buch ist ein Potpourri aus erdachter Rede und höchsteigenen Worten der Hitler, Himmler, Goebbels, Speer und solcher Randfiguren wie Himmlers finnischer Masseur Felix Kersten oder Hitlers Kammerdiener Karl-Wilhelm Krause. Auf der komplexen Tonspur werden häufig zwei Textebenen übereinandergeblendet. In einer Art akustischer Hintergrundprojektion sind die Reden der Akteure mit historischen Tondokumenten unterlegt oder interpunktiert, zum Beispiel mit Fetzen aus Hitler- und Goebbels-Reden oder der Kriegsberichterstattung des deutschen Rundfunks und der BBC. In diesem Wortstrom gibt es kulturelle Querbezüge in Form von (häufig unausgewiesenen) Zitaten, etwa von Äußerungen Einsteins über Krieg und Frieden oder einer Passage aus Marinettis Futuristischem Manifest – und die ganze Polyphonie der Stimmen erfährt eine brausende

Steigerung durch Auszüge aus dem musikalischen Götterhimmel der Deutschen, aus der Wagnerschen Musik zumeist. Ein Stück aus *Tristan und Isolde* beispielsweise oder aus dem Chorteil der Beethovenschen Neunten dient als weitere Form des historischen Zitats, mit dem zugleich das von den Akteuren Gesagte ergänzt oder kommentiert wird.

Auf der Projektionswand schafft ein abwechslungsreiches Repertoire emblematischer Versatzstücke und Bilder neue Gedankenassoziationen. Beispiele für die optischen Fußnoten, die (vermittels einer ausgeklügelten Projektionstechnik) hinter den Akteuren auftauchen, sind Dorés Illustrationen zu Dantes *Inferno* und zur Bibel, Graffs Porträt Friedrichs des Großen, ein unverwechselbares Szenenfoto aus Méliès' *Reise zum Mond,* Runges *Morgen* und Caspar David Friedrichs *Eismeer.* Was hier zu sehen ist, funktioniert nach dem gleichen Montageprinzip wie die Tonspur, bis auf den Umstand, daß Syberberg uns zwar zahlreiche historische Tondokumente hören läßt, von Bilddokumenten aus der NS-Zeit jedoch sparsamen Gebrauch macht.

Méliès im Vordergrund, Lumière ganz im Hintergrund. Syberbergs Metatheater zehrt das fotografische Dokument praktisch ganz in sich auf: ist die NS-Realität im Film zu sehen, so ist sie als Film zu sehen. Hinter einem in Grübelei versunkenen Schauspieler (André Heller) laufen einige Meter 8-mm- und 16-mm-Privataufnahmen von Hitler ab – verschwommen, eher unwirklich. Zelluloidfetzen wie diese sollen nicht etwa zeigen, wie dies oder jenes »wirklich« war: Filmausschnitte, Dias von Gemälden, Standfotos haben alle den gleichen Status. Schauspieler agieren vor Dia-Großprojektionen, die legendäre Örtlichkeiten ohne Personal zeigen: diese menschenleeren, beinahe abstrakten, befremdlich dimensionierten Ansichten von der Venusgrotte auf Schloß Linderhof, vom Wagnerhaus in Bayreuth, vom Kabinettssaal in der Berliner Reichskanzlei, von der Terrasse des Hitlerhauses auf dem Obersalzberg, von den Verbrennungsöfen in Auschwitz sind eher eine stilisierte Form der Anspielung. Außerdem ergeben sie eine mehr geisterhafte als »wirkliche« Kulisse, die Syberberg einige an Méliès erinnernde illusionistische Tricks gestattet: etwa wenn es so aussieht, als ginge der Schauspieler mitten in einer tiefräumigen Aufnahme spazieren, oder er dreht sich am Schluß einer Szene um und verschwindet in einem nur scheinbar nahtlosen Prospekt.

Der Nazismus wird in Anspielung, Phantasiewerk, Zitat zur Einsicht gebracht. Die Zitate sind entweder buchstäblich zu nehmen, wie zum Beispiel die Aussage eines Auschwitz-Überlebenden, oder es handelt sich – dies der häufigere Fall – um einfallsreiche Querverweise, etwa wenn der hysterische SA-Mann das Selbstverteidigungsplädoyer des Kindermörders aus Fritz Langs *M* rezitiert, oder wenn Hitler, in einer Römertunika aus Richard Wagners Grab auffahrend, inmitten seiner Rechtfertigungssuada mit nur leichter Abwandlung Shylocks »Und wenn ihr uns stecht, bluten wir nicht?« zitiert. Wie die Fotos und die Requisiten sind auch die Akteure Doubles des Realen. Der größte Teil des Sprechtexts ist Monolog oder Monodram, gleichviel, ob ein Schauspieler allein direkt zur Kamera, das heißt zum Publikum spricht, oder ob mehrere Akteure beisammen halbe Selbstgespräche führen (wie in der Szene zwischen Himmler und seinem Masseur) oder einer nach dem andern ihre Tiraden abziehen (wie die modernden Puppen in der Hölle). Wie in einem surrealistischen Tableau versieht die Anwesenheit des Leblosen das vorgeblich Lebendige mit ironischem Kommentar. Die Schauspieler sprechen mit Puppen, die Hitler, Goebbels, Göring, Himmler, Eva Braun, Speer darstellen, oder leihen ihnen ihre Stimme. In mehreren Szenen agieren die Darsteller zwischen Schaufensterpuppen oder lebensgroßen Foto-Pappfiguren der legendären Unholde des deutschen Stummfilms (Mabuse, Alraune, Caligari, Nosferatu) und der archetypischen Deutschen aus Fotografien von August Sander. Hitler, ständig wiederkehrend, tritt in vielen Gestalten auf, vergegenwärtigt mit den Mitteln der Erinnerung, der Jahrmarktsposse, der historischen Travestie.

Zitate im Film – der Film als Mosaik von Stilzitaten. Um Hitler in vielen Erscheinungsformen und aus vielfältiger Perspektive zu vergegenwärtigen, greift Syberberg auf höchst verschiedenartige Stilquellen zurück: Wagner, Méliès, Brechtsche Verfremdungstechniken, den homosexuellen Barockstil, das Puppentheater. Sein Eklektizismus kennzeichnet ihn als äußerst reflektierten, gebildeten und besessenen Künstler, dessen Auswahl stilistischer Materialien, in der sich hohe Kunst mit Kitsch vermischt, keineswegs so willkürlich ist, wie es scheinen mag. Der Surrealismus ist eine späte Variante des romantischen Geschmacks, eine Romantik, die sich von der Voraussetzung einer zerbrochenen oder postumen Welt leiten läßt. Er ist romantischer Geschmack mit der Lust am Pastiche. Surrealistische Werke entstehen nach der Methode des Zerstückelns und Neukombinierens im Geist von Pathos und Ironie; dazu gehören Stilfiguren wie das Inventorium (die ritornellartig in sich kreisende Aufzählung), die verkleinerte Kopie, die hypertrophe Zitatkunst. Mit Hilfe dieser Figuren, vor allem durch das ständige Einspeisen und Neueinspeisen optischer und akustischer Zitate, spielt Syberbergs Film an mehreren Orten und in mehreren Zeiten zugleich – der wichtigste Kunstgriff in Syberbergs Arsenal dramaturgischer und bildhafter Ironien.

Syberbergs massivste Ironie besteht darin, sich über dieses ganze vielschichtige Kompositionsverfahren lustig zu machen, indem er seine Betrachtung über Hitler als etwas ganz Einfaches vorstellt – als ein Märchen, das einem Kind erzählt wird. Seine neunjährige Tochter, bekränzt mit Zelluloidschlingen, wandelt als stumme, somnambule Zeugin durch die dampfende Höllenlandschaft; sie eröffnet und beschließt alle vier Teile des Films. Alice im Wunderland, der Geist des Kinos – das ist es zweifellos, was sie darstellen soll. Und Syberberg zitiert die Symbolik der Melancholie, wenn er das Mädchen mit Dürers *Melencolia* identifiziert: am Schluß des Films sitzt es, starren Blicks, unter Sternen in einer prallen Träne. Welche Bezüge auch sonst im Spiel sein mögen, dieses Bild ist ein kräftiger Tribut an den surrealistischen Geschmack. Somnambulismus ist eine Grundfigur des surrealistischen Erzählens. Auf dem Weg durch die Landschaften des Surrealismus befindet der Mensch sich typischerweise im Zustand von Traum und Trance. Was ihn auf diesen Weg geführt hat, ist stets ein donquichotteskes, wahnhaftes, hoffnungsloses Unternehmen – und nicht zuletzt auch ein Unternehmen im Dienst der Selbstbeobachtung, Selbstbespiegelung. In dem Film kommt ein von den Surrealisten sehr geschätztes Emblem vor, Ledoux' *Coup d'œil du Théâtre de Besançon* (1804). Es begegnet in der Dekoration zunächst als zweidimensionale Reproduktion, ein Auge-als-Bühne, in dem einer der Erzähler (Harry Baer) per

Hintergrundprojektion sich selbst beobachten kann – in der Titelrolle des Syberberg-Films *Ludwig – Requiem für einen jungfräulichen König.* Wie Ledoux sein Theater ins Auge verlegt, so Syberberg sein Kino in den Kopf, wo alles mit allem kombiniert werden kann.

Ebenso wie Syberbergs Repertoire dramatischer Bilder und Kunstgriffe wohl kaum denkbar wäre ohne jene Freiheiten und Ironien, die der Surrealismus begründete, so spiegelt es auch viel von dessen charakteristischen Neigungen wider. Sie gehören dem Grand-Guignol, dem Puppentheater und dem Zirkus genauso wie den Filmen von Méliès. Die Vorliebe für naive Formen des Theaters und primitive Formen des Kinos, für Objekte, in denen Wirkliches miniaturisiert erscheint, wie für die Kunst der nordischen Romantik (Dürer, Blake, C. D. Friedrich, Runge), für Architektur als utopische Phantasie (Ledoux) und als privater Rausch (Ludwig II.) – wer dies alles in seiner Sensibilität umfaßt, der muß ein Surrealist genannt werden. Es gibt jedoch einen Aspekt des Surrealismus, der Syberberg fremd bleibt – die willige Hingabe an den Zufall und das Geratewohl, das Fasziniertsein vom Dunklen, Bedeutungsverweigernden, Stummen. In Syberbergs Dekoration gibt es nichts Zufälliges, nichts Beliebiges, keine Wegwerfbilder, keine *objets trouvés;* ja, gewisse Plunderstücke und Bilder haben den Wert persönlicher Talismane. Alles bedeutet, alles spricht. Die stumme Rolle, in der Syberbergs Tochter auftritt, ist nur ein Gegenbild zur nie erlahmenden Redeflut und Eindringlichkeit des Films. Alles wird dargeboten als bereits verarbeitet in einem Kopf.

Wenn Geschichte im Kopf stattfindet, gewinnen öffentliche und private Mythologien gleichen Status. Im Gegensatz zu den anderen Mammutfilmen, mit deren epischem Ehrgeiz er es durchaus aufnehmen könnte – *Intolerance, Napoleon, Iwan der Schreckliche* 1 und 2, *2001 – Odyssee im Weltraum* –, hat Syberbergs Film nicht nur für öffentliche, sondern auch für private Bezüge Raum. Öffentliche Mythen vom Bösen sind eingefaßt in Privatmythologien von der Unschuld, wie sie in zwei früheren Syberberg-Filmen – *Ludwig* (1972; 140 Minuten) und *Karl May* (1974; 180 Minuten) – entfaltet wurden, in Filmen, welche Syberberg als die ersten zwei Teile einer Deutschland-Trilogie versteht, die mit *Hitler – ein Film aus Deutschland* ihren Abschluß findet. Wagner-Gönner und Wagner-Opfer Ludwig II. ist ein ständig wiederkehrendes Motiv der Unschuld. Einer von Syberbergs Bild-Talismanen – er beschließt den *Ludwig*-Film und wird in *Hitler – ein Film aus Deutschland* erneut verwendet – ist Ludwig als bärtiges, weinendes Kind. Der *Hitler*-Film beginnt mit dem Bild einer »Opernmalerei aus dem Glashaus auf dem Dach der Münchner Residenz« Ludwigs II.; es zeigt eine paradiesische Landschaft mit Alpen, Palmen, See, Zelt und Gondel, die im *Ludwig*-Film eine durchgängige Rolle spielte.

Jeder der drei Filme bildet eine abgeschlossene Einheit; betrachtet man sie jedoch als Teile einer Trilogie, so fällt auf, daß in *Hitler – ein Film aus Deutschland* mehr Bilder aus *Ludwig* als aus *Karl May* einfließen. Der Karl-May-Film mit seiner »Wirklichkeits«-Kulisse und seinen »Wirklichkeits«-Darstellern kommt streckenweise einer geradlinigen Nachahmungsdramaturgie so nahe, wie *Ludwig* oder der unvergleichlich viel ehrgeizigere und tiefere *Hitler*-Film dies nicht einen Augenblick lang tun. Doch wie alle Künstler mit der Lust am Pastiche hat Syberberg nur einen begrenzten Sinn für das, was gemeinhin Realismus heißt. Pastiches werden vorwiegend in phantastischer Stilart verfertigt.

Syberberg hat eine sehr deutsche Schauspielgattung kreiert: die moralische Horror-Show. In den peinigenden Banalitäten der Erzählung des Kammerdieners, in einer Karikatur von Chaplins Hitler-Darstellung im *Großen Diktator,* in einer Jahrmarktsnummer um Hitlers Samen tritt uns der Teufel – als Kobold entgegen. Hitler darf sogar an den Gefühlswerten der Verkleinerung partizipieren: als Puppe (die angekleidet, ausgekleidet wird, mit der man Gespräche führt) auf den Knien seines Bauchredners, als Plüschhund mit Hitlergesicht auf den Armen des traurigen Mädchens.

Das Spektakel setzt auf seiten des Zuschauers Vertrautheit mit den Ereignissen und Personen der deutschen Kultur und Geschichte, dem NS-Regime und dem Zweiten Weltkrieg voraus; auch auf Vorgänge in den drei Jahrzehnten seit Hitlers Tod wird in freizügigster Weise angespielt. Während die Gegenwart auf eine Hinterlassenschaft der Vergangenheit reduziert wird, ist die

Vergangenheit im Lichte ihrer Zukunft ausgestaltet. Im *Ludwig*-Film wirkt dieser in sich kreisende Reiseweg durch die Historie wie lässige (Brechtsche?) Ironie – so etwa, wenn Ludwig I. Brecht zitiert. In *Hitler – ein Film aus Deutschland* spielt der ironische Anachronismus eine gewichtigere Rolle. Syberberg verwirft alle Auffassungen, nach denen die Ereignisse des Nazismus dem normalen Lauf und Mechanismus der Geschichte zugerechnet werden können. (»... und das wird sein das Ende der Welt«, sinniert einer der Puppenspieler. »Und es war das Ende der Welt.«) Der Nazismus (Hitler, Goebbels) wird in diesem Film beim eigenen Wort genommen als apokalyptischer Entwurf, als Schöpfungsmythos einer neuen Eiszeit, mit anderen Worten: als eine Eschatologie des Bösen; der Film selber spielt in einer Art Endzeit, einer messianischen Zeit (um einen Ausdruck Walter Benjamins zu gebrauchen), die es zum Gebot macht, den Toten Gerechtigkeit widerfahren zu lassen. Das erklärt den langandauernden feierlichen Aufruf der nazistischen Mittäter (»Mehr als allen Lebenden sind wir ihnen ... schuldig«) sowie später die Nennung einiger exemplarischer Opfer – eine der zahlreichen Stellen, an denen der Film zu enden scheint.

Syberbergs Film ist in der ersten Person Singular konzipiert: als das künstlerische Unternehmen eines einzelnen, der sich seiner Pflicht als Deutscher stellt, um die rückhaltlose Auseinandersetzung mit den NS-Greueln auf sich zu nehmen. Wie viele deutsche Intellektuelle in der Vergangenheit betrachtet auch Syberberg sein Deutschsein als moralischen Auftrag und Deutschland als den Austragungsort europäischer Konflikte. (»Das zwanzigste Jahrhundert ... Ein Film aus Deutschland«, sagt einer der beiden Grübler.) Syberberg wurde 1935 in dem Teil Deutschlands geboren, der heute DDR heißt und den er 1953 verließ, um in den westlichen Landesteil zu gehen, wo er seither seinen ständigen Aufenthalt hat; der wahre Ursprung seines Films liegt jedoch in jenem exterritorialen geistigen Deutschland, dessen erster Bürger von Rang der selbsternannte *Romantique défroqué* Heinrich Heine und dessen letzter Thomas Mann gewesen ist. »Seelischer Kampfplatz für europäische Gegensätze zu sein: das ist deutsch«, heißt es in Thomas Manns zur Zeit des Ersten Weltkriegs entstandenen *Betrachtungen eines Unpolitischen*, und dieser

Überzeugung war der Autor noch treu, als er Ende der vierziger Jahre als alternder Mann im Exil den *Doktor Faustus* schrieb. Mit seiner Auffassung vom Nazismus als Ausbruch des Dämonischen im Deutschtum steht Syberberg Thomas Mann so nahe wie mit seinem unzeitgemäßen Beharren auf der deutschen Kollektivschuld (das Thema »Hitler in uns«). Auch in des Erzählers mehrfach wiederholter provozierender Frage »Was wäre Hitler ohne uns?« ist ein Nachklang von Thomas Mann zu vernehmen, der 1938 einen Aufsatz mit dem Titel *Bruder Hitler* schrieb; darin heißt es: »Wagnerisch, auf der Stufe der Verhunzung, ist das Ganze.« Wie Thomas Mann sieht auch Syberberg im Nazismus die Träume der deutschen Romantik auf groteske Weise eingelöst – und verraten. Es mag sonderbar erscheinen, daß Syberberg, der während des Dritten Reichs noch ein Kind war, so viele thematische Gemeinsamkeiten mit jemand so »Altfränkischem« aufweist. Aber in Syberbergs Sensibilität steckt eben sehr viel Altmodisches (möglicherweise ein Ergebnis der Schulbildung, die man in einem kommunistischen Land genießt) – und das betrifft auch seine entschiedene Solidarität mit jenem Deutschland, dessen hervorragendste Bürger ins Exil gingen.

Während der Film unzählige Bilder und Impressionen von Hitler zitiert, gibt er dem, was an gedanklicher Reflexion bisher zu seinem Thema vorgetragen wurde, nur wenig Raum. Meistenteils handelt es sich in diesen wenigen Fällen um Thesen, die unmittelbar nach dem Zusammenbruch – gewissermaßen noch auf den Ruinen – formuliert wurden, wie etwa die von »Hitlers Werk« als dem »Einbruch des satanischen Prinzips in die Weltgeschichte« (Friedrich Meinecke in seinem zwei Jahre vor dem *Doktor Faustus* geschriebenen Buch *Die deutsche Katastrophe*) oder die von Max Horkheimer (in seinem Aufsatz *Zur Kritik der instrumentellen Vernunft* [Erstveröffentlichung in englischer Sprache unter dem Titel *The Eclipse of Reason*, 1946]) vertretene These, derzufolge Auschwitz der logische Kulminationspunkt des abendländischen Fortschritts war. In den fünfziger Jahren, als man die Ruinen in Europa wieder aufbaute, setzten sich komplexere – politische, soziologische, ökonomische – Faschismustheorien durch. (Horkheimer widerrief schließlich seinen Gedanken von 1946.) Indem Syberberg diese unabgemilderten Verurteilungen aus der Zeit vor dreißig Jahren mit all ihrer Empörung, all ihrem Pessimismus neu zur Geltung bringt, setzt er sich zugleich energisch für ihre moralische Richtigkeit ein.

Syberberg will uns dazu bringen, einmal wirklich darauf achtzugeben, was Hitler sagte – was für eine Kulturrevolution der Nazismus war oder zu sein vorgab, was für eine geistige Katastrophe er bedeutete und heute noch bedeutet. Mit Hitler meint Syberberg nicht allein jenes Geschichte gewordene reale Monstrum, das die Verantwortung für den Tod von Millionen und Abermillionen Menschen trägt. Er zielt vielmehr auf ein Hitlertum, das den historischen Hitler selbst überlebt hat, ein spukhaftes Ingredienz der modernen Kultur, ein böses Prinzip von grenzenloser Wandlungsfähigkeit, das die Gegenwart durchtränkt und sie zur Reprise der Vergangenheit macht. In Syberbergs Film wird auf vertraute Stammbäume, reale wie symbolische, Bezug genommen: von der Romantik zu Hitler, von Wagner zu Hitler, von Caligari zu Hitler, vom Kitsch zu Hitler. Und im Übermaß der Klage beharrt er auf einigen neuen Verzweigungen: von Hitler zum Porno, von Hitler zur seelenlosen bundesrepublikanischen Konsumgesellschaft, von Hitler zum rüden Zwangsregime in der DDR. In dieser Verwendungsweise der Figur Hitler liegt ein Teil Wahrheit, manche Behauptungen sind aber wohl unhaltbar. Wahr ist, daß Hitler die Romantik und Wagner verseucht hat, daß ein Großteil der deutschen Kultur des neunzehnten Jahrhunderts rückwirkend vom Gespenst Hitlers heimgesucht wird (im Gegensatz etwa zur russischen Kultur des neunzehnten Jahrhunderts, der das Gespenst Stalins nichts anhaben kann). Es trifft jedoch nicht zu, daß Hitler am Ursprung der modernen, nachhitlerischen Konsumgesellschaft und Plastik-Warenwelt steht. Die war schon bei der nazistischen Machtübernahme stark im Kommen. Ja, man könnte – gegen Syberberg – vorbringen, daß Hitler, auf Dauer gesehen, nur eine belanglose Episode war, ein Versuch, die Uhr der Geschichte anzuhalten, und daß in Europa letztlich nicht der Faschismus, sondern der Kommunismus zu entscheidender Bedeutung gelangte. Überzeugender wirkt die Parallele zwischen DDR und NS-Staat, für die Syberberg Kritik von seiten der westdeutschen Linken einstecken mußte; wie den meisten Intellektuellen, die in einem kommunistischen Staatswesen aufwuchsen und ihren Aufenthalt später in ein bürgerlich-demokratisches verlegten, ist ihm jegliche linke Pietät gänzlich fremd. Entgegenhalten könnte man ihm ferner, daß er sich das Handwerk des Moralisten insofern allzu einfach macht, als er die innere Geschichte Deutschlands, wie Thomas Mann, über Gebühr mit der Geschichte der Romantik identifiziert.

Syberbergs Begriff der Geschichte als Katastrophe erinnert an die lange deutsche Tradition, Geschichte eschatologisch, als eine Geschichte des Geistes zu betrachten. Vergleichbare Auffassungen trifft man heute eher in Osteuropa an als in Deutschland. Syberberg besitzt die gleiche moralische Kompromißlosigkeit, die gleiche Respektlosigkeit vor dem Buchstaben der Geschichte, den gleichen erschütternden Ernst wie die großen liberalismusfeindlichen Künstler im russischen Zarenreich mit ihrer grimmigen Überzeugung vom Primat geistiger über materielle (ökonomische, politische) Kausalreihen, von der Bedeutungslosigkeit der Kategorien »rechts« und »links« und von der Existenz des absolut Bösen. Voll Entsetzen darüber, in welchem Umfang die Deutschen Hitler Unterstützung gewährten, nennt Syberberg sie ein teuflisches Volk.

Thomas Mann legte die Teufelsgeschichte, in der er die Dämonie des Nazismus auf einen Nenner zu bringen suchte, einem Erzähler in den Mund, dessen Begriffsvermögen ihr nicht gewachsen war, und gab damit zu verstehen, daß Böses in solch absoluter Dimension sich im letzten vielleicht den Darstellungs- und Interpretationsmöglichkeiten der Kunst entzieht. Aber im *Doktor Faustus* ist die Begriffsstutzigkeit des Erzählers ein wenig zu dick aufgetragen. Die Mannsche Ironie kehrt sich hier gegen den eigenen Urheber: Serenus Zeitbloms albern-penetrantes Bescheidentun, wenn es um Einsicht und Begreifen geht, wirkt wie ein Eingeständnis des Versagens auf seiten des Autors, ein Bekenntnis seiner Unfähigkeit, seelischem Leiden unverhüllt Ausdruck zu geben. Syberbergs Film vom Teufel hüllt sich zwar in Ironie, bekräftigt jedoch zugleich unsere Fähigkeit zum Verstehen und unsere Pflicht zur Leiderfahrung. Der Leiderfahrung gewidmet, wenn man so sagen darf, zitiert der Film am Anfang und Ende die herzzerreißenden Heine-Verse: »Denk ich an Deutschland in der Nacht, dann bin ich um den Schlaf gebracht, ich kann nicht mehr die Augen schließen, und meine heißen Tränen fließen.« Mit Leiderfahrung befrachtet sind die ruhigen, traurigen, wohlklingenden Selbstgespräche Baers und Hellers, die beide weder rezitieren noch deklamieren, sondern schlicht und einfach nur *sprechen* – und diesen ernsten, klugen, leiderfüllten Stimmen zu lauschen, ist an sich schon eine zivilisierende Erfahrung.

Ohne die leiseste Herablassung vermittelt der Film ein gewaltiges Bildungsgut an Fakten der NS-Zeit. Doch Bildung qua Faktenwissen gilt als nicht weiter belangvolle Selbstverständlichkeit. Der Film will nicht irgendein *Bildungsziel* erreichen, sondern nimmt – nach eigenem Anspruch – die Verwirklichung eines (hypothetischen) *Therapieziels* in Angriff. Wiederholt versichert Syberberg, sein Film habe die deutsche »Unfähigkeit zu trauern« im Auge, leiste »Trauerarbeit«. Diese Formulierungen erinnern ebenso an Freuds berühmten, zur Zeit des Ersten Weltkriegs entstandenen Aufsatz *Trauer und Melancholie*, in dem der melancholische Gemütszustand mit der Unfähigkeit zum Durcharbeiten seelischen Schmerzes in Zusammenhang gebracht wird, wie an die praktische Anwendung dieser Formel durch Alexander und Margarete Mitscherlich in ihrem einflußreichen Buch *Die Unfähigkeit zu trauern* (1967), einer psychoanalytischen Untersuchung der deutschen Nachkriegsgesellschaft, die zu der Diagnose kommt, daß die Deutschen infolge anhaltender Verleugnung ihrer Kollektivverantwortung für die NS-Vergangenheit und hartnäckiger Verweigerung der Trauer von einer »Melancholie der Massen« befallen seien. Diese bekannte These der Mitscherlichs hat sich Syberberg (ohne das Buch je zu erwähnen) zu eigen gemacht; es darf jedoch bezweifelt werden, daß sie zur Inspiration seines Films beigetragen hat. Viel eher dürften die Dinge sich so verhalten, daß er im Begriff der Trauerarbeit die psychologische und moralische Begründung seiner Ästhetik der Wiederholung und Wiederverwendung entdeckte. Zum Durcharbeiten von Leiderfahrungen gehört Zeit und ein Gutteil Überdramatisierung.

Unter dem Gesichtspunkt, daß sich der Film als ein Fall konkreter, praktischer Trauerarbeit begreifen läßt, ist es auch interessant zu beobachten, daß er mit den Ausdrucksmitteln der Trauer – Übersteigerung, Wiederholung – arbeitet. Dem Zuschauer wird ein Unmaß an Fakten geliefert: die Übersättigungsmethode. Syberberg ist ein Künstler der Maßlosigkeit: Denken ist ein Exzeß, das Überschußprodukt aus Grübeleien, Bildern, Assoziationen, Emotionen, ausgehend von Hitler, zu Hitler zurückführend. Daraus erklärt sich die Länge des Films, seine kreisende Gedankenbewegung, sein mehrmaliges Anfangen, die vier oder fünf Schlüsse, seine zahlreichen Titel, die Pluralität der Stile, die schwindelerregenden Wechsel in der Perspektive auf Hitler, mal Nahsicht von unten, mal Fernsicht. Der hinreißendste Perspektivenwechsel findet sich im zweiten Teil, wo der 40-Minuten-Monolog des Kammerdieners mit seinen einschläfernden Quisquilien über Hitlers Vorlieben bei der Unterwäsche oder der Rasiercreme oder der Zusammensetzung des Frühstücks abrupt gefolgt wird von Hellers Meditation über die Unwirklichkeit unserer Vorstellungen von den Galaxien. (Es ist dies das sprachliche Gegenstück zum zweifellos spektakulärsten Schnitt der bisherigen Filmgeschichte: von dem aus der Primatenhorde hochkatapultierten und durch die Luft segelnden Knochen zum Raumschiff in Kubricks *2001.*) Syberbergs Ziel: sein Sujet auszuschöpfen – bis zur völligen Entleerung.

Was Syberbergs künstlerischen Ehrgeiz angeht, so unterwirft er sich hier den Maßstäben Wagners, auch wenn es in der bundesrepublikanischen Konsumgesellschaft nicht so einfach ist, die legendäre Rolle eines deutschen Genies würdig auszufüllen. In seinen eigenen Augen ist *Hitler – ein Film aus Deutschland* nicht einfach nur ein Film: ebenso wollte auch Wagner den *Ring* oder den *Parsifal* nicht als Opern verstanden oder im normalen Repertoire von Opernbühnen untergebracht wissen. Die provokative, einlullende Länge des *Hitler*-Films, die den Vertrieb auf dem herkömmlichen Verleihweg ausschließt, ist überaus Wagnerisch, so Wagnerisch wie Syberbergs (bis vor kurzem aufrechterhaltenes) Beharren darauf, den Film nur in einem besonderen, der ernsthaften Auseinandersetzung zuträglichen äußeren Rahmen zur Aufführung kommen zu lassen. Und Wagnerisch sind auch Syberbergs Ideale von Gründlichkeit und Tiefe, sein Sendungsbewußtsein, seine Auffassung von der Kunst als radikaler Tat, sein Gespür für den Skandal, seine polemischen Energien (er ist unfähig, irgend etwas zu Papier zu bringen, was kein Manifest wäre) und sein Sinn für das Grandiose. Die Grandiosität ist, genau besehen, Syberbergs großes Sujet. Die Helden seiner Deutschland-Trilogie – Ludwig II., Karl May, Hitler – sind sämtlich Größensüchtige, Lügner, unverantwortliche Träumer, Meister der Grandiosität. (Syberbergs gebanntes Interesse für den selbstüberzogenen, selbstbesessenen Persönlichkeitstyp zeigt sich auch in ganz verschiedenen Dokumentarfilmen, die er zwischen 1967 und 1975 für das deutsche Fernsehen drehte: *Die Grafen Pocci,* über eine deutsche Aristokratenfamilie; Porträts deutscher Filmschauspieler; und *Winifred Wagner,* die Dokumentation eines Fünf-Stunden-Interviews mit der Wagner-Schwiegertochter und Hitler-Freundin.)

Syberberg ist ein großer Wagnerianer, der größte seit Thomas Mann, doch sein Verhältnis zu Wagner und dem Erbe der deutschen Romantik ist nicht nur von Pietät bestimmt. Es spielt darin mehr als nur eine Spur von Bosheit, ein Anhauch von kulturellem Vandalentum mit. Wagner-Elemente werden in *Hitler – ein Film aus Deutschland* neuverarbeitet und parodiert, um Größe und Versagen des Wagnertums zu vergegenwärtigen. Syberberg will seinen Film als *Anti-Parsifal* gesehen wissen, und Feindseligkeit gegen Wagner zählt zu dessen Leitmotiven: sie zielt auf die geistige Verbindungslinie Wagner–Hitler. Der ganze Film läßt sich als eine Entweihung Wagners betrachten – eine im vollen Bewußtsein ihrer Zweideutigkeit unternommene Geste, denn Syberberg will, was diese tiefste Quelle seiner künstlerischen Inspiration angeht, immer drinnen und draußen zugleich sein. (Ein wiederkehrendes Bild zeigt die Gräber von Wagner und Cosima hinter Haus Wahnfried; eine Szene erinnert an jene hilfloseste Geste der Entweihung, als schwarze GIs nach Kriegsende auf diesen Gräbern Jitterbug tanzten.) Denn gerade von Wagner bezieht Syberbergs Film das entscheidende Moment seiner künstlerischen Überhöhung – den unmittelbaren Anspruch auf Erhabenheit, der zu seinem innersten Wesen gehört. Zum Vorspann erklingt der Anfang des *Parsifal*-Vorspiels, während sich auf der Leinwand »breit und rissig in dickem Schriftblock« das Wort »Gral« herausbildet. Syberberg selbst begreift seine Ästhetik als Wagnerische, daß heißt musikalische. Doch wäre es vielleicht richtiger zu sagen, daß er zu Wagner in einem Nachahmungs-, teilweise sogar parasitären Verhältnis steht – parasitär in dem Sinne, wie der *Ulysses* in einem parasitären Verhältnis zur englischen Literaturgeschichte steht.

In noch stärkerem Maße als Eisenstein macht Syberberg mit der Verheißung ernst, daß der Film die Synthese aus bildenden Künsten, Musik, Literatur und Theater sei – die zeitgemäße Einlösung von Wagners Ideal des Gesamtkunstwerks (schon oft war zu hören, daß Wagner, hätte er im zwanzigsten Jahrhundert gelebt, Filmemacher geworden wäre). Das zeitgemäße Gesamtkunstwerk ist freilich viel eher eine Anhäufung disparater Elemente als eine Synthese. Syberberg hat immer und immer noch mehr und anderes zu sagen – wie die beiden 1972 gedrehten Filme über Ludwig II. bezeugen. *Ludwig – Requiem für einen jungfräulichen König*, der erste Teil seiner Deutschland-Trilogie, ist ein ausschweifender Tribut an die ironische Theatralik und das schwellende Pathos von Filmemachern wie Cocteau, Carmelo Bene und Werner Schroeter. *Die Erinnerungen des ehemaligen Hofkochs Theodor Hierneis*, der zweite Film des Jahres 1972, ist ein 90 Minuten langes Brechtisch strenges Monodrama um Ludwigs Leibkoch; es weist voraus auf die Erzählungen des Kammerdieners im *Hitler*-Film und ist inspiriert von Brechts Romanfragment *Die Geschäfte des Herrn Julius Caesar*, in dem ein ehemaliger Sklave in der Rolle des Erzählers auftritt. Syberberg selbst versteht sich von seinen Anfängen her als Brechtschüler und hat 1952/53 Brecht bei Proben seiner Stücke in Ostberlin gefilmt.

Nach Syberbergs eigenem Bekunden stammt sein Werk aus der »Dualität von Brecht plus Wagner«: darin besteht der »ästhetische Skandal«, den er »versucht« hat. Bei Interviews pflegt er stets auf seine beiden künstlerischen »Ziehväter« zu verweisen, teils (so darf man vermuten) um die politischen Aspekte des einen durch die politischen Aspekte des anderen zu neutralisieren und sich der Links-Rechts-Einordnung zu entziehen, teils um sich unparteilicher zu geben, als er wirklich ist. Denn er ist naturgemäß mehr Wagnerianer als Brechtianer, was mit der Art und Weise zu tun hat, wie in Wagners weiträumiger Ästhetik gegensätzliche Gefühlseinrichtungen (unter anderem in ethischen und politischen

Fragen) unter einem gemeinsamen Dach vereint sind. Baudelaire hörte aus Wagners Musik den »letzten Aufschrei einer zum Äußersten getriebenen Seele« heraus, während Nietzsche selbst nach dem Zerwürfnis Wagner als großen »Miniaturenmaler« und »unseren größten Melancholiker in musicis« pries – und beide hatten recht. Die Wagnerschen Gegensätze tauchen bei Syberberg wieder auf: Radikaldemokrat/rechter Elitedenker, Ästhet/Moralist, ekstatischer Taumel/elegische Trauer.

Syberbergs feindliche Ahnen Brecht und Wagner verdecken die anderen Einflußquellen, aus denen sein Film schöpft, so insbesondere die Ironien und Bilder des Surrealismus. Aber auch Wagners Rolle ist offenbar weit komplexer, als Syberbergs hypnotisches Gebanntsein von Leben und Werk dieses Künstlers signalisiert. Sieht man ab von dem Wagner, den Syberberg sich direkt angeeignet, man möchte sagen: *ent*eignet hat, so handelt es sich hier genaugenommen um einen ausgedünnten Wagnerianismus, um eine faszinierende Nachblüte jener Kunstrichtung, die auf dem Boden der Wagnerschen Ästhetik erwuchs: des Symbolismus. (Symbolismus wie Surrealismus lassen sich als Spätformen der romantischen Sensibilität begreifen.) Symbolismus – das war die Wagnersche Ästhetik, in ein allgemeines künstlerisches Produktionsverfahren verwandelt, noch stärker subjektiviert, ins Abstrakte gewendet. Wagner wollte ein ideales Theater, ein Theater der reinsten und stärksten Gefühle, ohne Ablenkungen und Nebensächlichkeiten. Daher ließ er das Orchester im Bayreuther Schauspielhaus unter einer schwarzen Muschel aus Holz vor den Blicken der Zuschauer verbergen und meinte einmal scherzhaft, nachdem er schon das unsichtbare Orchester erfunden habe, würde er am liebsten noch die unsichtbare Bühne erfinden. Die Entdeckung der unsichtbaren Bühne gelang den Symbolisten. Reale Ereignisse müssen für sie gewissermaßen von der Wirklichkeit abgelöst und auf der Idealbühne des Bewußtseins neu inszeniert werden.[1] Und noch näher seiner wortwörtlichen

1 »Statt ein Höchstmaß an äußerer Realität schaffen zu wollen«, schrieb Jacques Rivière, suche der symbolistische Künstler »soviel wie möglich davon in sich aufzuzehren. [...] Er bietet sein Bewußtsein als eine Art Idealbühne dar, auf der [Ereignisse] inszeniert werden können, ohne sichtbar zu werden.« – Rivières Aufsatz *Le roman d'aventure* (1913) ist die beste Darstellung des Symbolismus, die ich kenne.

Erfüllung kam Wagners Traum in jener entmaterialisierten Bühne, die das Kino darstellt.

Syberbergs Film ist ein meisterliches Spiel mit dem symbolistischen Potential des Kinos und wohl das ehrgeizigste symbolische Kunstwerk unseres Jahrhunderts. Als zugleich sinnliches und reflektives Phänomen ist Kino für diesen Filmemacher eine Art idealer Geistestätigkeit, die dort einsetzt, wo die Realität aussetzt: Kino nicht als Fabrikation von Leben, sondern als »Fortsetzung des Lebens mit anderen Mitteln«. In Syberbergs historischen Meditationen in einem Aufnahmestudio werden Ereignisse (mit Hilfe surrealistischer Stilfiguren) visualisiert und bleiben zugleich in tieferem Sinne unsichtbar (das Ideal der Symbolisten). Doch weil dabei auf die für das symbolistische Kunstwerk typische Homogenität des Stils verzichtet wird, besitzt *Hitler – ein Film aus Deutschland* eine pralle Lebendigkeit, die von den Symbolisten als vulgär abgetan worden wäre. Gerade seine stilistischen Brüche und Unreinheiten bewahren den Film vor der allzu verstiegenen Subtilität des Symbolismus, ohne den offenen und umfassenden Charakter seiner Aussage im geringsten einzuschränken.

Der symbolistische Künstler ist vor allem Bewußtsein – ein Schöpfergeist, der (die Quintessenz Wagnerscher Grandiosität und Unbedingtheit in sich tragend) alles sieht und wahrnimmt; der fähig ist, sein Sujet ganz zu durchdringen; der es auslöscht. Syberbergs Betrachtungen über Hitler haben den Hochmut, der diesem Bewußtsein eignet, und die charakteristische Grobmaschigkeit der überdehnten symbolistischen Bewußtseinsstrukturen: das zeigt sich an vagen Gedankenfolgen, die mit Wendungen wie »Manchmal denk ich auch...« beginnen, an elliptischen Sätzen, die mehr Beschwörung als Erklärung sind. Allenthalben Schlußfolgerungen, nirgends Schlüssigkeit. In der symbolistischen Erzählweise stehen alle Einzelteile im Verhältnis der Simultaneität, das heißt sie existieren alle gleichzeitig nebeneinander in jenem überlegenen, herrischen Bewußtsein.

Die Rolle dieses Bewußtseins ist es nicht, eine Geschichte zu entfalten (wie Rivière hervorhebt, hat es die Geschichte von Anfang an hinter sich), sondern Bedeutungen in grenzenloser

Zahl zu stiften. Handlungen, Figuren, Dekorationsstücke können mannigfaltige Bedeutungen haben – und haben sie auch, in der Vorstellung –, man denke nur an die Bedeutungsfülle, mit der Syberberg die Figur des Mädchens ausstattet. Er scheint im subjektiven Bereich das realisieren zu wollen, was Eisenstein in seiner Theorie der »Oberton-Montage« zum Programm erhob. (Eisenstein, der sich selbst in der Tradition Wagners und des Gesamtkunstwerks stehen sah und in seinen theoretischen Arbeiten ausgiebig die französischen Symbolisten zitiert, war der bedeutendste Vertreter der symbolistischen Ästhetik im Umkreis des Kinos). Der Film ist überfrachtet mit Bedeutungen unterschiedlichen Verständlichkeitsgrades, und zusätzliche Bedeutungen stecken in der Dekoration in Gestalt von Andenkenstücken und Talismanen, die der Zuschauer unmöglich alle kennen kann.[2] Dem symbolistischen Künstler ist nicht primär an Darstellung, Erklärung, Mitteilung gelegen. Es paßt ins Bild, daß Syberbergs Dramaturgie darin besteht, das Wort an jene zu richten, die nicht widersprechen können: an die Toten (sie lassen sich Worte in den Mund legen) und an die eigene Tochter (die eine stumme Rolle spielt). Das symbolistische Erzählen ist immer eine postume Angelegenheit; sein Sujet besteht genaugenommen in Konjekturen. Daher die charakteristische Dichte, die »Schwerverständlichkeit« symbolistischer Kunst. Syberberg appelliert (gelegentlich) an einen zweiten Erkenntnisweg, andeutungsweise bezeichnet in einem der wichtigsten Embleme des Films, in Ledoux' Idealbühne in Gestalt eines Auges; es ist das freimaurerische Auge: Auge der Erkenntnis und des esoterischen Wissens. Doch Syberberg wünscht, ja wünscht sich leidenschaftlich, daß sein Film verstanden wird; darum ist er in vieler Beziehung ebenso überdeutlich wie in anderer Beziehung verschlüsselt.

2 So z.B. plazierte Syberberg auf den Tisch neben Harry Baer ein Stück Holz aus Ludwigs »Hundinghütte«, dem (1945 abgebrannten) Theatersaal in Linderhof, dessen Ausgestaltung den Originalbühnenbildern zum ersten Akt der *Walküre* in den ersten beiden Inszenierungen nachempfunden war; weiterhin gibt es in der Dekoration einen Stein aus Bayreuth, ein Andenken vom Hitler-Haus in Berchtesgaden und andere Liebhaberstücke. In einem Fall steuerte ein Schauspieler die Talismane bei: Syberberg bat Heller, ein paar ihm liebgewordene Dinge mitzubringen, und das Foto von Joseph Roth sowie die Buddhafigur aus Hellers Besitz, die während des Weltall-Monologs gegen Ende des zweiten Teils und des langen Monologs im vierten Teil auf dem Schreibtisch neben ihm stehen, kann nur derjenige eben noch identifizieren, der weiß, daß sie sich dort befinden.

Das Verhältnis des symbolistischen Bewußtseins zu seinem Sujet kommt zur Vollendung, wenn das Sujet überwunden, verschlissen, erledigt ist. Syberbergs kühnster Gedanke: daß er mit seinem Film vielleicht Hitler »besiegt« und den Teufel gebannt habe. Diese großartig unverschämte Denkhyperbel bildet den krönenden Abschluß in Syberbergs tiefgründiger Deutung von Hitler als Metapher. (»Von Caligari zu Hitler« – warum dann nicht auch »von Hitler zu *Hitler – ein Film aus Deutschland*«? Und damit Ende.) Sie ergibt sich zudem aus Syberbergs romantischer Auffassung von der Selbstherrlichkeit der Phantasie sowie aus seinem Liebäugeln mit esoterischen Erkenntnisvorstellungen, mit Auffassungen von der Kunst als Magie oder geistiger Alchimie und von der Phantasie als einem Vehikel der schwarzen Mächte.

Hellers Monolog im vierten Teil mündet in eine Aufzählung von Mythen, die sämtlich als Chiffren für die esoterischen Kräfte des Kinos verstanden werden können – beginnend mit Edisons Black Maria (»das schwarze Studio unserer Phantasie«), über schwarze Steine (die Kaaba oder – das beherrschende Bildelement innerhalb der komplexen Ikonographie des Films – der Stein aus Dürers *Melencolia I*), bis hin zu einem Bild aus der aktuellen Gegenwart: das Kino als schwarzes Loch der Phantasie. Wie ein schwarzes Loch – oder unsere Phantasievorstellung davon – bringt das Kino Raum und Zeit zum Einsturz. Die Metapher umschreibt in vollendeter Weise die nervenaufreibende Virtuosität des Films: den Ehrgeiz, sich in unterschiedlichen Räumen und Zeiten gleichzeitig aufzuhalten. Es erscheint nur konsequent, daß Syberbergs Privatmythologie vom subjektiven Kino mit einem Bild aus der Vorstellungswelt der Science fiction endet. Subjektives Kino von solcher Ambitioniertheit und moralischen Energie muß logischerweise in Science fiction umschlagen. So beginnt Syberbergs Film mit dem Sternenhimmel und endet – wie Kubricks *2001* – mit einem Sternenkind.

Mit seiner Hitlerbeschwörung per Mythos und Travestie, Märchen und Science fiction betreibt Syberberg auf seine Weise das Geschäft der Säkularisierung: der Gral ist zerstört (Syberbergs *Anti-Parsifal* beginnt und schließt mit dem Wort »Gral« – dies der eigentliche Titel des Films); von Erlösung zu träumen, ist nicht länger statthaft. Seine Mythologisierung der Geschichte rechtfertigt Syberberg als skeptisches Unternehmen: Mythos als »Mutter von Ironie und Pathos«, nicht Mythen, die neue Glaubenssysteme hervorbringen. Wer allerdings die Auffassung vertritt, daß Hitler Deutschlands »Schicksal« war, kann kaum als Skeptiker gelten. Syberberg will immer das eine *und* das andere zugleich – will alles. Die Methode seines Films ist der Widerspruch, die Ironie. Und indem er seine geniale Begabung für das Naive einschaltet, will er selbst diese Komplexität noch hinter sich lassen. Er begeistert sich an Vorstellungen voller Unschuld und Pathos – an romantisch-idealistischen Überlieferungen, sentimentalen Assoziationen zu Kinderfiguren (vgl. die Rolle seiner Tochter, das Neugeborene aus Runges *Morgen,* Ludwig II. als bärtiges, weinendes Kind), an Träumen von einer idealen Welt ohne Komplikationen und ohne Mittelmaß.

Die älteren Teile von Syberbergs Trilogie sind elegische Porträts zweier unentwegter Paradiesträumer: Ludwig II., der Schlösser bauen ließ, die eigentlich Bühnenbilder waren, und der Wagners Bayreuther Traumfabrik finanzierte, und Karl May, der in Romanen von unvorstellbarer Popularität ein romantisch verklärtes Bild von Indianern, Arabern und anderen Exoten zeichnete und in den berühmtesten – in seiner *Winnetou*-Trilogie – die Zerstörung von Schönheit und Heldentum durch die heraufkommende technische Zivilisation anprangerte. Ludwig und Karl May faszinieren Syberberg als tapfere, dem Untergang geweihte Anhänger der Großen Verweigerung gegenüber der modernen industriellen Zivilisation. Was er am meisten verabscheut, zum Beispiel Porno und Kulturkommerz, setzt Syberberg mit der Moderne gleich. (Diese Haltung krassester Überheblichkeit gegenüber allem Modernen erinnert an Hans Sedlmayr, Verfasser des Buches *Verlust der Mitte* und in den fünfziger Jahren an der Münchner Universität Syberbergs Lehrer in Kunstgeschichte.) Der Film ist Trauerarbeit für die Moderne, ihre Wegbereiter und ihre Gegner. Wenn Hitler *auch* »Utopiker« ist, wie Syberberg meint, dann ist Syberberg dazu verurteilt, Post-Utopiker zu sein, ein Utopiker mit der Einsicht, daß utopisches Denken und Empfinden hoffnungslos diskreditiert worden sind. Syberberg glaubt nicht an den »neuen Menschen«, dieses ewige Thema von Kulturrevolutionen rechter wie linker Provenienz. Wie sehr er sich auch zur Lehre vom romantischen Genie hingezogen fühlen mag – im Grunde glaubt er nur an Goethe und eine solide klassisch-humanistische Gymnasialbildung.

Natürlich kann man in Syberbergs Film die üblichen Widersprüche entdecken: zwischen Poesie der Utopie und Vergeblichkeit der Utopie, Rationalismus und Magie. Doch bestätigt sich darin nur, was für ein Film *Hitler – ein Film aus Deutschland* wirklich ist. Science fiction ist nämlich nichts anderes als eine in Handlung umgesetzte Mischung von utopischen Sehnsüchten und dystopischen Phantasien und Angst; die zwiespältige Erwartung des nahen Weltendes und eines weltgeschichtlichen Neubeginns in dramatisierter Form. Syberbergs Film über die Geschichte ist *auch* moralische und kulturelle Science fiction. Raumschiff Goethehaus.

In melancholischer, ausgedünnter Form kann Syberberg etwas von Wagners Konzeption der Kunst als Heilung, Erlösung, Läuterung bewahren. Das Kino ist für ihn der »schönste Trost« für die Verwüstungen der modernen Geschichte, eine Art »Rettung« »unserer vom Fortschritt unterdrückten Sinnlichkeit«. Daß die Kunst in gewisser Weise die Errettung der Wirklichkeit bedeutet, weil sie höher steht als die Wirklichkeit – das war es, woran die Symbolisten letztlich glaubten. Syberberg macht aus dem Kino das letzte, umfassendste, gespenstischste Paradies. Darin erinnert er an Godard. Syberbergs Cinéastentum hat an dem ungeheuren Pathos des Films mit teil; es ist vielleicht das einzige Beispiel von unfreiwilliger Pathetik darin. Denn ungeachtet Syberbergs eigener Ansicht: auch das Kino zählt heute zu den verlorenen Paradiesen. In dieser Zeit der beispiellosen Mittelmäßigkeit des Kinos hat Syberbergs Meisterwerk etwas Anachronistisches, etwas vom Charakter einer Spätgeburt.

Naturalistische Darstellungsweisen verschmähend, entwickelte die Romantik einen Stil der Melancholie: stark persönlich gefärbt, die Verlängerung eines gemarterten Ichs, mit dem Agon zwischen Künstler und Gesellschaft im thematischen Zentrum. Als letzter hat Thomas Mann dieser romantischen Sicht der Ich-Problematik nochmals tiefsten Ausdruck verliehen. Postromantiker wie Syberberg bedienen sich eines unpersönlichen Stils der Melancholie. Im

Zentrum steht jetzt das Verhältnis zwischen Eingedenken und Vergangenheit: der Zusammenprall zwischen der Möglichkeit des Sich-Erinnerns, Weitermachens, und dem lockenden Vergessen. Eine – ahistorische – Version dieses Agons gibt uns Beckett, eine zweite – geschichtsbesessene – Syberberg.

Die Vergangenheit zu begreifen und sie dadurch zu überwinden, ist Syberbergs größter moralischer Ehrgeiz. Sein Problem ist, daß er nichts auslassen kann. Sein Sujet ist so lang und breit (und mit allem, was er tut, macht er es nur noch länger und breiter), daß er es von unzähligen entfernten Blickpunkten angehen muß. Man kann in diesem leidenschaftlich redseligen Film alles mögliche antreffen (ausgenommen die marxistische Perspektive und jede auch noch so geringe Spur von feministischem Bewußtsein). Obgleich er sich bemüht zu schweigen (im Bild des Mädchens, der Sterne), kann Syberberg einfach nicht zu reden aufhören, so hitzig entflammt ist er. Eben geht der Film zu Ende – aber Syberberg will noch schnell ein weiteres, hinreißendes Bild fabrizieren. Und selbst wenn der Film dann wirklich zu Ende ist, hat er uns immer noch etwas zu sagen und hängt Postskripte an: das Heine-Motto, den Hinweis auf Mogadischu und Stammheim, eine abschließende orakelhafte Syberberg-Sentenz, eine letzte Beschwörung des Gralsmotivs. Der Film ist selber die Schöpfung einer Welt, aus der ihr Schöpfer (man fühlt es) sich nur mit größter Mühe zurückziehen kann – genauso wie der hingerissene Zuschauer; diese Lektion in der Kunst der Einfühlung erregt wollüstige Beklemmung, Angst vorm Aufhören. Verloren im schwarzen Loch der Phantasie, muß der Filmemacher alles vor seinem Blick erstehen lassen, identifiziert er sich mit allem und nichts.

Von Walter Benjamin stammt der Gedanke, daß die Melancholie der Ursprung des wahren – das heißt gerechten – Geschichtsverständnisses sei. Das wahre Geschichtsverständnis, so heißt es in Benjamins letzter im Umriß vollendeten Arbeit, »ist ein Verfahren der Einfühlung. Sein Ursprung ist die Trägheit des Herzens, die acedia«. Syberberg teilt in gewissem Umfang diese Auffassung von der positiven Funktion der Melancholie. Doch er hat nicht die Ambivalenz, die Trägheit, die Komplexität, die Spannung des saturnischen Charakters. Syberberg ist kein eigentlicher Melancholiker, sondern ein *exalté*. Er benutzt allerdings das charakteristische Handwerkszeug des Melancholikers – allegorische Requisiten, Talismane, versteckte Selbstzitate und Selbstverweise – und leistet mit seinem nicht zu unterdrückenden Talent zur Empörung und Begeisterung »Trauerarbeit«. Der Begriff taucht bei ihm erstmals am Schluß des *Winifred-Wagner*-Films von 1975 auf: »Dieser Film ist ein Teil von Hans Jürgen Syberbergs Trauerarbeit.« Dabei sehen wir ihn lächeln.

Syberberg ist ein echter Elegiker. Sein Film ist tonisch, hochgestimmt. Die poetische Logorrhöe der späten Filme Godards, ihr mit belegter, beklommener Stimme vorgetragener Redeschwall, offenbart die verbitterte Überzeugung, daß Reden niemals etwas zu exorzieren vermag; im Gegensatz zu Godards Betrachtungen aus dem Off strotzen die Betrachtungen der beiden Sprecher Syberbergs, Heller und Baer, geradezu von gelassener Selbstsicherheit. Syberberg, im Temperament offenbar das genaue Gegenteil von Godard, setzt ein kaum noch zu überbietendes Vertrauen in die Sprache, in die Rede, ja in die Überredungskunst. Sein Film will einfach alles sagen. Syberberg zählt zur Künstlersorte der Wagner, Artaud, Céline, des späten Joyce, die mit ihrem Schaffen die Werke anderer auslöschen. Sie alle sind Künstler, die endlos sprechen, endlos singen – Stimmen, die unaufhörlich weitermachen und weitermachen. Auch Beckett würde man ihnen zurechnen müssen, gäbe es nicht bei ihm eine Gegenkraft, die ihn bremst – ist es gesunde Vernunft, Haltung, Takt, Feingefühl, ist vielleicht seine Energie geringer, seine Verzweiflung größer? Desgleichen müßte man wohl auch Godard dazurechnen, wäre bei ihm nicht der Zweifel am Sinn des Sprechens zu spüren und jene (auf Sympathie wie Antipathie gleichermaßen sich erstrekkende) Gefühlshemmung, die aus dem Bewußtsein der Ohnmacht von Sprache kommt. Von derlei Zweifeln, die heute zur künstlerischen Standardausstattung gehören und offenbar eine hauptsächlich hemmende Wirkung ausüben, hat Syberberg sich freihalten können. Das hat im Ergebnis zu einem ganz und gar außergewöhnlichen Film geführt, außergewöhnlich in seiner emotionalen Ausdruckskraft, seiner großartigen visuellen Schönheit, seiner moralischen Leidenschaft und seiner Parteinahme für kontemplative Werte.

Dieser Film möchte alles auf einmal sein. In beispiellosem

Ehrgeiz hat Syberberg sich in *Hitler – ein Film aus Deutschland* Ziele gesetzt, die alles hinter sich lassen, was man je auf der Leinwand gesehen hat. Dieses Werk verlangt nach einer besonderen Form der Auf- und Anteilnahme, es lädt zum Nachdenken ein, zum Wieder- und Wiedersehen. Je tiefer man eindringt in sein stilistisches Beziehungsgeflecht und seine vielfältige Bedeutung, desto mehr beginnt dieser Film zu vibrieren. (Große Kunstwerke im Stil des Pastiche belohnen stets die Mühe eines intensiven Studiums. Nichts anderes meinte Joyce mit seiner kühnen Bemerkung, der ideale Leser seines Werks wäre einer, der ihm sein ganzes Leben widmen könnte.) Syberbergs Film zählt zu jener Kategorie nobler Meisterwerke, die unbedingte Gefolgschaft verlangen und sie auch erzwingen können. Hat man *Hitler – ein Film aus Deutschland* gesehen, so steht da Syberbergs Film – und dort stehen dann die anderen Filme, die man bewundert (nicht mehr allzu viele heutzutage, leider). Wie man trauernd über Wagner gesagt hat: Er macht uns unduldsam gegen die anderen.

(1979)

Erinnerung an Barthes

Roland Barthes war vierundsechzig, als er letzte Woche starb, aber seine Karriere war jünger, als dieses Lebensalter vermuten läßt, denn er war siebenunddreißig, als er sein erstes Buch veröffentlichte. Nach dem verspäteten Anfang kamen viel Bücher, viele Themen. Man hatte das Gefühl, daß er einfach zu jedem Thema Einfälle produzieren konnte. Setz ihn vor eine Zigarrenkiste – er wird ein, zwei, viele Einfälle haben – ein kleiner Essay. Es war keine Frage von Wissen (zu manchen der Themen, über die er schrieb, kann er nicht viel gewußt haben), sondern von Wachheit, einer kritischen Umsetzung all dessen, was man zu einem Gegenstand denken kann, war er einmal dem Strom der Aufmerksamkeit ausgesetzt. Es gab da immer irgendein feines Netz von Klassifizierung, in dem sich das Phänomen fangen ließ.

In seiner Jugend agierte er ein bißchen in einer avantgardistischen Theatertruppe der Provinz, schrieb Theaterkritiken. Und etwas vom Theater, eine profunde Liebe zum äußeren Schein, färbte auf sein Werk ab, als er seine Berufung als Schriftsteller mit ganzer Kraft auszuüben begann. Sein Sinn für Ideen war dramaturgisch: eine Idee lag immer im Wettstreit mit einer anderen Idee. Als er sich auf die inzestuöse intellektuelle Bühne Frankreichs katapultierte, nahm er den Kampf mit dem traditionellen Feind auf: was Flaubert »Gemeinplätze« nannte und als »bourgeoise« Mentalität geläufig wurde; was Marxisten mit dem Begriff des falschen Bewußtseins brandmarkten und Sartreianer als schlechten Glauben; was Barthes, der einen Universitätsabschluß in klassischer Philologie hatte, *doxa* (allgemein herrschende Meinung) nennen sollte.

Er trat in den Nachkriegsjahren an, im Schatten der moralistischen Fragestellungen Sartres, und zwar mit Manifesten darüber, was Literatur ist *(Am Nullpunkt der Literatur)*, und mit geistreichen Porträts der bürgerlichen Stammesidole (gesammelt in *Mythen des Alltags*). Polemisch sind alle seine Schriften. Aber der tiefste Antrieb seines Temperamentes war nicht Kampf. Es war Verherrlichung. Seine entlarvenden Raubzüge, die als Grundlage die Bereitschaft brauchten, sich angesichts von Eitelkeit, Beschränktheit, Heuchelei zu entrüsten – sie legten sich allmählich. Es lag ihm mehr daran, Lob zu spenden, seine Passionen mit-zu-teilen. Er war ein Taxonom des Jubilierens und des ernsten Spiels des Geistes.

Was ihn faszinierte, waren geistige Klassifizierungen. Daher auch sein unerhörtes Buch *Sade, Fourier, Loyola,* das, um die drei – obsessive Klassifizierer ihrer eigenen Obsessionen – als unerschütterliche Verfechter der Phantasie nebeneinanderzustellen, sämtliche Wesensmerkmale, die eben einen Vergleich zwischen ihnen *ausschließen,* tilgt. Seinem Geschmack nach war er kein Moderner (trotz seiner tendenziösen Gönnerschaft gegenüber solchen Gurus der Pariser literarischen Moderne wie Robbe-Grillet und Philippe Sollers), aber seinem Tun nach war er ein Moderner. Das heißt, er war unverantwortlich, spielerisch, formalistisch – über Literatur sprechend Literatur produzierend. Was ihn an einem Werk reizte, war, wofür es Partei ergriff und welches System von Regelverletzungen es enthielt. Er interessierte sich geflissentlich für das Perverse (er hatte die altmodische Ansicht, daß es befreiend sei).

Alles, was er schrieb, war interessant – lebhaft, voller Tempo, dicht, *pointiert.* Die meisten seiner Bücher sind Sammlungen von Essays. (Zu den Ausnahmen gehört ein frühes polemisches Buch über Racine. Ein Buch von uncharakteristischer Länge und Ausführlichkeit über die Semiologie der Modewerbung, das er schrieb, um seinen akademischen Tribut zu zollen, hatte den Stoff zu etlichen virtuosen Essays.) Er hat nichts produziert, was man Jugendwerk nennen könnte; die elegante, anspruchsvolle Stimme war von Anfang an da. Aber der Rhythmus wurde während der letzten zehn Jahre schneller, wo alle ein, zwei Jahre ein neues Buch erschien. Die Gedanken kamen rascher. In seinen jüngsten Büchern war die Form des Essays selbst gesprengt – und durchlöcherte des Essayisten Scheu, das »Ich« zu verwenden. Das Schreiben nahm die Freiheiten und Risiken von Aufzeichnungen an. In *S/Z* erfand er eine Balzacsche Novelle neu in Form einer widerborstig einfallsreichen Textglosse. Dann waren da die blendenden Anhänge zu *Sade, Fourier, Loyola* in der Manier von Borges; das parafiktionale Feuerwerk von Wechselwirkungen zwischen Text und Fotografien, zwischen Text und halbverschleierten Verweisen in seinen autobiographischen Schriften; die Verherrlichung der Illusion in seinem letzten Buch, über Fotografie, das vor zwei Monaten erschien.

Er war besonders empfänglich für die Faszination, die diese stechend scharfe Aufzeichnung, die Fotografie, ausübt. Die vielleicht bewegendste von den Fotografien, die er für *Roland Barthes par Roland Barthes (Über mich selbst)* ausgewählt hat, zeigt ein überdimensioniertes Kind, Barthes im Alter von zehn Jahren, auf dem Arm seiner jungen Mutter, an sie geklammert (»Nach Liebe heischen« betitelte er es). Er hatte ein amouröses Verhältnis zur Wirklichkeit – und zum Schreiben, beides war für ihn dasselbe. Er schrieb über alles; bestürmt von Ersuchen, zu bestimmten Anlässen zu schreiben, nahm er so viele Aufträge an, wie er konnte; er wollte von einem Thema verführt werden, war es auch oft. (Verführung wurde mehr und mehr zu seinem Thema.) Wie alle Schriftsteller klagte er darüber, daß er überarbeitet sei, daß er zu viele Verpflichtungen eingehe, daß er mit der Arbeit nicht nachkomme – tatsächlich aber war er einer der diszipliniertesten, sichersten, schreibhungrigsten Schriftsteller, die ich gekannt habe. Er fand die Zeit, viele beredte, intellektuell erfinderische Interviews zu geben.

Als Leser war er penibel, aber nicht unersättlich. Da er über nahezu alles, was er las, auch schrieb, konnte man mutmaßen, daß er es, wenn er nicht darüber schrieb, wohl auch nicht gelesen hatte. Er war ebensowenig Kosmopolit wie es die meisten französischen Intellektuellen gewesen sind (eine Ausnahme war sein geliebter Gide). Gut beherrschte er keine Fremdsprache und hatte auch wenig fremdsprachige Literatur gelesen, nicht einmal in Übersetzungen. Die einzige Fremdsprache, an der ihm gelegen schien, war Deutsch: früh hatte er sich mächtig für Brecht begeistert; in jüngerer Zeit hatte ihn das Leid, diskret nachvollzogen in den *Fragments d'un discours amoureux*, zu den *Leiden des jungen Werthers* und zum deutschen Kunstlied geführt. Er war nicht neugierig genug, um sein Lesen seinem Schreiben ins Gehege kommen zu lassen.

Es machte ihm Freude, berühmt zu sein, mit einfallsreicher, stets neuer Lust: in Frankreich sah man ihn in den letzten Jahren häufig im Fernsehen, die *Fragments d'un discours amoureux* waren ein Bestseller. Und doch sprach er davon, wie es ihm nicht geheuer sei, jedesmal seinen Namen zu finden, wenn er eine Zeitschrift oder eine Zeitung durchblättere. Sein Sinn für Privatsphäre äußerte sich auf exhibitionistische Weise. Über sich selbst schreibend gebrauchte er häufig die dritte Person, als behandele er sich selbst als fiktiv. Das späte Werk enthält vieles an kritischer Selbstoffenbarung, aber immer in spekulativer Form (nicht eine Anekdote über das eigene Selbst, die nicht mit einem Einfall zwischen ihren Zähnen daherkäme), an erlesener Meditation über das Gebiet des Persönlichen; der letzte Artikel, den er veröffentlichte, behandelte das Führen eines Tagebuches. Sein ganzes Werk ist ein unermeßlich komplexes Unternehmen der Selbst-Beschreibung.

Nichts entging der Aufmerksamkeit dieses hingebungsvollen, einfallsreichen Studierenden seiner selbst: die Speisen, Farben, Gerüche, die ihn ansprachen; die Art und Weise, wie er las. Eifrige Leser, so bemerkte er einmal in einer Vorlesung in Paris, zerfallen in zwei Gruppen: die, die in ihren Büchern unterstreichen, und die, die das nicht tun. Er gehöre zur zweiten Gruppe, sagte er: er mache sich niemals Zeichen in das Buch, über das er zu schreiben gedenke, sondern übertrage sich Schlüsselexzerpte auf Karteikarten. Ich habe die Theorie, die er damals darüber fabrizierte, vergessen, deshalb werde ich mir eine eigene improvisieren. Ich verbinde seine Aversion gegen das Anstreichen von Textstellen in Büchern mit der Tatsache, daß er zeichnete – und daß dieses Zeichnen, dem er ernsthaft nachging, eine Art des Schreibens war. Die visuelle Kunst, die ihn anzog, kam von der Sprache her, ist eigentlich eine Spielart des Schreibens; er schrieb Essays über Ertés aus menschlichen Figuren gebildetes Alphabet, über die kalligraphische Malerei von Réquichot, von Twombly. Seine Abneigung gegen das Unterstreichen erinnert an jene tote Metapher vom Werks-»Körper« – man beschriftet eben normalerweise nicht den Körper, den man liebt.

Die in seinem Temperament liegende Abneigung dem Moralistischen gegenüber kam in den letzten Jahren deutlicher zum Vorschein. Nach einigen Jahrzehnten pflichtgetreuen Festhaltens an recht-gesonnenen (das heißt: linken) Standpunkten trat 1974 der Ästhet in ihm ans Licht der Öffentlichkeit, als er mit ein paar nahen Freunden und literarischen Bundesgenossen, dazumal Maoisten, nach China fuhr; auf den kärglichen drei Seiten, die er nach seiner Rückkehr schrieb, sagte er, daß ihn das Moralisieren unbeeindruckt gelassen und die Asexualität und kulturelle Uniformität gelangweilt hätten. Ästhet zu sein bekommt durch Barthes' Werk, neben dem von Wilde und Valéry, einen guten Klang. Vieles in seinen jüngsten Schriften ist die Verherrlichung einer Intelligenz der Sinne und der Texte des Sinnenreizes. Die Sinne verteidigend verriet er niemals den Geist. Barthes hegte keinerlei romantische Klischees über den Gegensatz zwischen sinnlicher und geistiger Wachheit.

Es geht in seinem Werk um Traurigkeit, überwunden, oder geleugnet. Er hatte entschieden, daß alles als System behandelt werden konnte – als Diskurs, als Gerüst von Klassifizierungen. Wo alles ein System war, war alles überwindbar. Aber schließlich wurde er der Systeme müde. Sein Geist war zu wendig, zu ambitioniert, zu hingezogen zum Risiko. Er schien ängstlicher zu sein und verletzbarer in den letzten Jahren, da er produktiver wurde denn je. Er hatte immer, wie er über sich selbst anmerkte, »sukzessive unter der Ägide eines großen Systems (Marx, Brecht, der Semiologie, des ›Textes‹) gearbeitet. Heute scheine es ihm, als schreibe er offener, ungeschützter...« Er entledigte sich der Meister und Meisterideen, bei denen er sich versorgt hatte (»Um zu sprechen, muß man Unterstützung seitens anderer Texte suchen«, erklärte er), um dann doch nur im Schatten seiner selbst zu stehen. Er wurde sich selbst zum Groß-Schriftsteller. 1977 befleißigte er sich emsiger Teilnahme an den Sitzungen einer siebentägigen Konferenz, die seinem Werk gewidmet war – er kommentierte, machte sanfte Einwürfe, hatte sein Vergnügen. Er veröffentlichte eine eigene Rezension seines spekulativen Buches über sich selbst (Barthes über Barthes über Barthes). Er erkor sich zum Hirten über die Herde seiner Jünger.

Dumpfe Qualen, ein Gefühl von Unsicherheit waren da,

eingestandenermaßen – zugleich mit der tröstenden Annahme, er stehe am Rande eines großen Abenteuers. Als er vor anderthalb Jahren in New York war, bekannte er in der Öffentlichkeit mit nahezu bebendem Heldenmut sein Vorhaben, einen Roman zu schreiben. Nicht den Roman, den man von einem Kritiker erwarten dürfte, der Robbe-Grillet für eine Weile zu einer anscheinend zentralen Gestalt zeitgenössischer Belletristik gemacht hat; den man von einem Schriftsteller erwarten würde, dessen wunderbarste Bücher – *Roland Barthes par Roland Barthes* und *Fragments d'un discours amoureux* – schon selbst Triumphe modernistischer Fiktion darstellen, in jener durch Rilkes *Aufzeichnungen des Malte Laurids Brigge* inaugurierten Tradition, welche Fiktion, essayistische Spekulation und Autobiographie miteinander kreuzt, eher in der Form linearer Aufzeichnungen als der einer linearen Erzählung. Nein, kein modernistischer Roman, sondern ein »richtiger«, sagte er. Wie Proust.

Privat äußerte er den sehnlichen Wunsch, vom akademischen Gipfel herabzusteigen – er hatte seit 1977 einen Lehrstuhl am Collège de France inne –, um sich diesem Roman zu widmen, sprach von seinen Ängsten (dem Anschein nach gegenstandslosen) hinsichtlich materieller Sicherheit im Falle, daß er seinen Lehrposten aufgäbe. Der Tod seiner Mutter vor zwei Jahren war ein schwerer Schlag. Er erinnerte sich, daß erst, nachdem Prousts Mutter gestorben war, Proust in der Lage war, *A la Recherche du temps perdu* zu beginnen. Es war charakteristisch, daß er in seiner ihn zerschmetternden Trauer eine Quelle der Kraft zu finden hoffte.

Wie er manchmal von sich selbst in der dritten Person schrieb, so sprach er gewöhnlich von sich selbst, als habe er kein Alter, und er machte Anspielungen auf seine Zukunft, als wäre er ein sehr viel jüngerer Mann, was er in gewisser Weise auch war. Er sehnte sich nach Größe, und doch spürte er (wie er in *Roland Barthes par Roland Barthes* sagt) immer die Gefahr einer »Regression zu jenem unbedeutenden Ding, jenem alten Ding, das er – wenn ›sich selbst überlassen‹ – ist«. Sein Temperament und die unerschöpfliche Subtilität seines Geistes hatten etwas, das an Henry James erinnerte. Die Dramaturgie der Ideen wich der Dramaturgie des Gefühls; sein innerstes Interesse galt nahezu unnennbaren Dingen. Sein Ehrgeiz hatte etwas von Jamesscher Leidensgröße, wie auch seine Selbstzweifel. Hätte er einen großen Roman schreiben können, so wäre dieser eher in der Nähe des späten James vorstellbar als in der Prousts.

Sein Alter war schwer zu bestimmen. Eher schien er alterslos zu sein – recht passend bei der verqueren Chronologie seines Lebens. Obwohl er viel Zeit mit jungen Leuten verbrachte, niemals affektierte er in irgendeiner Weise Jugendlichkeit oder deren heute dazugehörenden Ungezwungenheiten. Aber er schien eben nicht alt zu sein, obwohl seine Bewegungen langsam waren, seine Kleidung professoral. Es war ein Körper, der zu ruhen wußte: ein Schriftsteller, wie García Marquez einmal bemerkt hat, muß zu ruhen wissen. Er war sehr fleißig, jedoch auch sybaritisch. Er war heftig, aber geschäftsmäßig darum besorgt, eine reguläre Ration an Lust zu empfangen. Er hatte in seiner Jugend über viele Jahre hinweg ein tuberkulöses Leiden gehabt, und man hatte den Eindruck, als habe er erst relativ spät zu seinem Körper gefunden, wie auch zu seinem Geist, seiner Produktivität. Auslandsreisen (Marokko, Japan) brachten sinnliche Offenbarungen; allmählich, etwas verspätet, nahm er die beträchtlichen sexuellen Privilegien in Anspruch, über die ein Mann von seinen sexuellen Neigungen und seiner Berühmtheit verfügt. Er hatte etwas Kindliches an sich, mit seiner Wehmut, mit dem rundlichen Körper und der sanften Stimme und der schönen Haut, mit der ausschließlichen Ichbezogenheit. Er hockte gern mit Studenten in Cafés; er wollte in Bars und Discos mitgenommen werden – aber, sexuelle Transaktionen beiseite, das Interesse, das er an einem fand, lief auf das Interesse hinaus, das man an ihm fand. (»Ah, Susan. Toujours fidèle«, waren die Worte, mit denen er mich herzlich begrüßte, als wir einander das letzte Mal sahen. War ich auch, bin ich noch.)

Das etwas Kindliche unterstrich er auch durch die Beharrlichkeit, mit der er wie Borges darauf bestand, daß das Lesen eine Form des Glücks, eine Form der Freude sei. Diese Behauptung hatte aber auch etwas, das nicht gerade unschuldig war – den schrillen Klang erwachsener sexueller Angeberei. Mit seiner grenzenlosen Fähigkeit zu Selbstanspielungen machte er das Er-finden von Sinnfälligem dem Streben nach Lustgewinn dienstbar. Beides wurde gleichgesetzt: Lesen als *jouissance* (das französische Wort für Freude, das zugleich Orgasmus bedeutet); die Lust am Text. Auch das war typisch. Er war, in seiner sinnlichen Lust am Geist, ein großer Versöhner. Er hatte wenig Gespür für das Tragische. Er fand immer den Vorteil eines Nachteils. Obwohl bei ihm viele der ständigen Themen des modernen Kulturkritikers anklingen, war er alles andere als katastrophenbesessen. Sein Werk hat keine Visionen des Jüngsten Gerichts, des Untergangs der Zivilisation, der Unausweichlichkeit der Barbarei zu bieten. Es ist nicht einmal elegisch. Altmodisch von Geschmack in mancherlei Hinsicht, hing er nostalgisch dem Dekorum und der Gebildetheit einer älteren bürgerlichen Ordnung nach. Aber er hat auch viel gefunden, was ihn mit der Moderne versöhnte.

Er war äußerst höflich, ein bißchen weltfremd, nachgiebig – er verabscheute Gewalt. Er hatte schöne Augen, und das sind immer traurige Augen. Etwas Trauriges hatte all sein Sprechen über Lust; die *Fragments d'un discours amoureux* sind ein sehr trauriges Buch. Aber er hatte Ekstase erfahren und wollte sie verherrlichen. Er war ein großer Liebhaber des Lebens (und Leugner des Todes); das Anliegen seines ungeschriebenen Romans war es, so sagte er, das Leben zu preisen, Dankbarkeit auszudrücken, daß er lebendig sei. Bei dem ernsten Geschäft der Lust, bei dem glänzenden Spiel seines Geistes, immer war da dieser Unterstrom von Leidensgröße – nun noch durchdringender in seinem verfrühten, demütigenden Tod.

(1980)

Geist als Leidenschaft

> Ich kann nicht bescheiden werden; es brennt mich zuviel; die alten Lösungen zerfallen; zu den neuen ist noch nichts getan. So fange ich denn an, überall zugleich, als hätte ich hundert Jahre vor mir.
>
> Canetti, 1943

Die Rede, die Elias Canetti im November 1936 in Wien anläßlich des fünfzigsten Geburtstags von Hermann Broch gehalten hat, umreißt unerschrocken einige der für Canetti charakteristischen Themen und ist eine der großmütigsten Würdigungen, die je ein Schriftsteller einem anderen dargebracht hat. Eine solche Würdigung schafft die Voraussetzungen für eine Nachfolgerschaft. Wo Canetti bei Broch die für einen großen Schriftsteller notwendigen Eigenschaften findet – er besitzt Originalität; er hat den ernsten Willen zur Zusammenfassung seiner Zeit; er steht gegen seine Zeit – skizziert er die Maßstäbe, denen er sich selbst verpflichtet hat. Wo er Broch gratuliert, daß er die Fünfzig erreicht hat (Canetti war damals einunddreißig) und dieses Alter als gerade die Hälfte dessen bezeichnet, was ein menschliches Leben ausmachen sollte, bekennt er den Haß auf den Tod und die Sehnsucht nach langem Leben, die Kennzeichen seines eigenen Werkes sind. Wo er Brochs intellektuelle Unersättlichkeit rühmt und die Vision eines entfesselten Geistes beschwört, bekundet Canetti sein eigenes, gleichermaßen glühendes Verlangen. Und mit der Großherzigkeit seiner Hommage fügt Canetti diesem Porträt des Schriftstellers als noblen Gegners seiner Zeit ein weiteres Element hinzu: den Schriftsteller als noblen Bewunderer.

Seine Ehrung Brochs sagt viel über die Lauterkeit der moralischen Haltung und der Kompromißlosigkeit, die Canetti anstrebt, und über seinen Wunsch nach starken, ja überwältigenden Vorbildern. Noch 1965 beschwört Canetti in einem Essay die hemmungslose Bewunderung, die er in den zwanziger Jahren als Student in Wien für Karl Kraus empfand, um den Wert zu verteidigen, den er darin sieht, wenn ein ernsthafter Schriftsteller zumindest zeitweilig der Autorität eines anderen verfallen ist: der Essay über Kraus handelt im Grunde von einer Philosophie der Bewunderung. Er begrüßt es, von würdigen Feinden gefordert zu werden (Canetti zählt einige »Feinde« – Hobbes und Maistre – zu seinen Lieblingsschriftstellern), an unerreichbarer, demütigender Größe stärker zu werden. Über Kafka, den er von allen am beharrlichsten bewundert, bemerkt er: »Man wird gut, während man ihn liest, aber ohne stolz darauf zu sein.«

So vorbehaltlos ergibt sich Canetti der Pflicht und dem Vergnügen, andere zu bewundern, so anspruchsvoll ist seine Auffassung von der Berufung des Schriftstellers, daß er in Demut – und Stolz – auf charakteristisch unpersönliche Weise extrem mit sich selbst befaßt ist. Er ist ganz davon in Anspruch genommen, jemand zu sein, den *er* bewundern kann. Das ist ein Hauptanliegen in der *Provinz des Menschen,* einer Auswahl aus den Aufzeichnungen, die Canetti von 1942 bis 1972 gemacht hat, während er vorwiegend an seinem großartigen Buch *Masse und Macht* (1960) gearbeitet und geschrieben hat. Ständig stachelt sich Canetti in diesen Notizen durch das Beispiel der großen Toten an, überprüft die intellektuelle Notwendigkeit dessen, was er unternimmt, mißt seine geistige Temperatur, schaudert vor Schrecken, da der Kalender seine Blätter abwirft.

Andere Züge kommen zu dem Bild des selbstsicheren, großzügigen Bewunderers hinzu: Furcht, nicht unverfroren oder ehrgeizig genug zu sein, Ungeduld gegenüber dem bloß Persönlichen (eines der Zeichen für eine starke Persönlichkeit ist, wie Canetti sagt, die Liebe zum Unpersönlichen) und Abscheu vor Selbstmitleid. Zu dem, was Canetti im ersten Band seiner Autobiographie, *Die gerettete Zunge* (1977), aus seinem Leben für mitteilenswert hält, gehören diejenigen, die er bewundert, von denen er gelernt hat. Mit Leidenschaft berichtet Canetti, wie alles *für* ihn, nicht gegen ihn gearbeitet hat; seine Geschichte ist die einer Befreiung: ein Geist – eine Sprache – eine Zunge, »gerettet«, um die Welt zu durchwandern.

Diese Welt hat eine komplexe geistige Geographie. Geboren im Jahre 1905 in eine weitverzweigte sephardische Familie, die sich damals in Bulgarien niedergelassen hatte (sein Vater und seine Großeltern väterlicherseits kamen aus der Türkei), versetzte ihn seine Kindheit an immer andere Orte. Wien, wo seine beiden Eltern zur Schule gegangen waren, war die geistige Hauptstadt all dieser Orte, zu denen England gehört, wohin die Familie zog, als Canetti sechs Jahre alt war; Lausanne und Zürich, wo er einige Jahre zur Schule ging; und Aufenthalte in Berlin Ende der zwanziger Jahre. Nach Wien brachte die Mutter ihn und seine beiden jüngeren Brüder, nachdem der Vater 1912 in Manchester gestorben war, und von Wien aus ging Canetti 1938 in die Emigration, verbrachte ein Jahr in Paris, und zog dann nach London, wo er seitdem lebt. »Erst im Exil kommt man darauf«, so vermerkte er, »zu einem wie wichtigen Teil die Welt schon immer eine Welt von Verbannten war« – eine charakteristische Bemerkung, insofern sie der eigenen schwierigen Lage etwas von ihrer Besonderheit nimmt.

Er hat, beinahe als Geburtsrecht, das mühelos zu verallgemeinernde Verhältnis des Exilschriftstellers zu dem Ort, an dem er lebt: ein Ort ist eine Sprache. Und viele Sprachen zu kennen bedeutet, viele Orte als Territorium für sich beanspruchen zu können. Das Beispiel der Familie (sein Großvater väterlicherseits brüstete sich damit, siebzehn Sprachen zu können), das lokale Sprachengemisch (in der Hafenstadt an der Donau, wo er geboren wurde, so sagt Canetti, konnte man Tag für Tag sieben oder acht Sprachen sprechen hören) und das große Tempo der kindlichen Erfahrungen – all das förderte ein unersättliches Verhältnis zur Sprache. Leben hieß Sprachen erwerben – seine waren Ladino, Bulgarisch, Deutsch (die Sprache, in der seine Eltern miteinander redeten), Englisch, Französisch – und »überall« sein.

Daß Deutsch die Sprache seines Geistes wurde, bestätigt Canettis Ortlosigkeit. Ehrfürchtige Würdigungen, die er Goethes inspirierendem Einfluß zollt, in sein Notizbuch geschrieben, während die Bomben der deutschen Luftwaffe auf London fielen, bekunden jene Loyalität gegenüber der deutschen Kultur, welche ihn in England immer einen Fremden bleiben lassen sollte – und er hat nun wohl über die Hälfte seines Lebens dort verbracht – und welche Canetti – Privileg und Bürde für den Juden, der er ist – als das höhere Weltbürgertum versteht. Er wird weiterhin deutsch schreiben – »weil ich Jude bin«, vermerkte er 1944. Mit dieser Entscheidung – einer anderen als sie von den meisten jüdischen Intellektuellen, die vor Hitler geflohen waren, getroffen wurde – hielt es Canetti für nötig, sich nicht vom Haß besudeln zu lassen, ein dankbarer Sohn deutscher Kultur, der dazu beitragen möchte, daß sie etwas wird, was man weiterhin bewundern kann. Und das hat er geschafft.

Canetti soll das Vorbild für die Gestalt des Philosophen in einigen der frühen Romane von Iris Murdoch sein, so zum Beispiel für den Mischa Fox in *Flucht vor dem Zauberer* (Canetti gewidmet), eine Gestalt, deren Kühnheit und mühelose Überlegenheit den eingeschüchterten Freunden ein Rätsel sind.[1] Dieses von außen gezeichnete Porträt läßt vermuten, wie exotisch Canetti auf seine englischen Bewunderer wirken muß. Der Künstler, der auch ein Universalgelehrter ist (oder umgekehrt) und dessen Berufung in der Gelehrsamkeit liegt, ist als Tradition im Englischen nicht heimisch, trotz all der vielen Buchgelehrten, die vor den unerbittlicheren Gewaltherrschaften dieses Jahrhunderts geflohen sind und ihr unvergleichliches Wissen, ihre unbeirrten Vorstellungen von Größe zu den Gestaden jener sich bescheidener nährenden Inseln, wo man englisch spricht, geschleppt haben, große wie kleine Inseln, durch das Meer der europäischen Katastrophe fern.

Von innen gezeichnete Porträts haben uns mit der typischen Gestalt des unruhig umherwandernden Intellektuellen – sei er erbittert und gebeugt von Exil oder nicht – vertraut gemacht. Er

1 »Was ist so merkwürdig an ihm?« wollte er wissen.
»Ach, ich weiß nicht«, sagte Annette, »er ist so ... hm ...«
»Ich finde ihn nicht merkwürdig«, sagte Rainborough, nachdem er vergebens auf das Epitheton gewartet hatte. »Außergewöhnlich ist nur eines an Mischa, von seinen Augen abgesehen, und das ist seine Geduld. Er hat immer hundert Projekte laufen, und er ist der einzige Mensch, den ich kenne, der sich buchstäblich Jahre Zeit läßt, um einen völlig trivialen Plan reifen zu lassen.« Rainborough sah Annette feindselig an.
»Stimmt es, daß er weint, wenn er bestimmte Sachen in der Zeitung liest?« fragte Annette.
»Das halte ich für höchst unwahrscheinlich!« sagte Rainborough. Annettes Augen waren weit geöffnet ...

The Flight from the Enchanter
(Viking Press, 1956; p. 134)

(denn als Typus ist er natürlich ein Mann) ist ein Jude, oder einem Juden vergleichbar; polykulturell, rastlos, frauenfeindlich; ein Sammler; der Selbsttranszendierung verschrieben, ein Verächter der Instinkte; beschwert von Büchern und über Wasser gehalten von der Euphorie des Wissens. Seine wahre Aufgabe ist es nicht, sein Talent für Erkenntnisse zu nutzen, sondern, als Zeuge seiner Zeit, den umfassendsten, *konstruktivsten* Maßstab der Verzweiflung zu errichten. Als exzentrischer Einsiedler stellt er – im Leben wie in der Literatur – eine der größten Errungenschaften der Imagination des 20. Jahrhunderts dar, ein echter Held, in der Verkleidung des Märtyrers. Obwohl Porträts dieser Gestalt in allen europäischen Literaturen vorkommen, sind doch einige der deutschen von bemerkenswerter Autorität – *Der Steppenwolf*, bestimmte Essays von Walter Benjamin; oder von bemerkenswerter Düsterkeit – Canettis einziger Roman, *Die Blendung*, und in jüngerer Zeit von Thomas Bernhard der Roman *Korrektur* und das Theaterstück *Der Weltverbesserer.*

Auto-da-Fé – der englische Titel der *Blendung* – stellt den Einsiedler als naiven Büchernarren dar, der eine Odyssee der Erniedrigung durchlaufen muß. Der gelassen ehelose Professor Kien, ein renommierter Sinologe, führt in seiner Dachwohnung mit seinen fünfundzwanzigtausend Büchern ein zurückgezogenes Leben – Bücher jeglicher Materie, die einen Geist von unersättlicher Gier nähren. Er weiß nicht, wie schrecklich das Leben ist; wird es nicht wissen, bis er von seinen Büchern getrennt wird. Philistertum und Verlogenheit treten in sein Leben in Gestalt einer Frau, immer schon das Prinzip des Geistfeindlichen in dieser Mythologie des Intellektuellen: der weltferne gelehrte Einsiedler heiratet seine Haushälterin, eine Gestalt von einer Monstrosität, wie sie die Bilder von George Grosz oder Otto Dix zeigen – und wird in die Welt hinausgestoßen.

Canetti berichtet, daß *Die Blendung* zunächst – er war vierundzwanzig – als eines von acht Büchern angelegt war, deren jeweilige Hauptfigur ein Monomane sein sollte, der ganze Zyklus sollte »Comédie Humaine an Irren« heißen. Geschrieben aber wurde nur der Roman über den »Büchermenschen« (wie Kien in frühen Entwürfen genannt wird), nicht die Romane über z. B. den religiösen Fanatiker, den Sammler oder den technologischen

Visionär. In der Einkleidung als ein Buch über einen Verrückten – also als Hyperbel – bringt *Die Blendung* vertraute Klischees über weltfremde, leicht übers Ohr zu hauende Intellektuelle und ist von einem außerordentlich erfindungsreichen Frauenhaß inspiriert. Es ist unmöglich, Kiens Zerrüttung nicht als Variationen auf die zuliebst gehegten Verstiegenheiten des Verfassers anzusehen. »Die Beschränkung auf etwas Einzelnes, als ob es alles wäre, ist zu verächtlich«, vermerkte Canetti – *Die Provinz des Menschen* enthält jede Menge solcher Kienscher Bekenntnisse. Der Verfasser der herablassenden Bemerkungen über Frauen, wie sie diese Aufzeichnungen festhalten, mag die Einzelheiten von Kiens Delirium an Misogynie sehr wohl mit Genuß ersonnen haben. Und man kann nicht umhin anzunehmen, daß einige von Canettis eigenen Arbeitspraktiken beschworen werden, wenn der Roman einen ungeheuren Gelehrten in Ausübung seines obsessiven Geschäfts wie einen Fisch im Wasser manischer und raffinierter Ordnungszwänge darstellt. Tatsächlich wäre man ja überrascht, würde man erfahren, daß Canetti keine umfangreiche wissenschaftliche, aber unspezialisierte Bibliothek von den Ausmaßen derjenigen Kiens hat. Diese Art, sich eine Bibliothek aufzubauen, hat nichts mit dem Sammeln von Büchern zu tun, wie es Benjamin so denkwürdig beschrieben hat, wo es sich um eine Leidenschaft für Bücher als materielle Objekte (seltene Bücher, Erstausgaben) handelt. Es ist eher die Materialisierung einer Obsession, deren Ideal es ist, die Bücher in den Kopf zu nehmen; die wahre Bibliothek ist nur ein mnemotechnisches System. Dementsprechend läßt Canetti Kien an seinem Schreibtisch einen wissenschaftlichen Artikel verfassen, ohne daß dieser eine einzige Seite in einem seiner Bücher umblättert, es sei denn im Kopf.

Die Blendung schildert die Stadien von Kiens Wahnsinn als drei Konstellationen von »Kopf« und »Welt« – Kien in Klausur mit seinen Büchern als »Ein Kopf ohne Welt«; umhergetrieben in der bestialischen Stadt, eine »Kopflose Welt«, zum Selbstmord getrieben von der »Welt im Kopf«. Und diese Sprache paßte nicht nur auf den wahnsinnigen Büchermenschen; Canetti benutzte sie später in seinen Aufzeichnungen, um sich selbst zu beschreiben, so z. B., wenn er sein Leben nichts als einen verzweifelten Versuch nennt, alles selbst zu bedenken, damit »es sich in einem Kopf zusammenfindet und darüber wieder Eines wird«, und dabei gerade die Vorstellung bekräftigt, die er in der *Blendung* angeprangert hatte.

Die heroische Unersättlichkeit, die so in den Aufzeichnungen beschrieben wird, ist dasselbe Ziel, das Canetti im Alter von sechzehn Jahren proklamiert hatte – »jetzt will ich alles lernen« –, wofür ihn seine Mutter, wie er in *Die gerettete Zunge* erzählt, als selbstsüchtig und verantwortungslos beschimpfte. Gelüsten, Dürsten, Verlangen – jedes ein leidenschaftliches, aber auch erwerbsträchtiges Verhältnis zu Wissen und Wahrheit. Canetti erinnert sich an eine Zeit, als er, niemals ohne Gewissensbisse, »sogar für den Besitz von Büchern ... kunstvolle Entschuldigungen und Ausreden« erfand. Je unreifer die Unersättlichkeit, desto radikaler die Phantasien, sich der Bürde der Bücher und der Bildung zu entledigen. *Die Blendung*, die damit endet, daß sich der Büchermensch mit seinen Büchern zum Opfer bringt, ist die früheste und roheste dieser Phantasien. Canettis spätere Schriften entwerfen nachdenklichere, besonnenere Phantasien der Entledigung. Eine Aufzeichnung aus dem Jahre 1951: »Sein Traum: alles zu wissen, was er weiß, und es doch nicht zu wissen.«

Die Blendung war Canettis erstes Buch (wenn man von einem Theaterstück absieht, das er 1932 schrieb) und fand bei seinem Erscheinen 1935 den Beifall von Broch, Thomas Mann und anderen – es blieb der einzige Roman – Produkt einer bleibenden Vorliebe für das Hyperbolische und einer Faszination durch das Groteske, die in späteren Werken statischer, beträchtlich weniger apokalyptisch zum Ausdruck kamen. *Der Ohrenzeuge* (1974) ist wie ein abstraktes Destillat des Romanzyklus über Verrückte, den Canetti in seinem dritten Lebensjahrzehnt geplant hatte. Dieses kurze Buch besteht aus raschen Skizzen von fünfzig Formen der Monomanie, von »Charakteren« wie dem »Leichenschleicher«, dem »Saus-und-Braus«, der »Geruchschmalen«, dem »Fehlredner«, dem »Leidverweser«; fünfzig Charaktere und keine Handlung. Die umständlichen Namen deuten auf eine maßlose Selbstbefangenheit hinsichtlich der literarischen Erfindung – denn Canetti ist ein Schriftsteller, der, vom Standpunkt des Moralisten aus, unaufhörlich die Möglichkeit, überhaupt Kunst zu machen, in Frage stellt. »Wenn man schon sehr viele Menschen kennt, erscheint es einem beinahe frevelhaft, noch welche dazu zu erfinden«, hatte er Jahre zuvor angemerkt.

Ein Jahr nach der Veröffentlichung der *Blendung* zitiert Canetti in seiner Hommage an Broch dessen strenge Formel: »Immer ist Dichten eine Ungeduld der Erkenntnis.« Aber Brochs Begabung zur Geduld war reich genug, um jene großen, geduldigen Romane *Der Tod des Vergil* und *Die Schlafwandler* zu schaffen und seine großartig spekulative Intelligenz in eine Form zu bringen. Canetti irritierte die Frage, was mit dem Roman noch erreicht werden könne, und daran ist die Art seiner eigenen Ungeduld abzulesen. Für Canetti ist Denken Insistieren; er legt sich beständig Alternativen zur Entscheidung vor, bekräftigt und bekräftigt immer wieder aufs neue sein *Recht* zu tun, was er tut. Er traf die Entscheidung, sich auf das, was er ein »Lebenswerk« nennt, einzulassen, und verschwand für fünfundzwanzig Jahre von der Bildfläche, um dieses Werk auszubrüten; nach 1938, als er Wien verließ, veröffentlichte er nichts (Ausnahme bildet ein zweites Theaterstück) bis 1960, als *Masse und Macht* erschien. »Alles«, so sagt er, ist in dieses Buch eingegangen.

Canettis Geduldsideale und sein nicht zu unterdrückendes Gespür für das Groteske sind in seinen Impressionen einer Reise nach Marokko, *Die Stimmen von Marrakesch* (veröffentlicht 1967), vereinigt. Diese Vignetten vom minimalen Überleben stellen das Groteske als eine Form des Heldentums dar: ein armseliges Gerippe von Esel mit einer gewaltigen Erektion, und die unglückseligsten aller Bettelnden, bettelnde blinde Kinder, und – eine entsetzliche Vorstellung – ein braunes Bündel, das einen einzigen Laut von sich gibt (ä-ä-ä-ä-ä) und tagtäglich auf einem Platz in Marrakesch zur Schau gestellt wird, um Almosen zu sammeln, dem Canetti eine bewegende, charakteristische Würdigung zuteil werden läßt: »Ich war stolz auf das Bündel, weil es lebte.«

Demut ist das Thema eines anderen Werkes, das um diese Zeit veröffentlicht wird, *Der andere Prozeß* (geschrieben 1969), in dem Kafkas Leben als exemplarische Fiktion behandelt und kommentiert wird. Canetti gibt das sich hinziehende Elend der Verlobung Kafkas mit Felice Bauer wieder (Kafkas Briefe an Felice waren gerade veröffentlicht worden) als eine Parabel über den heimlichen Sieg dessen, der sich für das Versagen entscheidet, der hartnäckig versucht, »sich der Macht in jeder Form zu entziehen«. Er vermerkt mit Bewunderung, daß Kafka sich oft mit schwachen kleinen Tieren identifiziert, er findet bei Kafka sein eigenes Empfinden für die Entsagung von der Macht. Mit der Entschiedenheit seines Zeugnisses für den ethischen Imperativ, sich auf die Seite der Gedemütigten und Ohnmächtigen zu stellen, steht er aber wohl Simone Weil näher, auch eine große Expertin der Macht, die aber nirgends erwähnt wird. Canettis Identifikation mit den Ohnmächtigen liegt indessen außerhalb von Geschichte; den Inbegriff der Ohnmacht stellen für Canetti nicht etwa unterdrückte Menschen dar, sondern Tiere. Canetti, der kein Christ ist, liebäugelt keineswegs mit dem Eingreifen, mit aktivem Partisanentum. Aber resigniert hat er nicht. Unfähig zu Lauheit oder Übersättigung, bietet Canetti das Vorbild eines Geistes, der immer reagiert, Erschütterungen registriert und sie zu überlisten sucht.

Die aphoristische Schreibweise seiner Aufzeichnungen ist rasches Wissen – im Gegensatz zum langsamen Wissen, wie es in *Masse und Macht* destilliert ist. »Meine Aufgabe ist es aber gerade«, schrieb er 1949, ein Jahr nach Beginn der Niederschrift des Werkes, »zu zeigen, wie zusammengesetzt die Selbstsucht ist.« Für ein Buch von solchem Umfang ist es sehr konzentriert. Canettis Raschheit liegt im Kampf mit seiner Beharrlichkeit. Der einigermaßen umständliche, aber bestimmte Schriftsteller, der sich zur Aufgabe gemacht hat, das Buch zu schreiben, »das seinem Jahrhundert an die Kehle fährt«, und der konzise Schriftsteller, der spielerischer, unverfrorener, irritierter, spöttischer ist, kommen sich gegenseitig ins Gehege.

Aufzeichnungen sind die perfekte literarische Form für den ewig Studierenden, für jemanden, der kein Thema hat, oder eher, dessen Thema »alles« ist. Sie lassen Eintragungen jeder Länge zu und jeder Gestalt und jedes Grades an Ungeduld und Ungeschliffenheit, aber der ideale Eintrag ist der Aphorismus. Die meisten der Eintragungen Canettis greifen traditionelle Themen des Aphoristikers auf: die Heuchelei der Gesellschaft, die Eitelkeit menschlicher Wünsche, der Trug der Liebe, die Ironien des Todes, die Lust und Unentbehrlichkeit von Einsamkeit und die Vertracktheiten der eigenen Denkprozesse. Die großen Aphoristiker waren zumeist Pessimisten, lieferten Spott über menschliche Torheiten. (»Die großen Aphoristiker lesen sich so, als ob sie alle einander gut gekannt hätten«, hat Canetti dazu bemerkt.) Aphoristisches Denken ist zwanglos, rücksichtslos, kontrovers und stolz selbstsüchtig. »Freunde braucht man hauptsächlich, um frecher, nämlich mehr man selbst zu werden«, schreibt Canetti: das ist der authentische Tonfall des Aphoristikers. Die Aufzeichnungen sind der ideale Ort für das freche, tüchtige Ich, das man sich für den Umgang mit der Welt aufbaut. In der Trennung des Gedankens vom Beobachteten, in der Kürze des Ausdrucks, im Fehlen hilfreicher Illustrationen machen die Aufzeichnungen das Denken zu etwas Leichtem.

Obwohl Canetti viel vom Temperament des Aphoristikers hat, ist er alles andere als ein intellektueller Dandy. (Er ist das Gegenteil von etwa Gottfried Benn.) Und in der Tat liegt die große Beschränkung seiner Sensibilität darin, daß ihm jedweder Zug zum Ästheten fehlt. Canetti zeigt keinerlei Liebe zur Kunst als solcher. Er hat sein Verzeichnis großer Schriftsteller, aber Malerei, Theater, Film, Tanz oder die anderen vertrauten Sparten kultureller Bildung spielen in seinem Werk keine Rolle. Canetti scheint recht erhaben über dem Kanon der Vorstellungen von »Kultur« oder »Kunst« zu stehen. Er liebt nichts von all den Dingen, die der Geist um ihrer selbst willen hervorbringt. Daher findet sich kaum Ironie in seinem Werk. Niemand mit einem Hauch von ästhetischer Sensibilität hätte so unnachsichtig vermerken können: »An Montaigne stört mich oft das Fett der Zitate.« Nichts in Canettis Temperament würde ihm eine Beziehung zum Surrealismus eröffnen, um nur die suggestivste Möglichkeit für den Ästheten in der Moderne zu nennen. Noch, so will es scheinen, gab es einen Hauch von Versuchung zur Linken.

Der Aufklärung verschrieben, bezeichnet er als Gegenstand seines Kampfes den einzigen Glauben, den die Aufklärung unangetastet gelassen hat, der »von allen das Widersinnigste ist: die Religion der Macht«. Hier zeigt sich die Seite Canettis, die an Karl Kraus erinnert, dessen ethische Berufung im unendlichen Aufbegehren besteht. Dennoch hat kein Schriftsteller so wenig etwas vom Journalisten wie Canetti. Aufzubegehren gegen Macht, Macht an sich; aufzubegehren gegen den Tod (er ist einer der großen Todeshasser der Literatur) – das sind weitgesteckte Ziele, eher unbezwingbare Feinde. Canetti beschreibt Kafkas Werk als eine Zurückweisung von Macht, und das ist auch Canettis Ziel in *Masse und Macht.* Sein Gesamtwerk zielt indessen auf eine Zurückweisung des Todes. Zurückweisung scheint für Canetti ein maßloses Insistieren zu bedeuten. Canetti insistiert darauf, daß der Tod wirklich unannehmbar ist, inkommensurabel ist, weil er etwas ist, das außerhalb des Lebens liegt; ungerecht, weil er dem Ehrgeiz Grenzen setzt, ihn beleidigt. Er weist es zurück, den Tod, wie Hegel vorgeschlagen hat, als etwas innerhalb des Lebens zu begreifen – als das *Bewußtsein* von Tod, Endlichkeit, Sterblichkeit. In Sachen Tod ist Canetti ein unverbesserlicher, bestürzter Materialist, ein unerbittlicher Don Quichotte. »Denn immer weiß ich zu gut, daß ich gegen den Tod gar nichts ausgerichtet habe«, schrieb er 1960.

In der *Geretteten Zunge* ist Canetti sehr darauf aus, all seinen Bewunderungen gerecht zu werden – was eine Art ist, jemanden lebendig zu erhalten. Es ist typisch, daß er auch das wortwörtlich versteht. Seinen gewohnten Unwillen, sich damit abzufinden, daß man ausgelöscht wird, offenbart er, als er sich an einen Internatslehrer erinnert und schließt: »Falls er, ein 90- oder 100jähriger, noch auf der Welt sein sollte, so möge er wissen, daß ich mich vor ihm verneige.«

Der erste Band seiner Autobiographie wird beherrscht von der Geschichte einer profunden Bewunderung: der Canettis für seine Mutter. Es handelt sich um das Porträt einer dieser großen Persönlichkeiten, die als Eltern Lehrer sind, einer Eifernden für die europäische Hochkultur, voller Selbstvertrauen zu Werk gehend, vor einer Zeit, die aus solch einem Elternteil einen selbstsüchtigen Tyrannen und aus solch einem Kind einen »Streber« gemacht hat, um das spießige Etikett zu verwenden, das die heutige Verachtung für Frühreife und intellektuelle Begeisterungsfähigkeit anzeigt.

»Mutter, deren höchste Verehrung Dichtern galt«, war das Urbild des Bewunderers; sie gab ihre Bewunderungen leidenschaftlich, ja gnadenlos weiter. Canettis Erziehung bestand in der Versenkung in Bücher und vertiefenden Gesprächen über Bücher. Es gab Vorleseabende, stürmische Debatten über alles, was sie lasen, über die Schriftsteller, auf deren Anbetungswürdigkeit sie sich einigten. Viele Entdeckungen fanden unabhängig voneinander statt, aber bewundert werden mußte unisono, und Divergenzen wurden in zerfleischenden Diskussionen ausgetragen, bis der eine oder der andere nachgab. Die Strategien der Bewunderung, die seine Mutter entwickelte, schufen eine hermetische Welt, definiert durch Loyalität und Verrat. Jede neue Bewunderung konnte plötzlich das Leben in Frage stellen. So beschreibt Canetti, wie seine Mutter eine Woche lang verstört und verzückt ist, nachdem sie die Matthäus-Passion gehört hat, und schließlich weint, weil sie fürchtet, Bach habe auf sie die Wirkung, daß sie nur noch Musik hören wolle, »jetzt ist es aus mit den Büchern«. Canetti, dreizehn Jahre alt, tröstet sie und versichert ihr, sie würde gewiß noch weiter lesen wollen.

»Mit Verzücken und Bewunderung« Zeuge der Sprunghaftigkeit und der wütenden Widersprüche im Charakter der Mutter, unterschätzt Canetti doch nicht ihre Grausamkeit. Es ist gewiß ein Omen, daß Strindberg lange Zeit ihr Lieblingsautor unter den modernen Schriftstellern gewesen ist; in einer anderen Generation wäre es wahrscheinlich D. H. Lawrence gewesen. Das große Gewicht, das sie auf »Charakterbildung« legte, brachte diese fanatischste aller Leserinnen oft dazu, ihr lernbegieriges Kind auszuzanken, weil es sich »totem Wissen« widme, der »harten Wirklichkeit« aus dem Weg gehe und sich von Büchern und Konversation »unmännlich« machen lasse. (Sie verachtete Frauen, berichtet Canetti.) Canetti teilt mit, wie er sich von ihr manchmal zunichte gemacht fühlte und wendet dies dann zu seiner Befreiung. Während er in sich selbst die Fähigkeit seiner Mutter zu leidenschaftlicher Hingabe stärkte, entschied er sich zur Revolte gegen die Fieberhaftigkeit ihrer Begeisterungen, die Hyperexklusivität ihrer Unersättlichkeit. Geduld (»monumentale Geduld«), Beständigkeit und Universalität des Anteilnehmens wurden seine Ziele. Die Welt seiner Mutter beinhaltet keine Tiere – nur große Männer; Canetti wird beides haben. Nur Literatur bedeutet ihr etwas, Naturwissenschaft haßt sie; er wird von 1924 an Chemie an der Wiener Universität studieren und 1929 seinen Doktor machen. Sie rümpft die Nase über sein Interesse an primitiven Völkern; Canetti wird bekennen, als er sich daran macht, *Masse und Macht* zu schreiben: »Es ist ein ernsthaftes Ziel meines Lebens, alle Mythen aller Völker wirklich zu kennen.«

Canetti lehnt es ab, sich als Opfer darzustellen. Es ist viel Ritterlichkeit in diesem Porträt seiner Mutter. Es läßt auch etwas wie eine Taktik des Triumphierens erkennen – eine beständige Ablehnung von Tragödie, von nicht wiedergutzumachenden Leiden, die offenbar in Zusammenhang steht mit seiner Ablehnung von Endlichkeit, von Tod, aus welcher sich seine Energie in hohem Maße speist: seine unbeirrbare Fähigkeit zu Bewunderung und Begeisterung, und seine kultivierte Verachtung des Wehklagens.

Canettis Mutter war reserviert – die geringste Liebkosung war ein Ereignis. Aber ihr Gespräch – streitbar, einschüchternd, nachdenklich, ihr Leben rekapitulierend – war verschwenderisch, ein reißender Strom. Sprache war das Medium ihrer Leidenschaft: Worte und wieder Worte. Mittels Sprache erlangte Canetti »die erste Unabhängigkeit« von seiner Mutter: indem er Schweizerdeutsch lernte (sie haßte »vulgäre« Dialekte), als er mit vierzehn in ein Internat kam. Und mittels Sprache blieb er mit ihr verbunden: er schrieb auf Lateinisch eine fünfaktige Tragödie in Versen (mit einer deutschen Interlinearversion zu ihrem besseren Verständnis füllte sie 121 Seiten), die er ihr widmete und mit der Bitte um einen ausführlichen Kommentar zuschickte.

Canetti will offenbar unbedingt die vielen Fähigkeiten, die er dem Beispiel und der Unterweisung durch seine Mutter verdankt, aufzählen – einschließlich derjenigen, die er in Opposition zu ihr entwickelt, und die er großzügig auch als Geschenke von ihr bezeichnet: Hartnäckigkeit, intellektuelle Unabhängigkeit, Raschheit des Denkens. Er spekuliert auch darüber, daß die Lebhaftigkeit des Ladino, das er als Kind gesprochen hat, ihm zu schnellem Denken verhalf. (Für den Frühreifen ist Denken eine Art von Geschwindigkeit.) Canetti gibt eine komplexe Darstellung des außerordentlichen Vorgangs, den das Lernen für ein intellektuell frühreifes Kind bildet – umfassender und lehrreicher als etwa die Darstellungen in Mills *Autobiographie* oder in Sartres *Die Wörter.* Denn Canettis Begabungen als Bewunderer lassen unermüdliche Fähigkeiten als Lernender erkennen; das erste kann nicht sehr tief gehen ohne das zweite. Als ein außergewöhnlicher Lernender hat Canetti eine nicht zu unterdrückende Loyalität gegenüber Lehrern, gegenüber dem, was sie gut machen, sogar (oder gerade) wenn sie es unbeabsichtigt tun. Der Lehrer an seinem Internat, vor dem er sich heute »verneigt«, gewann seine unverbrüchliche Treue durch die Brutalität, die er der Klasse mit einem Ausflug ins Schlachthaus zufügte. Von ihm gezwungen, sich einem besonders grauenhaften Anblick auszusetzen, kam Canetti zu der Erkenntnis, daß Tiermord etwas ist, »über das hinwegzukommen mir nicht erlaubt war«. Seine Mutter nährte immer, selbst wenn sie brutal war, mit ihren Worten seine unerhörte Wachheit. Stolz sagt Canetti: »Gefährlich scheint mir das stumme Wissen.«

Canetti nimmt für sich in Anspruch, eher ein »Hörer« als ein »Seher« zu sein. In der *Blendung* übt sich Kien in Blindheit, denn er hat entdeckt: »Blindheit ist eine Waffe, gegen Zeit und Raum; unser Dasein ist eine einzige, ungeheuerliche Blindheit.« Canetti hebt vor allem in den nach *Masse und Macht* erschienenen Werken, die so sprechende Titel tragen wie *Die Stimmen von Marrakesch, Der Ohrenzeuge* und *Die gerettete Zunge,* das Organ des Moralisten, das Ohr, besonders hervor und vernachlässigt das Auge (wobei er das Thema der Blindheit immer wieder variiert). Hören, Sprechen und Atmen werden gepriesen, wann immer es ihm um etwas Wichtiges geht, und sei es nur in Form von Metaphern des Ohres, des Mundes (oder der Zunge) und der Kehle. Wenn Canetti bemerkt, »von dieser Schuld des Menschen gegen die Tiere zeugt die *lauteste* Stelle in Kafkas Werk«, ist das Adjektiv selbst eine Form des Insistierens.

Was zu hören ist, sind Stimmen – denen das Ohr ein Zeuge ist. (Canetti spricht nicht über Musik, wie er überhaupt über außersprachliche Kunst nicht spricht.) Das Ohr ist der achtsame Sinn, demütiger, passiver, unmittelbarer, weniger scheidend als das Auge. Daß Canetti dem Auge abschwört, zeigt wiederum, wie fern er der Sensibilität des Ästheten steht, die charakteristischerweise die Lust und die Weisheit des Visuellen, das heißt, der Oberfläche, betont. Dem Ohr die oberste Herrschaft zuzusprechen – das ist ein aufdringliches, bewußt archaisierendes Thema in Canettis späterem Werk. Implizit konstatiert er damit aufs neue die archaische Kluft, die zwischen hebräischer im Gegensatz zu griechischer Kultur herrscht, zwischen der Kultur des Ohres im Gegensatz zur Kultur des Auges, zwischen dem Moralischen gegenüber dem Ästhetischen.

Canetti setzt Wissen mit Hören gleich, und Hören mit der Fähigkeit, alles zu hören und doch zu antworten. Die während seines Aufenthaltes in Marrakesch gespeicherten exotischen Impressionen gewinnen Einheit durch die bestimmte Art der Achtsamkeit auf Stimmen, zu der Canetti sich selbst aufruft. Achtsamkeit ist das formale Sujet des Buches. In der Begegnung mit Armut, Elend und Entstellung nimmt es Canetti auf sich, zu hören, und das heißt, den Worten, Schreien, unartikulierten Lauten »am Rande des Lebens« wirklich Aufmerksamkeit zu zollen. Canettis Essay über Karl Kraus porträtiert einen Menschen, der für ihn den idealen Hörer und die ideale Stimme zugleich darstellt. Canetti sagt, daß Kraus von Stimmen verfolgt war; daß sein Ohr jederzeit offen war; daß »der wirkliche Karl Kraus der *Sprecher*« war. Einen Schriftsteller als eine Stimme zu beschreiben ist dermaßen zum Klischee geworden, daß die Wirkung – und die charakteristische Buchstäblichkeit – dessen, was Canetti meint, möglicherweise an Kraft einbüßt. Für Canetti steht die Stimme für eine unabweisbare Präsenz. Jemanden als Stimme zu behandeln heißt, dieser Person Autorität zuzuerkennen; zu bekräftigen, daß Hören bedeutet, daß man hört, was gehört werden muß.

Wie ein Gelehrter in einer Geschichte von Borges, die wirkliche und imaginäre Gelehrsamkeit miteinander vermengt, findet Canetti Geschmack an phantasievollen Mischungen aus Wissen, exzentrischen Kategorisierungen und kühnen Sprüngen im Tonfall. Solchermaßen arbeitet *Masse und Macht* mit Analogien aus Physiologie und Zoologie, um Befehl und Gehorsam zu erklären, und ist vielleicht dort am originellsten, wo der Begriff der Masse dahingehend erweitert wird, daß er auch kollektive Einheiten umfaßt, die nicht aus Menschen bestehen, aber »an die Masse gemahnen«, »als Masse empfunden werden«, die »für sie in Mythus und Traum, Rede und Lied symbolisch« eintreten. (Dazu zählen auch – in Canettis genialem Katalog – Feuer, Regen, die Finger der Hand, der Bienenschwarm, Zähne, der Wald, die Schlangen im Delirium Tremens.) Vieles in *Masse und Macht* beruht auf der latenten oder ohne Absicht gewählten Science-fiction-Metaphorik, mit welcher Gegenstände oder Teile von ihnen so dargestellt werden, daß sie sich auf unheimliche Weise verselbständigen; mit welcher unvorhersehbare Bewegungsabläufe, Geschwindigkeiten, Ausmaße dargestellt werden. Canetti verwandelt Zeit (Geschichte) in Raum, und in diesem tummelt sich ein unheilvolles Aufgebot biomorpher Wesen – die verschiedenen Gestalten der »Großen Bestie«, der Masse. Die Masse bewegt sich, stößt aus, wächst, expandiert, zieht sich zusammen. Ihre Verhaltensmöglichkeiten treten in Paaren auf: Massen sind nach Canetti schnell und langsam, rhythmisch und stockend, geschlossen und offen. Die Meute (eine weitere Variante der Masse) klagt, macht Beute, verhält sich gelassen, sie ist äußerlich oder innerlich.

Masse und Macht greift als eine Darstellung der Psychologie und Struktur von Autorität auf das zurück, was im neunzehnten Jahrhundert über Menschenmengen und Massen gesagt wurde, um seine Poetik des politischen Alptraums zu entwickeln. Verdammung der Französischen Revolution und später der Commune war der Tenor der Bücher, die im neunzehnten Jahrhundert über Massen geschrieben wurden (sie waren damals so verbreitet wie sie heute unpopulär sind), von Charles Mackays *Extraordinary Popular Delusions and the Madness of Crowds* (1841) bis hin zu LeBons *Die Psychologie der Massen* (1895), ein Buch, das Freud bewunderte, und *Die Psychologie der Revolution* (1912). Aber während frühere Schriftsteller sich damit begnügt haben, der Masse das Pathologische zu bescheinigen und darüber zu moralisieren, geht Canetti darauf aus, beispielsweise die Destruktivität der Masse (»Von der Zerstörungswut der Masse ist oft die Rede, es ist das erste an ihr, was ins Auge fällt«, so sagt er) zu erklären, und zwar erschöpfend zu erklären, mit Hilfe seiner biomorphen Paradigmen. Und anders als LeBon, der gegen

Revolution und für den Status quo (den er als die weniger drückende Gewaltherrschaft ansieht) plädiert, bietet Canetti eine Unterweisung gegen Macht selbst.

Macht aus der Betrachtung der Masse heraus verstehen zu wollen – auf Kosten von Begriffen wie »Klasse« oder »Nation«, heißt genaugenommen, auf einem ahistorischen Ansatz bestehen. Hegel und Marx werden nicht erwähnt, nicht etwa, weil Canetti zu selbstbewußt wäre, um sich zur Erwähnung der üblichen Namen herabzulassen, sondern weil die Implikationen seiner Argumentation entschieden antihegelianisch und antimarxistisch sind. Sein ahistorischer Ansatz und sein konservatives politisches Temperament bringen Canetti eher in die Nähe Freuds – obwohl er keineswegs ein Freudianer ist. Canetti ist, was Freud hätte sein können, wäre er *kein* Psychologe gewesen: unter Benutzung vieler Quellen, die auch Freud wichtig waren – die Autobiographie des psychotischen Senatspräsidenten Schreber, Literatur über Anthropologie und die Geschichte der alten Religionen, LeBons Massentheorie –, kommt er zu gänzlich anderen Resultaten über die Psychologie der Gruppe und die Formung des »Ego«. Ähnlich Freud neigt Canetti dazu, den Prototyp des Massen- (und das heißt irrationalen) Verhaltens in der Religion zu sehen, und vieles in *Masse und Macht* ist tatsächlich der Diskurs eines Rationalisten über Religion. Was Canetti zum Beispiel die Klagemeute nennt, ist einfach ein anderer Ausdruck für Klagereligionen, von denen er eine glänzende Analyse liefert, wobei er die Langsamkeit und Ruhe katholischer Frömmigkeit und des katholischen Ritus (worin sich die jahrhundertealte Furcht der Kirche vor der offenen Masse ausdrückt) in Gegensatz setzt zur rasenden Trauer des schiitischen Zweiges des Islam.

Ähnlich Freud löst auch Canetti Politik ins Pathologische auf, indem er Gesellschaft als geistige Aktivität betrachtet – eine barbarische, selbstverständlich –, die es zu entschlüsseln gilt. Auf diese Weise gelangt er übergangslos vom Begriff der Masse zum »Massensymbol« und analysiert gesellschaftliche Gruppierungen und die Formen der Gemeinschaft als Umsetzungen von Massensymbolen. Eine extreme Folgerung der Massenargumentation scheint wohl erreicht, wenn Canetti der Französischen Revolution den gebührenden Stellenwert zuweist; die Revolution interessiert ihn weniger als Ausbruch des Destruktiven denn als »nationales Massensymbol« für die Franzosen.

Für Hegel und seine Nachfolger stellen das Historische (wo die Ironie ihren Platz hat) und das Natürliche zwei radikal verschiedene Prozesse dar. In *Masse und Macht* ist Geschichte »natürlich«. Canetti argumentiert auf Geschichte hin, nicht von ihr her. Zunächst kommt die Darlegung der Masse; dann, als Illustration, das Kapitel, das die geschichtlichen Erscheinungsformen der Masse darstellt. Die Geschichte wird allein als Lieferant von Beispielen benutzt, und zwar recht rasant. Canettis Gunst gehört dem Zeugnis der (im Hegelschen Sinne) geschichtslosen Völker, da er anthropologischen Anekdoten denselben illustrativen Wert zumißt wie Ereignissen, die in einer fortgeschrittenen geschichtlichen Gesellschaft geschehen.

Masse und Macht ist ein exzentrisches Buch – exzentrisch im wörtlichen Sinne aufgrund seines Ideals der »Universalität«, die Canetti davon abhält, den naheliegenden Bezug herzustellen: Hitler. Er erscheint indirekt in der zentralen Bedeutung, die Canetti dem Fall des Senatspräsidenten Schreber einräumt. (Hier findet sich Canettis einziger Hinweis auf Freud – in einer diskreten Fußnote, wo Canetti sagt, daß Freud, hätte er nur ein wenig länger gelebt, zu einer angemesseneren Betrachtungsweise der paranoiden Halluzinationen Schrebers hätte gelangen können: nämlich als Prototyp der politischen, speziell der Nazi-Mentalität.) Aber Canetti ist eben gar nicht eurozentrisch – eine seiner großen Errungenschaften als umfassender Geist. Bewandert in chinesischem ebenso wie in europäischem Denken, in Buddhismus und Islam ebenso wie im Christentum, erfreut sich Canetti einer bemerkenswerten Freiheit von reduktionistischen Denkmustern. Er scheint einfach unfähig, psychologisches Wissen in reduktionistischer Weise anzuwenden; der Verfasser der Hommage an Broch kann gar nicht an etwas so Gewöhnliches wie persönliche Beweggründe gedacht haben. Und er bekämpft die plausiblere Reduktion auf das Historische. »Ich gäbe viel darum, wenn ich mir die historische Betrachtung der Welt wieder abgewöhnen könnte«, schrieb er 1950, zwei Jahre nachdem er mit *Masse und Macht* begonnen hatte.

Sein Aufbegehren gegen eine historische Sichtweise richtet sich nicht bloß gegen diesen immerhin plausibelsten aller Reduktionismen. Es ist auch ein Aufbegehren gegen den Tod. An Geschichte denken heißt, an die Toten denken; und unablässig daran erinnert werden, daß man sterblich ist. Canettis Denken ist konservativ im wörtlichsten Sinne. Es – er – will nicht sterben.

»Ich will alles in mir fühlen, bevor ich denke«, schreibt Canetti 1943, und dazu, so sagt er, braucht er ein langes Leben. Vorzeitig zu sterben heißt, den Hals noch nicht ganz voll bekommen und also den Geist nicht so genutzt zu haben wie er hätte genutzt werden können. Es ist fast, als müsse Canetti sein Bewußtsein in einem permanenten Zustand von Unersättlichkeit halten, um mit dem Tode unversöhnt zu bleiben. »Es ist beglückend, daß in einem Geiste nichts verloren geht«, so schrieb er auch in seinen Aufzeichnungen, in offenbar einem der gar nicht so seltenen Augenblicke von Euphorie, »und wäre das allein nicht Grund genug, um sehr lange oder gar ewig zu leben?« Wiederkehrende Bilder des Bedürfnisses, alles in sich selbst zu fühlen, alles in einem Kopf zu vereinigen, illustrieren Canettis Versuche, durch magisches Denken und moralischen Aufruhr den Tod »zurückzuweisen«.

Canetti sucht mit dem Tod ins Geschäft zu kommen. »Hundert Jahre? Hundert lumpige Jahre! Ist das zuviel für eine ernste Absicht?« Aber warum hundert Jahre? Warum nicht dreihundert? – wie die 337 Jahre alte Heldin in Karel Čapeks *Die Sache Makropoulos* (1922). In diesem Stück beschreibt eine der Personen (ein sozialistischer »Fortschrittler«) die Nachteile einer normalen Lebensspanne. »Was schafft der Mensch schon in diesen sechzig Jahren seines Lebens? Was hat er davon? Was lernt er? Du erlebst die Früchte des Baumes nicht, den du gepflanzt hast. Du lernst nicht alles, was die Menschheit bereits vor dir gewußt hat. Du beendest Dein Werk nicht und gibst kein eigenes Beispiel. Du stirbst, ohne gelebt zu haben. Was läßt sich aus einem Menschen in dreihundert Jahren machen! Fünfzig Jahre lang Kind und Schüler sein, fünfzig Jahre lang die Welt kennenlernen und alles sehen, was es gibt; hundert Jahre lang nützlich arbeiten für alle; und dann hundert Jahre, da wir bereits alles kennengelernt haben, in Weisheit leben, herrschen, lehren und ein Beispiel geben! Oh, wie wertvoll wäre das menschliche Leben, wenn es dreihundert Jahre dauerte!«*

Er hört sich an wie Canetti – wenn man davon absieht, daß Canetti seine Sehnsucht nach langem Leben nicht unter Berufung auf den größeren Spielraum für gute Werke rechtfertigt. So umfassend ist der Wert des Geistes, daß man nur ihn braucht, um sich dem Tod zu widersetzen. Weil der Geist für ihn so wirklich ist, wagt es Canetti, den Tod herauszufordern, und weil der Körper so unwirklich ist, gewahrt er nichts Entsetzliches in einem extrem langen Leben. Canetti ist mehr denn willens, als Hundertjähriger zu leben; er fragt in diesen Phantasien nicht nach dem, was Faust forderte, nach der Wiederkehr der Jugend, noch nach deren magischer Verlängerung, wie sie Emilia Makropoulos von ihrem Vater, dem Alchimisten, empfing. Jugend hat keinen Teil an Canettis Unsterblichkeitsphantasie. Es ist schlicht das lange Leben, das lange Leben des Geistes. Es wird einfach vorausgesetzt, daß der Charakter vom langen Leben denselben Gewinn hat wie der Geist: Canetti dachte, »die Kürze des Lebens macht uns schlecht«. Emilia Makropoulos stellt sich vor, daß ein langes Leben uns schlechter machen würde: »Der Mensch kann nicht dreihundert Jahre lang lieben. Auch nicht hoffen, auch nicht schaffen, auch nicht dreihundert Jahre lang schauen. Das hält er nicht aus. Alles verdrießt ihn. Alles wird ihm zum Überdruß. Er wird es überdrüssig, gut zu sein, und überdrüssig, schlecht zu sein... Ihr seid an allem so nah dran! Für euch hat alles einen Sinn! Für euch hat alles einen Wert, weil ihr in den paar Jahren gar nicht genug genießen könnt. Das ist fast widerlich, wie glücklich ihr seid. Und alles nur wegen des blöden Zufalls, daß ihr bald sterben werdet! Alles interessiert euch, wie die Affen...«

Aber diese plausible Verdammung ist genau das, was Canetti nicht billigen kann. Die Möglichkeit, daß das Verlangen erlahmen, die Wünsche gesättigt, die Leidenschaft entwertet werden könnten, kann ihn nicht verstören. Canetti denkt ebensowenig an den Verfall des Fühlens wie an den des Körpers, sondern nur an die Fortdauer des Geistes. Selten ist jemand so sehr im Geist beheimatet gewesen, und mit so wenig Ambivalenz.

* Nach der Übersetzung aus dem Tschechischen von Gustav Just (Henschel Verlag, Berlin).

Canetti ist jemand, der in tiefer Weise die Verantwortlichkeit von Wörtern erfahren hat, und ein Großteil seines Werkes zeigt das Bemühen, etwas von dem mitzuteilen, was er gelernt hat im Umgang mit der Welt – wie man ihr Aufmerksamkeit zollt. Bei ihm gibt es keine Doktrin, aber eine ganze Menge Verachtung, Nachdruck, Bekümmerung und Euphorie. Die Botschaft der Leidenschaften des Geistes ist Leidenschaft. »Ich versuche, mir jemanden vorzustellen, der Shakespeare rät: ›Ruh dich aus!‹« sagt Canetti. Anspannung, Anstrengung, moralischer und amoralischer Ernst werden beredt in seinem Werk verteidigt.

Aber Canetti ist nicht einfach wieder mal so ein Held der Willenskraft. Und in diesem Zusammenhang ist die unerwartete letzte Eigenschaft eines großen Schriftstellers zu sehen, die er bei Broch findet: ein solcher Schriftsteller, so sagt er, lehrt uns das Atmen. Brochs Werk wird anempfohlen, weil es eine »reiche und wohlgeordnete Erfahrung in Atemräumen« widerspiegelt. Es war Canettis tiefstes und merkwürdigstes Kompliment, und deshalb eines, das er auch Goethe zollte (die am wenigsten überraschende seiner Bewunderungen): Canetti liest auch Goethe, als sage dieser: »Atme!« Atmen mag sehr wohl die radikalste aller Betätigungen sein, wenn man es als eine Befreiung von anderen Bedürfnissen auslegt, wie etwa eine Berufslaufbahn einschlagen, sich einen Ruf aufbauen, Wissen akkumulieren. Was Canetti am Ende dieser Wallfahrt der Bewunderung, seiner Hommage an Broch, sagt, deutet an, was es am meisten zu bewundern gilt. Die höchste Errungenschaft des ernsthaften Bewunderers ist die Fähigkeit, nicht mehr unmittelbar jene Kräfte in Taten zu verwandeln, jene Räume auszufüllen, welche ihm das Objekt seiner Bewunderung freigesetzt hat. Und so nimmt sich der begabtere Bewunderer die Freiheit zu atmen, tiefer zu atmen. Aber dafür ist es nötig, über die Unersättlichkeit hinauszugehen; sich mit etwas zu identifizieren, das jenseits von erreichbarer Leistung liegt, jenseits des Erwerbs von Macht.

(1980)

Inhalt

Über Paul Goodman 9
(Jörg Trobitius)

»Wider sich denken«: Reflexionen über Cioran 17
(Karin Kersten)

Annäherung an Artaud 41
(Karin Kersten)

Faszinierender Faschismus 95
(Mark W. Rien: Teil I
Angela Wittmann-Hausner: Teil II)

Im Zeichen des Saturn 125
(Werner Fuld)

Syberbergs Hitler 147
(Kurt Neff)

Erinnerungen an Barthes 175
(Jörg Trobitius)

Geist als Leidenschaft 183
(Jörg Trobitius)

Die Bücher von Susan Sontag

Romane und Erzählungen

The Benefactor
(Der Wohltäter, 1966, Rowohlt Verlag, vergriffen)

I, etcetera
(Ich, etc., 1979, Carl Hanser Verlag)

Death Kit
(deutsche Übersetzung im Carl Hanser Verlag in Vorbereitung)

Essays

Against Interpretation
(Kunst und Antikunst, 1968, Rowohlt Verlag,
1980 Carl Hanser Verlag)

Trip to Hanoi
(Reise nach Hanoi, 1969, Rowohlt Verlag, vergriffen)

Styles of Radical Will

On Photography
(Über Fotografie, 1978, Carl Hanser Verlag)

Illness as Metaphor
(Krankheit als Metapher, 1978, Carl Hanser Verlag)

Under the Sign of Saturn
(Im Zeichen des Saturn, 1981, Carl Hanser Verlag)

Filmskripte

Duet for Cannibals
Brother Carl